大家人生

# 一溜溜山弯弯相跟上

曹乃谦◎著

时代文艺出版社

## 图书在版编目（CIP）数据

一溜溜山弯弯相跟上 / 曹乃谦著. —长春：时代文艺出版社，2020.8
ISBN 978-7-5387-6349-2

Ⅰ.①一… Ⅱ.①曹… Ⅲ.①散文集－中国－当代 Ⅳ.①I267

中国版本图书馆CIP数据核字（2020）第044652号

| | |
|---|---|
| 出品人 | 陈 琛 |
| 产品总监 | 邓淑杰 |
| 选题策划 | 李天卿 |
| 责任编辑 | 李天卿 |
| 装帧设计 | 孙 利 |
| 排版制作 | 毛倩雯 |

本书著作权、版式和装帧设计受国际版权公约和中华人民共和国著作权法保护
本书所有文字、图片和示意图等专有使用权为时代文艺出版社所有
未事先获得时代文艺出版社许可
本书的任何部分不得以图表、电子、影印、缩拍、录音和其他任何手段
进行复制和转载，违者必究

# 一溜溜山弯弯相跟上

曹乃谦 著

出版发行 / 时代文艺出版社

地址 / 长春市福祉大路5788号 龙腾国际大厦A座15层 邮编 / 130118
总编办 / 0431-81629751 发行部 / 0431-81629755 北京开发部 / 010-63108163
官方微博 / weibo.com / tlapress 天猫旗舰店 / sdwycbsgf.tmall.com
印刷 / 三河市万龙印装有限公司
开本 / 710mm×1000mm 1 / 16 字数 / 286千字 印张 / 17.5
版次 / 2020年8月第1版 印次 / 2020年8月第1次印刷 定价 / 58.00元

图书如有印装错误 请寄回印厂调换

# 前　言

时代文艺出版社在2013年出版过我的这本书，书名叫《你变成狐子我变成狼》。近日，责编李天卿来电话告诉我，说这本书要再版，但让我换换书名。

"你变成狐子我变成狼，一溜溜山弯弯相跟上"，这是我们雁北民歌的两句，我很喜欢这两句，觉得有意思，就把头一句当了书名。至于把它当了书名，进一步说明个啥意思，没多想，只是那么一闪念，就用了。

现在想想，天卿让换书名，有他们的道理。那就换换。

先是想起个"梦中的风铃"，这是这本书的第一篇文章，用它做书名也不错。后来又从《你变成狐子我变成狼》这篇文章的结尾处，找到了一句"和我一同来歌唱"，这个来当书名也挺好的。但后来又一闪念，何不用"一溜溜山弯弯相跟上"呢？既然这本书是《你变成狐子我变成狼》的再版，那这次用原歌词的下一句不是正合适吗？

原民歌共四句：

　　白面烙饼烙了一个干
　　搬上我的小妹子回后山
　　你变成狐子我变成狼
　　一溜溜山弯弯相跟上

这意境，多美。

现在用下句当书名，还可以有个意思是，作者读者相跟上。

太好了，这个一闪念太好了。这大概就是常说的那种"灵感"。

定了，就用这句了，"一溜溜山弯弯相跟上"。

天卿还说，内文也应该重新调整，要体现作者的"人生"。要体现人生，那我首先得把关于围棋的文章《年龄大 棋龄长》加进来。要知道，围棋于我的人生来说，那可是太重要的一部分了。我的业余时间，可以说基本上都叫这个要命的围棋给占了。

占我人生时间的，还有写毛笔字。

读者可以在我的《学书六十年 而今才知砚》一文看到，写毛笔字是我的奶功。上小学之前就开始写了，是在姥姥村里，替大庙书房念书的表哥写仿，总共替他写了两年，而且几乎是天天有仿要写。我后来进到城里上小学时，学校也有写仿课，初中时也有这个课。在初中时，我正儿八经地写了三年柳公权。高中时没有写仿课了，我自己学着写宋徽宗赵佶的瘦金体。后来赶上了"文化大革命"，我是"革委"资料组的，任务是替别人抄写大字报。那量就大了，没完没了，一抄一天。顾不得什么体了，快快地写，同学们问说你这是啥体？我说是草体，他们听成是"曹体"。参加工作后，单位的政治学习要求做笔记时，我都是用毛笔字来做。字体基本上也和我"文革"时抄大字报的字体差不多，算是"曹体"吧。

说起来我写毛笔字，并不是像有些爱好者那样，没事就练，主动地写。我写毛笔字都是被动地写。现在又是无偿地给别人写。认得认不得的人，托着关系让我写字，还装裱起来挂家墙上。但不管咋说，写毛笔字对于我，算是个愉快的事，所以呢，有求必应，而且从来不糊弄。既然答应了，就认认真真地给人家写。一写五六张，甚至七八张，直到自己满意了，这才送给人家。把不满意的团起来，用水浸泡一阵后，捞出来像拧毛巾那样一拧，就再也展不开了，销毁了。

天卿要求调整内容，我就决定把很费我精力与时间的毛笔字往书上放一些。大概地回想了一下，我最少也给上百的人写过毛笔字了。但大部分想不起都是给谁写的，我就给能想起来的几十人打电话，让他们把书法拍个照转给我。没想到，这事并不好办。转给我的照片基本上不能用，大头小尾儿不周正，印章模糊看不清。我只好让他们重拍。重拍来的，还是不清晰，求人家再重拍，有些人不耐烦了，说水平有限你就那样凑合吧。看来，想让人家也像我当时给他们写那样，尽量地做到精益求精，是不可能的了。只好是凑合吧。但也不能太凑合，挑来挑去，选出十幅，这次调整放在书上，这该是我的另一种人生了。

本书共五辑，原打算给每辑取个题目，"父爱如山"呀，"生活感悟"呀，啥啥啥的，可总觉得有些俗气，但高雅的自己又想不出来，后来干脆不取辑目了，分开几个部分就行了。

本书的代序和代跋，用的是戴老师和吴丽的文章。巧的是，两个人的文章名都是《我所认识的曹乃谦》，就冲这题目，读者们就该知道内容了，这肯定是在以他们各自的视角，来述说着我的人生。

在编辑此书的时候，于2019年10月17日，传来了诺贝尔文学奖终身评委马悦然先生不幸去世的消息，特在此书的第一辑前，专设"缅怀马悦然先生"特辑，以此奠念我的真诚善良的大贵人。

作者　2019年10月20日于山东龙口高尔夫壹号116－401室

# 我所认识的曹乃谦（代序）

戴绍敏

我于四十多年前就认识了曹乃谦。当时他只有十四五岁，是个初中学生。我也不过而立之年，是个初执教鞭的老师，教他们班的语文课。起初，因为班大人多，我又是科任，所以对他印象不深。后来在批阅作文的时候，发现有一本字迹端正工整、语言流畅朴实的作文，引起我的注意，翻回封皮一看，"曹乃谦"。在讲评课上，我把他叫了起来。他个子不高，眼睛挺大，穿着很朴素，衣服打着补丁。说话问一句答一句，老实巴交的样子。给我的第一印象很不错。

后来，我给全班出过一篇命题作文《一件难忘的事》，就是通过这篇作文，加深了我对他的好印象。别的同学照搬题目，都写的是《一件难忘的事》。而乃谦把题目改了，叫《钢笔》。这首先就引起了我的注意，想知道他写的是什么，走没走题。于是就往下看。文章的内容是说，他的同学金仙在挑水的时候，不慎把一支自来水钢笔掉到井里了，心疼得坐卧不安。乃谦知道后，说他有办法。便从家里拿了一块镜子，和金仙到了井边。他把镜子面向太阳，找好角度，让日光折射到井底。他俩看见那支钢笔静静地躺在水里，金属笔帽反着光，清清楚楚。但是，怎样才能把它取上来呢？乃谦说他还有办法。用吸铁石。他找来一块马蹄形的磁铁，拴了一条绳子，一个人打镜子，一个人顺下磁铁找钢笔，不一会儿，磁铁把钢笔的金属笔帽牢牢地吸住，就轻轻地拉了上来。两人高兴得又喊又叫，像发疯了一样。文章看到这里,我也不禁失声大叫了一声"好!"弄得教研室的同事们都看我。后来我问曹乃谦,你怎么想起用镜子而不是用手电寻找井里的东西的?他说,在农村,东西掉到井里,人们都用这个办法。我又进一步盘问,知道他在上小学以前一直是生活在农村,以后的寒假和暑假,也都要回农村。

他的这篇《钢笔》在学校的作文竞赛中,得了头奖。记得奖品恰恰正是一支崭新的"新民"牌自来水钢笔。从此我心中就装着个曹乃谦了。

在这里我要顺便说一句,现在人们都知道他是从三十七岁开始小说写作的。我以为这不确切,《钢笔》就是今天登出来也是一篇好小说。那才应该算是他的处女作。当时他十四岁。

后来他毕了业,再后来十年动乱开始,我们也就离散了。

等我们再次聚会,重叙阔别的时候,时间已经过去了三十多年。从他口中我知道他从大同五中毕业后,到大同一中读了高中,"文革"时当过红卫兵,造过反。1968年高中毕业,下了矿井,挖过煤,又在矿上的文工团当了一名演奏员,他会拉二胡,会打扬琴,会弹三弦,会吹埙。我认为,他最拿手的,应该是品箫。他不仅吹传统曲子,他能吹《在那遥远的地方》《在那东山顶上》《天堂》《樱花》《丽达之歌》这样的风格不同的曲子。

后来他就当了警察,直到现在。

也许因为经过离乱又重逢,有缘分,所以我们都分外地珍视这种友情。我们之间的来往频繁了。

这时我发现,在他的身上有一股蜕不掉的、三十年前就有的农民气质。这让我感到亲切,因为我也是从农村走出来的。就拿说话吧,他一口应县下马峪的土话,夹杂着山西、内蒙古交界的方言,和他小说里的乡巴佬人物很像。他有时接到了外地打来的电话,逼得他也说普通话,大同人管这叫"咬京",那可实在是难听。再比如吃饭,他就喜欢吃粉条、猪肉、白菜、土豆大烩菜,拒绝海鲜之类的高档货,而且不管你端上多少菜,他也只吃一两样。他说他就喜欢吃这种土饭,别的吃不惯。有一次到我家,老伴儿给煮了十几个咸鸡蛋。我说这是自家腌制的,东北农村的一种大众吃食。他说好吃,吃完又吃,吃完又吃,一连吃了六个。我几番制

1999年夏，我和戴老师摄于他家窗前

止他，说咸东西吃多了影响健康，他不听。事后我老伴儿开玩笑地说，"这个乃谦，真是一个彪货。那么些菜不吃，就盯上了咸鸡蛋。"后来我把这话告诉了他，他起先不懂"彪"是什么意思，我给他解释说，就是没分寸，"二杆子"的意思，是东北话，有点儿贬义，不是夸奖。可他不但不恼，还沾沾自喜地到处讲，对着我老伴儿也讲，"霍姨，你看，我又彪呀。"弄得我们哄堂大笑。从此我们全家人都更喜欢这个有点傻乎乎的乃谦了。

乃谦在他们小区住了十多年，院儿里的人们不知道他是警察。而且还不知道这个土里土气的人，正是他们从报纸上早已知道的作家曹乃谦。

除了执行公务，必须穿庄重严谨的警服之外，乃谦平时穿着很随便，像个农民，衣服穿得都褪色了，仍然舍不得丢弃。有时少了一个衣扣，他也不在乎。有时衬衣领角一个露在毛衣外，一个在毛衣里，他都不知道。一顶很过时了的像赵本山演小品的那种帽子，他也戴了很多年了。我说，你也该换一换。他听了说，"好好儿的，为啥要换。我可不是那种喜新厌旧的人。"西服现在是很普及的服装，可是这么多年来，我却从没看见他

李勇（中）是我的朋友，每当我遇到重大的困难，首先想到的是向他求救。他是国内做茶叶的知名儒商。他的散文还写得好，真实的生活气息中，有一种淡淡的美在里面。左边是散文家李中美。

穿过一次。前年他受邀到香港浸会大学讲课，也是一件夹克衫。听说他也买了一套带去了，可装在皮箱里一直没穿。他说穿着西服有点受拘束。

他在谈《到黑夜想你没办法》一书的时候说："我身上流动着农民的血液，脑子里存在着农民意识，行为中有农民习惯。我虽然已经当了三十四年警察，但实际上我是个穿着警服的农民。"他在城市里住了几十年，又在生活里转换了许多角色，可这种农民习性就是改不了。

我还发现乃谦这个人太情绪化，尤其喝完了酒以后。而这种情绪化的人往往容易喝醉。他妻子周慕娅也是我的学生。她就跟我说过，"人请他，他也醉。他请人，他也醉。"不过，乃谦喝醉酒不闹事儿，也不出洋相，是给人唱。有一回，我到他家喝酒，他热情款待，说咱们父儿们（他在很多的场合这样称呼我们的关系）处成个这，不容易。说得我心里好一阵热。于是我们就放量喝开了。那顿饭，我们俩一共喝了十三瓶啤酒！我觉得我也是个彪货。酒喝到微醉时，他就给我唱"讨饭调"，"对坝坝圪梁上那是个谁，那是个要命鬼干妹妹！"一曲接着一曲地吼唱。无论是曲调，无论是词义，粗犷豪放，真切优美，还带着隐隐的忧伤。唱得我好感动，终于忍不住眼泪夺眶而出了。以后，我们每次在一起吃饭时，我都要求他唱，我愿意听。而每一次听，我都要流泪，连我自己也不知道这是怎么了。

他不会抑制和隐藏感情，感情一上来就什么也不顾。有一回一位爱好文学的市领导让我领着去了他家。他留我们吃饭，席间，气氛很融洽。可是一听到那位市领导大谈官场的荣辱升迁、富贵尊崇的时候，不知他哪来的那么大的火气，立即变了脸色，声嘶力竭地说："非礼勿言！不要谈这些东西了！我不想听！"然后还用双手捂住耳朵，弄得那位领导面红耳赤，十分尴尬。我也觉得乃谦这样做太过分，因为到底是在你家喝酒，你是主，他是客，无论怎样也不该发脾气。后来为这件事情我还很不客气地批评了他一顿，他妻子周慕娅也完全站在我的一边帮腔。乃谦却说："不允许他说那些乌七八糟的东西，来污染我家的空气。"在这种问题上，他很固执。

但是乃谦对待他儿时的朋友、老同学、贫民阶层的伙伴们却从未见他做大。记得有一年他们初中班老同学聚会，把我也请去了。同学一见面，非常高兴，有的叫他"乃谦"，有的叫他"警察"，有的叫他"作家"，也有的叫他外号"曹大嘴""曹大眼儿"。可是我发现乃谦不但不介意，还很愉快地高声答应。

我对于乃谦这种傲上睦下的脾气很担心。他这样在社会上是要吃亏的。果然，在文学圈里，人们不接纳他，正像一些记者采访他时说他是"异类"。在公安局干了三十六年了，如今还是个科员。可是我知道，乃谦的工作从来是兢兢业业，成绩是很突出的。在局里，他负责内部刊物《云剑》的编辑工作，那是个很麻烦的事，一个人又是编又是校，又要跑印刷厂。可他从来没抱怨过。一次我们到内蒙古集宁去玩儿，他怕局里有事找不到他，就三番五次打电话找科长请假。找不到科长，就左一次右一次叮嘱同事代请。就是这样，他还是一路上惴惴不安，玩不在心上，最终还是急急地赶回大同了事。他这样的工作也得到同志们的肯定。要不也不会差不多年年被评为"先进工作者"或是"优秀公务员"，前年还立过个人三等功。但就是得不到晋级，工资也上不去，到如今还住着他媳妇从卫生局分到的一套六十多米的住房。有个笑话讲，"不跑不送，原地不动"，可悲的是这个笑话却在他的身上应验了。

前年，瑞典汉学家、诺奖评委马悦然老先生到乃谦家做客。看到了他局促的家居，回去以后说，乃谦是个天才，但是他很穷。有什么办法，谁叫他不为五斗米折腰呢？谁叫他改不了那种不事权贵的性格呢？

乃谦对他的母亲很孝顺。尤其在她最后的几年。老人家先是精神错乱，幻听幻觉，往往行为失常，给乃谦带来很多的麻烦。后来就长年瘫痪在床，生活不能自理。可这时正是乃谦创作旺盛的时期，许多创作计划正在展开，而本职工作又不能耽误，老母床前又时刻离不开人。在这个人生的三岔路口，他毅然地选择了"先当孝子，后当作家"的路。和他的贤妻周慕娅昼夜轮流值班，替换着睡觉，做饭喂药，翻身铺床，换洗屎尿弄脏的衣裤。白天上班，夜里陪侍，不急不躁，耐心细致，一共伺候了五六年，直到老人家溘然离去。真不容易！谁说久病床前无孝子呢？曹乃谦所做所为彻底地驳斥了这种说法！

文友凌雁请我参拜五台山

这让我很敬佩。

母亲的去世虽说让乃谦悲痛，也给他一个解脱。搁笔五六年之后，他终于可以无牵无挂专心地写他的小说了。果然，几年的功夫，《最后的村庄》《佛的孤独》和《到黑夜想你没办法》就在大陆和台湾相继问世了。《到黑夜想你没办法》还被马悦然先生拿到瑞典翻译出版了。乃谦也成了国内外有影响的作家。这时，我想起了四十多年前的那个少年乃谦，想起了那篇《钢笔》的作文。我很高兴。还有比一个语文老师看到他的学生成为一名作家更令他高兴的事情吗？

前两年我在大同大学带散文写作课。其间我把乃谦拉去，让他给学生讲讲创作，可他空着手，没带讲稿就来了。我一看，心里挺不高兴，以为他这样轻慢，是不负责任。可是开讲之后，他却是井井有条，鞭辟入里，深入浅出，讲得很好。学生们一会儿哄堂大笑，一会儿鸦雀无声。直到下课开饭了，都不愿离去。很多同学围在他的跟前提问题，他都耐心地一一作答。请他签名，他也一一满足。以后同学们还常常谈起他来。我也才知道这个不好说话不好聊天的乃谦,口才还真不错,有真知灼见。他说他没学过文学理论,可是他讲的句句都合于文学创作的规律呀。有悟性的乃谦!我为他高兴,为他自豪。

近来乃谦要出他的这个集子,五天前吩咐我给他写一篇序言。他把他全部文稿都复制在我的电脑上。这是学生给老师布置命题作文了。时间紧、任务重。二十万字的文稿我总得看一遍。以前曹乃谦写小说也好,平时谈话也好,总是母亲母亲的,很少提到他的父亲。这次我见目录里有几篇是关于父亲的,我便首先挑出来阅读,《儿子的忏悔》看得我泪流不止。我原本想使个懒法子,专门为这篇《儿子的忏悔》写点儿什么,顶个代序,后来想想,连这也不写了。干脆懒到底,顾左右而言他,说说我认识的曹乃谦。至于本书的内文到底写了些什么,那就让读者自己阅读后,去体会其中的三昧吧。

             2007年10月30日

# 目　录

**缅怀马悦然先生特辑**

002　佛缘九一九
006　马悦然、曹乃谦来往书信选抄
015　又是那个好日子
021　台湾版《温家窑风景》自序

## 第一辑

026　梦中的风铃
030　治病
　　　——儿子的忏悔
037　冻柿子
　　　——儿子的忏悔
040　打酒
　　　——儿子的忏悔
043　耍孩儿
　　　——儿子的忏悔
048　自行车
　　　——儿子的忏悔

051　挂面
　　　　——儿子的忏悔
054　相片
　　　　——儿子的忏悔
059　饺子
　　　　——儿子的忏悔
064　拉炭
　　　　——儿子的忏悔
068　谷面糊糊
　　　　——儿子的忏悔

## 第二辑

074　对象们
082　妻子节
090　三哥
101　我与陈姓的缘分

## 第三辑

112　丁丁日记
133　滴滴日记
157　侍母日记一
171　伺母日记二

## 第四辑

192　你变成狐子我变成狼
198　学书六十年　而今才知砚
210　快乐围棋
221　年龄大　棋龄长

## 第五辑

230 《三木家的故事》序
233 《祈祷》序
238 《泉水》序
241 《流水四韵》后记
245 《清风三叹》后记

**254 我所认识的曹乃谦（代跋）** 吴丽

# 缅怀马悦然先生特辑

# 佛缘九一九

脑血栓后遗症使得我经常头晕，两年了不能写作。2019年秋天我来到山东龙口高尔夫壹号养病，为的是这里海边的氧气足。这天上午接到一个女孩儿的电话，可我耳聋，听不清她说什么，让她给我写短信。一会儿短信来了，先说是成都《华西都市报》的文化记者张杰，可后面的话让我倒吸了一口冷气，她问我可知道马悦然先生有不幸的消息吗？我赶快简单回复问，什么不幸消息？她说你和马悦然先生是好朋友，你也不知道这事，那但愿是误传吧。

这时我猛地想起什么，赶快打开电脑，一下看到有文芬的信。我的心咯噔一下子就快速地跳起来，颤抖着手点开信后，看到的是"悦然今天下午三点半在家过世"。

我不由得大声"啊！"了一声，老伴儿听到了跑过来问咋了咋了？我哽咽着嗓音低声说，悦然，走了。

沉默了一阵儿，老伴儿才问多会儿？我说，今天。

可今天是多会儿？我们都不知道。我在这里养病，真的是经常不知道今天是多会儿。

我电脑快坏了，经常黑屏。这又黑了，当我把视屏弄亮，才知道今天是10月17日，可这时又看见文芬的又一句话："我想起来，今天就是我们在你家订婚的日子。"

我赶快划开手机点开日历：10月17日，农历九月十九。

啊！九月十九！我再次大声"啊"地叫起来。

十四年前的那天，2005年的那天，农历是九月十九的那天。

那天早晨我上街买菜，发现街面上比平时多了好多家卖香火的摊子，而且是人拥人挤的，生意很旺。我好奇地向一个刚买了香火的老人打问，他的手向上指指说："你不看，天蓝蓝的，是个好日子。"见我还不明白，他又说："今天是南海观音菩萨的出家日，是个喜庆的日子。"

竟然有这么巧的事。瑞典的诺贝尔文学奖评委马悦然先生和台湾的文芬女士，还有我的好朋友李锐和蒋韵四位贵宾今天要来我家做客，正好就遇到了这么个喜庆的日子，真是有缘。

就是那天，我在客厅饭桌摆杯盘碗筷，悦然推推我胳膊："乃谦。你给大家把酒倒好，我有话要说。"我以为他是想要在吃饭时跟大家碰碰杯，再说说什么话，我说："没问题。"说完，继续忙我的。可是不一会儿，他又揪揪我衣服说："乃谦，你给大家把酒倒好，我有话要说。"我抬起头问他："现在？"他连连地点头说："对。就是现在。"

我算了算，连妻子和请来开车的朋友，屋里八个人。我一字排好八个高脚杯，打开云冈牌啤酒，连沫儿带酒把杯子都加得满满溢溢的。这时，文芬也出面了，她进厨房去请我妻子。我妻子说你们先喝着，我忙完就过去。文芬说："请你也过来。你得过来，悦然要训话。"我妻子听说悦然要训话，不知道是怎么回事，也出来了。

悦然面对着大家站着，文芬靠在他的身边。悦然看了看墙上的壁钟，又转过身看着大家，没作声。大家静静地等着，等着他的训话。

悦然又看钟表，我也跟着看看，正是中午十二点整，他开口了。说得很慢，表情严肃、激动，他说："现在，我当着各位朋友的面，宣布。"说着，他的左胳膊把身边的文芬搂紧，"我和文芬，相爱多年，今天，我要在各位朋友的见证下，正式订婚。"说完，在大家还没想起欢呼庆贺的时候，他把握在掌心的戒指戴在文芬的手指上。紧接着，就是幸福的拥抱。就在那一瞬间，我看见，文芬的眼里含着晶莹的泪珠。

蒋韵把提包打开，取出一对枕头，样式像两条弯弯的鱼，古朴、高雅。这是他们给悦然和文芬的礼物。李锐和悦然他们是一起从北京过来的，悦然在北京就把要在我家订婚的事告诉了他，他就让蒋韵做了准备，可我却事先不知道这件美好的事要在我家发生。文芬解释说："悦然是怕给你出了难题，不知该如何准备才好，所以我们才没有事先让你知道。"可我该送个什么礼物呢？想了想，家里也没有个什么合适的。蒋韵说你给唱个民歌吧，可这能叫礼物吗？我一下想起，悦然和文芬看了挂在墙上我自己写的书法，都说写得好。我就说，那我给你们写个条幅，裱好后寄给你们。

"好，好，"悦然说，"对！你就写'到黑夜想你没办法'这几个字。"悦然还告诉我，他用瑞典文翻译我的长篇小说《到黑夜想你没办法》近期就要出版发行。

"哇——到黑夜想你没办法！"大家同时欢呼起来。

热烈的鼓掌，衷心的祝福，酒杯高高地举起。

在温家窑，当我看到悦然弯下腰跟围观的孩子们说笑逗玩时，我又看到文芬抱起羊羔亲亲它的脑袋时，我就认定这两个人同样有着金子般的真诚善良、宽厚仁慈的心。从今开始，这两颗心脏就要因了人类最崇高最神圣的情感而一起跳动。我和李锐夫妇作为证婚人，也为此而感到无比地高兴，高兴得不知该说什么好。

我的一向不好说话、从来不喝啤酒的妻子，一口气把杯中酒喝干，激动地说："今天真是个好日子。"

"对，今天真是个好日子。"大家同声说。

是的，那一天真是个好日子。

可是，十四年后的这天，悦然却是在九月十九这个日子，离开了他心爱的妻子，还放下了自己热爱了一辈子的中国文学，去了另一个世界。

我真的想不明白，为什么这两个色彩不同的日子都是九月十九？

我老伴儿说，这有什么不明白的，这是佛缘。

上一个九月十九，佛缘让悦然和文芬这两个相爱的人，在这个吉祥的日子里结成夫妻。而这个九月十九，佛缘让悦然在这一天离世，就是为了让他心爱的妻子不要悲伤。因为九月十九这一天，本来就是观音菩萨出家的日子，悦然他这也是成佛了。

我想了又想，相信老伴儿这种佛缘的说法是有道理的。要不是的话，谁还能说出另外的让人信服的解释呢？

是的，是佛缘。悦然虽说是瑞典人，可他和中国有佛缘。

七十多年前的1946年，当悦然向瑞典汉学家高本汉学习中文的时候，就与中国结下这种缘；1948年，当悦然居住在四川峨眉山的报国寺，向果玲和尚学习汉语的时候，就与中国结上了这种缘；而实际上，当悦然在1924年的6月6日在瑞典一出生，这种缘就已经开始了，因为那天正是中国的五月初五端午节。

2019年10月20日于高尔夫壹号

## 马悦然、曹乃谦来往书信选抄

**2004年11月11日**

亲爱的乃谦：

　　谢谢你同意我翻译你的作品。

　　谢谢你的来信。我也收到了《佛的孤独》，谢谢你。我想请你帮忙我一点儿事：把你故事里头的人跟人的亲戚关系给我解释解释。将来我也会请你解释一些个别方言词的意义。

　　我越读越欣赏你的短的短篇。

　　祝你一切都顺利！

　　　　　　　　　　　　　　　　　　　　　　　　悦然

悦然先生，您好！

　　收到您的信，非常高兴。

　　我今天把您要求的《温家窑风景》的人物关系整理了出来，现发送过去，供您参考。还需要我做什么，您只管吩咐。

　　您收到此信和人物关系资料，请给我来个信。因为我是刚学习用电子邮箱发信，我怕我万一操作有误，您没收到。

　　祝，身体健康！万事如意！

　　　　　　　　　　　　　　　　　　　　　　　　乃谦

2005年10月21日，我和李锐、马悦然陈文芬夫妇在温家窑

## 2004年11月20日

亲爱的乃谦：

　　谢谢你寄来的修改稿，对我的工作很有帮助。我这个翻译家的翻译方法跟别的翻译家的也许有一点儿不同。我开始翻译之前，先反复地阅读原文。读了多少次之后，我好像听到作者的声音和他的呼吸之后，我才开始翻译。你的著作我已经读了好几次。我亲爱的爱人文芬也在哭笑之间读你的小说。她跟我一样非常欣赏你的著作。

　　祝你一切都顺利！

悦然

敬爱的悦然先生，您好！

　　22日您转来给文芬的两封信都收到。非常感激您对我作品的深刻的认识和理解。正如您所说，我跟"佛"也确实有缘。我从九岁开始就住进了庙院（这您能从我的中篇《佛的孤独》看出来），在四十九岁时才彻底搬走。四十年的庙院生活，这肯定是一种"佛"缘。

您提到的两个美国作家，我非常喜欢Steinbeck的作品，《人鼠之间》是我看到过的最好的中篇之一，还有《小红马》。Caldwell的小说我家没有，等我专门找找看。

汪曾祺先生很喜欢我的小说，甚至还包括我本人。汪老的中篇《受戒》写的是俗人的佛缘。我的《佛的孤独》（我创作时，还没读到过《受戒》）也写的是俗人的佛缘。我跟汪老还有个特殊的"缘"，那就是，我们的出生月和出生日，都一样：农历正月十五。有缘。

我能有幸认识先生，也是有缘，而且是佛缘，先生不是也在寺庙里生活过吗？

乃谦

### 2004年11月29日

亲爱的乃谦：

谢谢你的信，我早收到你的解释，我给你写的回信可能走迷了路了。

我的文芬给我来信问我能不能为你台湾版的小说集写一篇序文，我当然很愿意写，我明年春天会把你的集子翻译成瑞文。

祝你身体健康，一切都顺利！

悦然

写后：我希望你下一封信不要用"先生"的称呼。四海之内皆兄弟也！

敬爱的悦然，你好！

你在12月11日来信问我，什么是"要饭调"。我回信时做了简单的解释。后来我想起我在《湖南文学》上发表的一篇散文《你变成狐子我变成狼》，后又被中国文联出版社收编进散文集《百年烟雨图》里。

我的这篇散文是专门谈"要饭调"的，文中提到了"北温窑"村就是我创作中的"温家窑"；"二明"就是创作中的"愣二"的原型。文中提到的我姥姥村的那个放羊倌"疤存金"就是温家窑《天日》里的羊娃的原型。现通过"附件"转发给你和文芬，供参阅。

祝健康、愉快，一切都好！

乃谦　2004年12月15日

2004年12月16日

亲爱的乃谦：

谢谢你给我寄来的《你变成狐子我变成狼》，我很想把那篇当作你的小说瑞文版的后记。我也要劝我的文芬把它包括在台湾版里。这篇散文叫读者了解你小说里的人物不是你想象出来的，而是实实在在地生活在温家窑里的活着的人。请你把那篇也寄给文芬。

祝你一切都顺利！

悦然

敬爱的悦然，你好！

12月16日的两封来信都收到。

你和文芬都喜欢《你变成狐子我变成狼》这篇散文，我真高兴。"你变成狐子我变成狼"原歌是四句："白面烙饼烙了一个干，搬上我的小妹子回后山。你变成狐子我变成狼，一溜溜山弯弯相跟上。"

"温家窑"里所有的人和所有的事都是有原型的，都是真实地存在过的。当然了，这些真实地存在着的原型以及他们的事，不一定都是发生在这个我给知青带队的"北温窑"村里。有些是我的老家雁北地区应县下马峪村的，有些是我姥姥村的，有些是我父亲工作过的那些村（我父亲在雁北地区怀仁县的好几个农村的公社里当过负责人。学生时期，我一放了假就和我母亲到我父亲工作的那个村住些日子）的。反正，都是我们山西省雁北地区农村的人和事。我把他们集中在了"温家窑"。

我同意你和文芬把这篇散文收编进《到黑夜想你没办法——温家窑风景》集子里，至于是以如何的样式（"后记""代后记""附：散文一题'你变成狐子我变成狼'"）出现，请你和文芬商定。

祝健康、愉快，一切都好！

乃谦　2004年12月15日

**2005年1月6日**

亲爱的乃谦：

我正在考虑怎么样安排你的小说集瑞文版的次序。我想最好是这样：把我的序言放在前头，把你的后记改成"作者的序言"，放在第二位。二十九篇之后把汪老的序言改成"汪曾祺先生的后记"，把你的关于"要饭调"的散文篇称为"作者的附言"，放在最后。我看这种安排比较合适原因之一是，读者应该先读你的文本再读汪老的后记。你看怎么样？

台湾版也许可以用同样的安排："马悦然的序言""自序"、正文、"汪曾祺先生的后记"和"作者的附言"。我的文芬看怎么样？

祝你一切都顺利！

悦然

敬爱的悦然，你好！

2005年1月6日的来信收到。

同意你对我原后记的那两处改动。

《灌黄鼠》中我暗示说，温家窑的后代仍然在为食欲和性欲而奋斗，而且会一代又一代顽强地奋斗下去。

祝健康、愉快，一切都好！

乃谦　2005年元月7日

**2005年1月7日**

亲爱的乃谦：

我想我们对《灌黄鼠》中的大狗和小狗的看法不一致。我认为他们两弟兄去灌黄鼠不是为了肚子饿而是为了去玩去。他们在那两个女孩子面前脱裤子一点儿也没有害羞，这对他们来说是一件很自然的事。那种态度表示他们的性欲还没有开发，他们还生活在孩子们很天真的世界。过了几年，他们肯定会被拉进大人们的可怕的世界，但是我希望他们会继续过一段天真的生活。

祝你一切都顺利！

悦然

敬爱的悦然，你好！

2005年1月8日发来的信收到。

人类生存离不开"食""性"，但这两种欲望对于温家窑的穷人们来说，他们却处在饥渴状态，得不到应有的满足。这是很可悲、可怜的事。

小狗在地上画男人女人性交做爱的图画；大狗欲说还休地跟小狗述说发现母亲和别的男人做爱；小狗懂装不懂地故意问人家女孩儿"啥叫撵对对（兔子性交叫'撵对对'）""啥叫撵羔子""啥叫撵娃子"，最后让人家给揭穿了；小狗设着圈套（赢了我亲你，输了你亲我）想亲人家女孩子的嘴嘴，最后也让人家给揭穿了；他们盼着人家俩女娃明天还来；他们依依不舍地瞭人家俩女娃往西走，直到看不见了才回家。

通过以上这些，我暗示，仅仅是暗示，温家窑的后代已经在为"性"而努力了。

当然了，我在文中把大狗小狗写得很是活泼可爱，也把他们那对于"性"的不自觉的欲念和对于女孩子朦胧的爱写得很美好。让善良的悦然"希望他们会继续过一段天真的生活"。

祝健康、愉快，一切都好！

乃谦　2005年元月8日

## 2005年1月8日

亲爱的乃谦：

我今天晚上把《灌黄鼠》篇翻译完了。语词上和语法上一儿点问题都没有。可意义上和解释上的问题可多着呢。

大狗和小狗让我想到Mark Twain的Huckleberry Finn和Tom Sawyer，两个非常活泼而可爱的男孩子。他们虽然生活在让食欲与性欲给镇压的温家村的窄窄的世界里，他们还没有失去他们的天真。小狗虽然在路上画了一男一女，又给他妈画了胸部与奶子，给爹画了个××，这并不表示他已经进入了愣二可怕的对女性一面爱，一面恨，一面怕的世界。他像世界上一般的小孩儿一样对性有一种稀奇的态度，这种态度一点儿都没有受愣二和下等兵的影响。而且，他画的那俩男女都规规矩矩地并排躺在路上，没有做那个啥。

大狗比小狗大几岁。"大狗从桶里捉出那只黄鼠说：'×你妈，爷现往死勒你，看你还撑不。'"这句话叫我心里难过，因为它叫我猜想大狗过了五六年就会失去他的天真而变成第二个愣二。

两个女孩子们，尤其是不穿鞋的女孩子，也非常可爱。男孩子们光着屁股，吊着狗鸡鸡狗蛋蛋跑来跑去，不是一种非常天真、可爱的画面吗？

我们这个讨论涉及一个很重要的问题。大狗和小狗，如其余的温家村的居民，都是你生下来的，都是从你的笔尖创作出来的。但是你一让他们活着，你就管不了他们了，他们有他们自己的生命。没有人读你的小说的时候，他们就睡在不打开的书里。但一有人打开你的书，温家村的人物就复活了，活在读者想象里。这些人物该算是很幸福，他们会活着又活，会再生又再生。可是作者管不了他们！他们活在各个读者的心里。

我明天要开始翻译最后一篇。我知道我会出眼泪。

悦然

敬爱的悦然，你好！

2005年1月9日的来信收到。

Mark Twain的小说我最喜欢的是《汤姆·索亚历险记》和《哈克贝里·芬历险记》。可能是我浅薄的过，《镀金时代》我看了好几次，可都因为看不进去而没看完。

"大狗和小狗，如其余的温家村的居民，都是你生下来的，都是从你的笔尖创作出来的。但是你一让他们活着，你就管不了他们了，他们有他们自己的生命。没有人读你的小说的时候，他们就睡在不打开的书里。但一有人打开你的书，温家村的人物就复活了，活在读者的想象里。这些人物该算是很幸福，他们会活着又活，会再生又再生。可是作者管不了他们！他们活在各个读者的心里。"你的这段话说得太精彩了。

祝健康、愉快，一切都好！

乃谦　2005年元月10日

**2005年1月25日**

亲爱的乃谦：

　　我今天再一次读了我的译文。我自己很满意，当然也很高兴我终于完成了这个工作，可同时心里也有一种空空的感觉：我舍不得离开温家窑，可是没得办法的！

　　我现在要帮助一个中国翻译家把我的《高本汉传》翻译成中文，一共六百页！我很可能今年秋天到北京去住一段时间，帮他的忙。那时希望有机会跟你再一次见面。

　　祝你们全家新年快乐！

悦然

敬爱的悦然、文芬，你们好！

　　这几日，我每天都是盼呀盼，终于盼到了25日的来信。

　　悦然秋天要到北京，那太好了。如果那时文芬也来的话，那简直是太好了。如果你们愿意并且有时间的话，我邀请二位到我的温家窑去看看，再邀请你们到我的应县老家下马峪村来做客。如果你们没时间来大同，那我就到北京去看望你们。

　　到时我们一定要见面，到时我给你们唱我们的"要饭调"。

　　祝二位万事如意！

乃谦　2005年元月26日

**2005年2月4日**

亲爱的乃谦和文芬：

　　我今天上午把《到黑夜想你没办法——温家窑风景》的稿子交给出李锐著作的瑞文版的出版社。今天上午给你寄的信给退回来的，不知是啥子原因。

　　好，我们今年秋天到温家窑去，听有没得鸟的声音得。没得的话，乃谦得给我们独唱"要饭调"，肯定非常有听头的。

　　文芬的号得考虑考虑。"芬文居士"怎么样？

想念你们两位的南坡居士

悦然

　　写后：以上写的真的没得啥子语法上的错误的，都是适合标准四川方言的语法规律。

**2005年2月5日**

敬爱的悦然、文芬，二位好！

　　得知悦然已经把译文书稿送给了出版社，又得知台湾天下文化出版社和文芬商定了出书时间，太好了，太好了。

　　悦然信里说过他称"南坡居士"，我觉得很有意思。我也有个号，叫"泥洹居士"。我在泥洹寺庙院里住过四十年，大凡取号，都以地名叫起，庙里和尚就给我取了这么个号，当时我就认同了。现在觉得佛气太浓，不如"南坡"自然，当然，更不如文芬"只吃饭睡觉，不修行，哈哈"来得自然。

　　祝二位新春好！

乃谦　2005年2月6日

# 又是那个好日子

2012年8月,湖南文艺出版社给我出了一套文集,有长篇小说《到黑夜想你没办法》,中篇小说选《换梅》《佛的孤独》,短篇小说选《最后的村庄》,散文选《温家窑风景三地书》《你变成狐子我变成狼》,共六种。

这六种书从每一本书的书名叫什么,内文选用哪些作品,彩页插什么图片,到目录的排列,马悦然和陈文芬一直为我把着关。应该说,他们夫妇是我这套书的总编辑。

9月底,我收到了文芬给我的电子邮件,说悦然在10月的下旬要到上海做几场演讲,到时想叫我去上海见见面,她说:"悦然要请你喝啤酒。"我高兴地回复说,一定去。

没过两日,我又收到湖南文艺出版社湘海主编的来信,他告诉我说,出版社准备在上海给我的这套书举办一个首发式,想邀请马悦然、陈文芬夫妇到场参加,让我问问他们是否愿意。

这真是太巧的一件事了。我经常要碰到这样的巧事。

我把出版社的这个想法转告了悦然和文芬,他们满口答应。出版社那头听了更高兴,让我跟悦然商定具体的时间。

文芬给我回信说,考虑到其他活动的安排,时间定在10月22日。

啊!10月22日。又是这个好日子。

我说过,我经常要碰到巧事。可这次,真是太巧了。

2012年，湖南文艺出版社出版六本一套的《曹乃谦文集》，在上海图书大厦举行新书发布会。马悦然、陈文芬夫妇受邀亲临发布会

2005年的10月22日，悦然和文芬在我家举行了订婚仪式。那天中午十二点整，悦然很激动地把订婚戒指戴在文芬左手的中指时，我看见，文芬的眼里浸着幸福的泪花。

每年都有三百六十五天，而恰恰是在无意之中，又选定在这一天，而不是其他的三百六十四天其中的哪一天。

我相信，这里面一定是有一种叫作"天意"的东西，在左右着这一件事。否则，仅仅用"巧合"来解释，我觉得有点儿太过简单。

文芬来信说，悦然的意思是，为了见面方便，建议我和妻子跟他们一起住在瑞金饭店。我上网查了查，这是个花园式的饭店，蒋介石和周恩来都在这里住过。我怕给出版社增加负担，提出说在他们饭店附近随便找个普通旅馆。文芬回信说，别犹豫了，我们已经给你们订好了房间，你们只管住就行了，别的不要考虑。

悦然翻译我的长篇小说《到黑夜想你没办法》的译文，获得了2008年瑞典皇家科学院"雷特斯泰奖年度翻译奖"，文芬说，悦然决定这次把他的这个获奖证书，见面时赠送给我。

哇，这真是太贵重的礼物了。

我们和悦然他们虽然是相互之间书信邮件不断，但已经是六年多的时间没见面了，那我们该送悦然和文芬什么礼物好呢？而不能是再像以前那样，写几个毛笔字。我和妻子在家里想来想去，在商店转来转去，最后选定一枚银质的龙凤呈祥的纪念币。又好看，也不贵，礼轻情意重嘛。我知道，送太贵重的东西，悦然和文芬他们是不会收的。

上次我们见面时，悦然送给我的是很贵重的派克金笔，而我什么也没有送他，他指着墙上挂着的我自己写的毛笔字说，我喜欢你的书法，你就给我写个"到黑夜想你没办法"好了。后来我补写了一个竖轴，寄给了他。再后来，文芬把他们结婚后的一张照片寄给了我，我又写了一个横轴"题诗红叶，如鼓琴瑟"寄给了他们，以示敬贺。两个书法的装裱成本费加邮资，总共也不到三百元。而他们给我的那支派克金笔，我的朋友说文具店要卖好几千呢。

湖南文艺出版社为我举办的图书首发式，地点选在上海的一家八层楼书城，书城的大厅布置得很是气派。一进正厅，抬头就看见巨大的横幅电子显示屏，清晰地显示着我的彩色头像和六种书的封面。正厅的旁边又架立着很高大的宣传画，电子显示屏和宣传画上面的字语是："曹乃谦作品系列新书发布会　诺贝尔文学奖终身评委马悦然、夫人陈文芬亲临现场鼎力推荐。"

我和悦然夫妇在大厅拍照留影时，我妻子却躲在一旁观看。文芬招手叫她："慕娅过来，慕娅过来。"我妻子这才不好意思地过来了。妻子背后跟我说，几年过去了文芬还记得我的名字，还招呼我跟一块儿照相，文芬半点儿架子也没有。妻子还想起那年的10月22日，在我们家吃完午饭去温家窑时，见文芬穿的单薄，妻子把自己的长大衣拿出来，让文芬带着。文芬当下就穿在身上说："大小正合适，好像就是我的衣服。"妻子说："文芬真随和。"

正式的发布会会场是设在六楼的大会议室里。全国有三十多家媒体应邀前来参加这次活动，记者们把会议室坐得满满的。

当悦然把他的获奖证书赠给我后，有记者问我有何感想。我不知道该怎么回答，我也是最不会回答"有何感想"这一类的问题。如果他是让我

马悦然翻译我的《到黑夜想你没办法》获得了瑞典皇家科学院"雷特斯泰奖年度翻译奖",悦然将该证书赠予我做纪念

讲讲我的小说创作过程或者是我的小说人物什么的,我倒是能说一说,可一离开这样的话题,我就没的说了。

文芬讲,悦然说当瑞典人在山洞里发抖的时候,中国已经有了李白有了杜甫,悦然喜欢中国文化,悦然喜欢曹乃谦的小说。

最数签名让人没办法。好多人把悦然、文芬、我,三个人团团围住。有的读者,也可能就是记者,一个人买了好几套书,让我们签名。他们还要求在每本书上写一句话,我问写什么,他们说你是作家你给想一句。可我一句也想不起来,旁边有人提示"书山有路",有人提示"天道酬勤",后来他们自己先写好在小纸条上,让我抄。

也不知道签了多少套,签得我手掌僵硬,指头抽筋。可我看看悦然和文芬,他们还在那里埋着头耐心地签着。

吃饭当中,文芬说,悦然一年也没有写过这么多的汉字。话音没落,湘海主编接到女儿从长沙打来的电话说,"一定要请马爷爷给我签套书哟。"我们听了都笑。

无论从言谈思维也无论从行动举止上来说,悦然根本就不像是个八十九岁高龄的人，我觉得他比我这个六十三岁的人还年轻。湘海问他，听说您健康的秘方是"抽烟喝酒不运动"，悦然笑着说："哪里，现在文芬已经不允许我吸烟了。"

悦然看到红烧肉转过来，拿起筷子正要夹，文芬制止住说："好了马爷爷，这个不许再吃了。"悦然像个听话的孩子"噢，噢"地点着头，把筷子放下来。

文芬像个小妈妈似的呵护着自己的老小孩儿。

可悦然频频地举杯跟我喝啤酒，文芬却不限制。晚饭后我们返回到了瑞金饭店，悦然又把我们请到他房间，还要继续喝。

悦然把我和妻子让到大沙发上坐下来，他自己费力地往过拉单人沙发，我上前帮忙，他不让。文芬则给张罗着下酒的干果，摆满了茶几。见他们亲自动手，我妻子问她做家务的事，是雇佣保姆吗？文芬说，哪里，雇佣保姆这在瑞典是不许可的。

"那平时是谁给你们做饭、洗衣服呢？"

"都是自己动手呀。"

我和妻子听了，很是吃惊。

可当我又听文芬说诺贝尔评选委员会的主席们，上下班也都是骑自行车时，更是惊讶和感叹。

"乃谦，来，吹一曲。"悦然把我立在沙发后的箫递给我。在温家窑，悦然听过我吹箫。

我患有脑血栓病，大夫建议我拄拐杖，我在思想上不愿意接受拐杖这种东西，行走时就拄着我的箫。

我接过箫，吹起来。我想着悦然在四川住过，就吹了一支四川的《康定情歌》。让我没想到的是，我吹着吹着，悦然跟着曲调唱起来："月亮弯弯，康定溜溜的城哟。"

我知道悦然热爱和熟知中国的文化，翻译过《诗经》《楚辞》、唐诗、宋词、元曲，翻译过《水浒传》《西游记》，可我不知道他还会唱中国的民歌。

哇——高山流水，明月清风。

在浅酌慢饮当中，悦然和文芬又问起了温家窑。他们一个一个地打问

悦然喜欢听我吹箫

起那里的人们,好像是在打问分别已久又十分挂念的亲戚。

想起那年在温家窑,文芬抱着羊羔照相,引逗小狗用后腿站立。悦然摸小孩子的头,跟他们说笑。看着悦然和文芬那慈祥的目光、温和的表情,当时我就知道,他俩都有着善良的菩萨心肠。

这时,我再次地感受到,悦然和文芬是真心地关爱着温家窑。

2013年3月于槐花书屋

# 台湾版《温家窑风景》自序

有些作家写小说好像是在做绢人儿，做起来轻轻松松愉愉快快，做出来的人儿又都是漂漂亮亮俊俊秀秀的。这还不算，人家还能接二连三做了一个又一个，做了一个又一个。

我却不能。

我写小说是在生孩子，受尽劳累，痛苦不堪，生出来的毛头婴孩儿还远不如绢人儿们那般好看。更糟糕的是，我还不能马上接住再生。要想再生的话，还得经过好长好长的时间，许多许多的磨难。

我的"温家窑风景"系列小说就是这么慢慢腾腾、陆陆续续地来到了这个世界上。

汪曾祺老先生看了我这个系列的最初五题草稿后说："我看题名就叫'到黑夜想你没办法'好。"听了汪老的，我把这个"温家窑风景"系列小说集的总题名叫作《到黑夜想你没办法》。

有一位评论家在一篇文章中阐解"到黑夜想你没办法"这个"怪题名"时写道："我猜想，那一定是个寂静的夜。作者手执蘸水笔，心却回到了地老天荒的小山村。一颗激动的心痛苦不安，怎么也找不到一种稳定情绪的角度。突然，他从锅扣大爷那悲怆的山歌'到黑夜想你没办法'听到了灵感的召唤。于是，这句古老的山歌便成了统摄这一组系列小说的情感基调。"

中国作家协会主办的内部刊物《作家通讯》编辑室有一次来信问我，

2004年我与马悦然

你的创作最关心的问题是什么？我的答复是："食欲和性欲这两项人类生存必不可少的欲望，对于晋北地区的某一部分农民来说，曾经是一种何样的状态。我想告诉现今的人们和将来一百年乃至一千年以后的人们，你们的有些同胞，你们的有些祖先曾经是这样活着的。"

我之所以关心这些饥渴的农民，是因为我出生在一个非常贫苦的农民家庭。我身上流动着农民的血液，脑子里存在着农民的意识，行为中有农民的习惯。我虽然已经当了三十四年警察，但实际上我是个穿着警服的农民。

这一系列小说的前五题，是我预先设计的《温家窑风景》序幕，或叫作引子，实际上还应该加上《男人》和《贼》。以后的所有篇什，都由这七题引出生发。作为引子，这七题写得短小，后边各题的篇幅不专意追求精悍，该长则长，该短则短，顺其自然。

按照事先的设计，整个《温家窑风景》是一部长篇小说，各题的事件和情节相互关联，各题的人物和场景相互交叉。在发表时我是用组合柜的方式让它们一组一组地单独出现，当摆放在一起的时候，就该是一套完整的家具。

汪老跟我说，你写吧，这个系列出集子时我给你作序。可我要结集出书了，汪老却已离我们远去。

这个集子曾经有过两次出书的机会。一次是1993年，时任《联合文学》执行主编的初安民先生帮我出书，我把全部的手抄稿（那时我还没有电脑）以及有关出书资料都寄给了他，时间一天一天地过去了，却一天一天的没有音讯，我也不好意思催问，这件事就这么的给搁开了；另一次是1999年，大陆的一家文化中心要给我出这个集子，我连书的近三百页的内文也都已经校对过了。后来又给我寄来了封面的大样，别的都还满意，只是在黑色的麦秸垛里有个白色的女性裸体剪影，我去信建议把这个裸体剪影去掉，或者给她穿件衣服也行，可我一直没有得到答复，于是也就没有了下文。

在这两次当中，还有个出版商要买我这本书的版权，说给我十万元，以后这本书就跟我没关系了。我虽然穷，这十万元对我来说也是个很大的数字，但是再穷也不能卖儿女。嫁出去可以，卖我是不卖的。

书虽然没有出成，但有一点我是非常明白的，绢人儿们再好也仅仅是些摆设，而我的毛头婴孩儿是会啼哭会嬉笑的活体生命。

好事多磨，我耐心地等待着。可让我做梦也不敢想到的是，我等到的却是天底下顶大顶大的好消息。

2005年8月的一天，朋友李锐给我打电话，说马悦然先生在太原，原打算还要到大同，因为有事就不去了，说马悦然先生想看我全部的《温家窑风景》稿样，让给送过来。悦然（悦然说四海之内皆兄弟。要求我这样称呼他）在山西大酒店宴请的我们，他接过我颤抖着的双手捧上的《温家窑风景》打印稿说："好了，这下我在路上有的可看了。"他当时没有明确表示说要翻译我的这个集子，可我知道他是看好我的温家窑的。在十多年前，我还没把《温家窑风景》全部写完，他就翻译过其中的一些篇什。我虽然知道诺贝尔文学奖评委马悦然喜欢我的温家窑，但我把温家窑全部写完后，也没敢直接与他联系。悦然是全世界的悦然，我怎敢去贸然打扰。

这下可太好了。

太原分手两个月后，文芬（马悦然的妻子）给我打来电话，说悦然决定翻译我的《温家窑风景》，又说她也已经在中国台湾给我找到一家叫作"天下文化"的优秀出版社给我出这本书。

这下可太好了。

大恩不言谢，我只说，太好了，太好了。

现在，这两本书就要与读者见面，真的是太好了。

2004年12月于槐花书屋

# 第一辑

## 梦中的风铃

前些日，陪着几位省城的客人去应县观光木塔。对我来说，这"去"该叫作是"回"，因为我本来就是应县人。

应县木塔是俗称，它的大名叫释迦塔。据说始建于五代，完工于晋天福二年。也就是说，在公元936年就已经完工，距今有一千零七十年。

路上我给客人们从造型艺术到建筑风格，从民间传说到神话故事，把我所知道的有关木塔的知识做了一番卖弄，还背诵了元、明、清几位名流硕儒赞颂木塔的诗词给他们听。

有位客人问："听说应县木塔是世界上最高的塔？"我说："准确的说法，在'塔'的前边应该再加个'木'字。但它究竟是不是世界上最高的木塔，这我不敢断言。可我知道它有六十八米高。我姥姥村离县城有四十二里，而我站在姥姥家的房顶上就能看见木塔。不仅能看见，还能清清楚楚地看见木塔总共是多少层。"

"多少层？"

"明六暗四，共十层。暗是指，有四层是缩进去的。"

末了，又有位客人问我说："木塔留给你最早的印象是什么？"我稍假思索便告诉他："是风铃。"

是的，风铃。

我的出生地是应县的下马峪村，户口虽说是在不足一周岁时就迁到了大同，但我在九岁之前不是在姥姥村就是在下马峪，基本是住在农村。这期间少不了有农村到大同城之间的往返。因这两个村离应县城都有四十多里，当时没有交通工具，进县城得靠两条腿步行。所以，要做这样的往返，就得在县城里打尖。为了省钱，我妈每次都领我住在木塔脚下那家最便宜的客店，店钱只要三毛。

这家客店是坐北朝南的一间临街大房，一进门便是左右两条顺山大炕。这个店不分性别男女都可以住进来，左炕是男客，右炕是女客。我是小孩，不打人数儿，就跟母亲住在女人炕上。当时的人们实在是淳朴，也实在是敦厚，从没听说左右炕上的男女们有什么不该发生的事情发生过。女的没撩逗过男的，男的没调戏过女的。要搁到这会儿，就难说了。

应县木塔是我的骄傲，1968年有同学给我寄信，贴的八分邮票正好是我们的应县木塔，我就保存起来。1974年我和二哥曹成谦、表哥张恩世在木塔下拍了照，就把邮票贴在相片上，装在了相框里

天一擦黑，客人们各自把带来的干粮交给店掌柜，送到伙房上笼馏热。掌柜的再给两边的当炕各捧进一摞笨碗，再端进一只红瓦盆，瓦盆里面是开水。客人们拿碗从盆里舀上半碗开水，就着吃自己的干粮，这就算是一顿饭。讲究的耍排场的客人，再跟掌柜的捞碗凉粉。凉粉是山药淀粉做的，软溜溜，滑溜溜，咽进嘴里呼溜溜响。那辣椒油调得红红的闪亮儿，在煤油灯的反照下，每一个油花儿都是一颗太阳，晃得我睁不开眼。我咽咽唾沫把头扭一边儿，不看。

吃完夜饭，一吹煤油灯就睡觉。被褥枕头什么的东西，店里没给准备着。人们一个个整囫囵衣裳倒下来，有包包裹裹的就枕着，没有的就枕鞋。连鞋也没有的（那年代的人们穷，没鞋穿的多的是），那就枕着自己的胳膊。不一会儿，磨牙声、呼噜声从四处响起，客人们各人做着各人的梦。

那次的半夜，我听见有人"招人，招人"地喊我的小名儿，我"哎，哎"地答应着就爬起来，一下把我妈给惊醒了，问我干啥？我说有人叫我。我妈听听说胡嚼，我说就是。我妈说你是梦梦了，说着一把把我按倒在她的怀里。睡的睡的，我又答应着爬起来，又把我妈惊醒了。

"你又梦梦？"

"真的有人在叫我。"

"在哪儿？"

"天上。"

我妈一下把我紧紧搂住说："再胡嚼看不楔你是好的。"

她侧起耳朵听听半空，放松了我，说："你接音了，那哪儿是叫你，那是大木塔上的风铃在响。"

我再一听，果然是："丁零，丁零……"

这是我能回想起的跟木塔有关的最早的记忆。那时该有五岁吧，也许还不到。至于塔身那拔地擎天、雄伟壮观的形象给我留下的记忆，倒是在这之后。知道有哪几位皇帝为木塔题过匾，题的是什么字，那也是上初中以后的事了。

反正是，那一夜，"丁零，招人"不绝于耳。

那以后，"丁零，招人"也常在向我召唤，有时我竟分不清这召唤是梦中的风铃，还是风铃中的梦。

这让我经常能想起明朝诗人曾韬赞颂应县木塔的诗句：

六层铃舌弄天风
借为方笔写长空

下午，我们参观完木塔从县城往大同回返。豪华小轿车在柏油高速路上如飞似的行进，散香瓶摇摇晃晃溢出的清香在车内撩拨人心，立体声音响在高歌"不管是东南风还是西北风"，省城的客人半张着嘴又像是打鼾又像是哼唱，与"东南西北风"共鸣。

路两边的黄土地里，男村民扶着弓背的木犁，扬起手中的短鞭"咧咧"吆喝着老牛。女村民挎着粪筐，从里面抓一把撒在地下，抓一把撒在地下。刚翻过的土地冒着热气在他们的脚下蒸腾。

好一幅盛世升平的农家乐景象。这景象在荧屏似的车窗里刷刷地闪过。

猛地，我心中一震，同时耳边又听到木塔的风铃在摇动。

可我还是不知道，这次是真的在梦里，还是已经清醒。

丁零，丁零，丁零……

# 治　病

## ——儿子的忏悔

　　我要说的是我快过四周岁生日时候的事。

　　当时我和我妈在姥姥村住，时间已经是过了农历的腊月二十三。再过几天我们就要回我的老家下马峪村，去等我爹跟大同回来。我们要一起在下马峪过大年。

　　我都快四岁了，可我还不会像正常的孩子们那样站起来，用两只脚走路。我前进和我后退都是坐在那里滑动。我妈说我滑动的速度也还不慢。两手撑住炕，将身子托起来的同时，两脚两腿刺溜刺溜地往前滑。她说我滑动的样子，就像是有些孩子们滑冰车。我现在想象着，我的两脚两腿一定是也在用着力，我的屁股，我的腰，也一定是在同时用着力，要不，光靠手怎么能滑向前，退向后呢。

　　我妈说，可能是我在炕上成天地滑擦来滑擦去，我的右脚的外侧在炕席上给擦了刺。

　　我妈还说我擦了刺的另一个原因很可能是，我不听大人的话，非要学着姥姥钻在褥子下面睡觉。

　　那个腊月天气非常冷，家里温度很低，早晨起来尿盆的尿水都结冰了。但是，在炕上睡觉的我们却也没被冻死，因为被子下面是火炕，火炕是热乎的。

　　每到黑夜，我们吃完晚饭后，姥姥就在炕上把被褥铺展开来，我们三个孩子就坐在铺盖上，软绵绵的真舒服。我妈不许我们在上面打闹，说看把盖物给"倒腾烂"。我妈就抱进柴火再次烧炕。头前做晚饭的时候已经是把炕烧过一次了，土炕摸上去基本上有点儿温乎了。将要睡觉前，再抱进柴火烧这么一次，土炕摸上去就热乎乎的了。一摸的炕热乎了，我妈就给吹灭灯，让我们小孩子钻进被窝睡觉。

现在我回忆起来，如果家有表看看的话，我看连晚上八点也不到我们就都睡下来了。当时的农民都是这样，都是一吃完晚饭就睡觉。这样做的原因，我想着，一是为了节省煤油，二是为了节省烧的。如不趁着吃完饭火炕还热着就睡，那要是等炕冰压凉了再往热烧，那就要费好多的柴火。

以前我们小孩儿不太注意，那天早晨我醒来，发现姥姥是睡在被褥下面，身体直接就紧贴着炕席子。炕席子是用高粱秸秆做的，我能看见姥姥大胳膊上摁压出来的席子花纹印。我问姥姥您咋就钻在了被褥下面睡觉，您不嫌席子硌得慌？姥姥说后半夜睡在被褥上就有点儿凉，可被褥下面还是温乎乎的。我把手伸在被褥下面摸，果然是。我就说我也在后半夜往被褥下面睡呀，表哥和姨妹他们也说后半夜要往被褥下面睡。姥姥说你们小孩子不行，你们细皮嫩肉的，小心让席子给擦上了刺。我们不听，不等半夜就都悄悄地钻在了被褥下。

我妈说，我可能就是钻在被褥下睡觉，右脚外侧在高粱秸秆席子上给擦了刺。

起初我也不知道我擦了刺，后来我感觉到右脚踝下面有点儿疼。我跟我妈说了，我妈脱下我袜子一看，我擦了刺的那块肉皮已经有点儿坏脓了，她让我姥姥把我的脚按紧，不让我动，她用针给我往出挑刺。

我疼得直叫喊，我妈说忍住忍住。我还叫喊，我妈说，再叫我就打断你狗腿。我这才忍住疼不敢叫了。不敢叫是不敢叫了，可不敢叫不等于是不疼了。你想想，用针把你的肉皮挑来挑去的，能不疼吗？

表哥和姨妹在旁边看红火。

要命的刺总算是挑出来了。

姥姥说我妈，把刺给娃娃抹头顶上。我妈就把挑出的刺给我抹在了头顶上。我问姥姥咋把刺给我往头上抹，姥姥说，把刺抹头顶上，再往后就不擦刺了。

姥姥的话真灵验，我以后真的再没有擦过刺。姥姥总是有好多这样的办法。比如说孩子们让风沙迷了眼，姥姥就让孩子们仰起头，朝天上"呸呸"地唾唾沫，果然，唾完几下唾沫，眼睛就不觉得难受了。比如谁上了火流鼻血，姥姥就让把胳膊举起来，像投降人儿似的，很快，鼻血就不流了。

拔出了刺，我说，姥姥我不疼了。姥姥说那俺娃说说再敢钻被褥下面睡觉不了，我说我再不敢了。

姥姥问我表哥和姨妹，你们再敢在被褥下面睡觉不了。姨妹说不敢了。表哥说，奶奶，我不细皮嫩肉，我不怕。姥姥照他头顶给了一巴掌，嘴里骂说："你个没头鬼，不起个好带头。"

姥姥打人人不疼，表哥还笑。

表哥比我大三岁，姨妹比我小十个月。

我妈说我，招人你稳稳儿在炕上坐会儿行不行，你那滑擦来滑擦去的，那正好是又把伤口蹭破了。她又问我，听着没？我说噢。我妈说，那妈就回下马峪烧房去呀，你爹这一两天就要回来了。妈烧好房来接你，我说噢。

我妈就回了下马峪。那一天，我听了我妈的，基本是就在原地坐着跟表哥和姨妹玩儿，实在是要挪地方，我也是把右脚架在左脚上，免得蹭了挑过刺的伤口。尽管我坐在原地不敢多动，可我脚上的那块地方还没有好，我说姥姥我还疼，姥姥给我脱下袜子一看，呀，厉害了。

姥姥说我给俺娃抹点儿鸡蛋清。

她就打了一颗鸡蛋，给我坏脓的地方涂抹了一点儿鸡蛋清。我觉得凉凉的，不疼了。可是，姥姥蛋清治疗的方法只起了一天的作用。在我妈走后的第二个夜里，我又觉出疼。早晨起来，我的那处伤口鼓起个大脓包，有半个杏那么大。我觉出脓包里面在"针针针"地疼。

姥姥说不害事不害事，"针针针"地疼那是里面在调脓呢。姥姥说等脓包熟了，自己破了，脓流出去就不疼了。我问多会儿才能熟了，姥姥说得再往大长长。姨妹说长到鸡蛋大，表哥说长到西瓜大。表哥和姨妹都笑。我说我要寻我妈，我要寻我妈。姥姥说那就等等哇，你妈今儿一准来接你呀。

表哥说，奶奶，给招大头化黑糖水喝，一喝就好了。姥姥说表哥，我看是你个灰没头想喝了。姥姥问我喝不,我说喝。

喝了黑糖水,我脚还疼。

吃完中午饭,我睡了一觉,我妈还没有来。

我的脚还疼,我的心也烦,我不想跟表哥他们玩儿了,我说:"我寻我妈,我寻我妈。"姥姥说:"你这个灰妈咋还不来接你。"后来她把东院二舅叫来了,让把我送下马峪。

下马峪村离我姥姥村十二里。

我妈已经把下马峪的家打扫干净了,窗户也换上新窗花纸了,也把家烧暖了,单等着我爹回来过大年。

父亲

我妈把一切都安顿好了,正要到姥姥村去接我,东院二舅把我给送过来了。东院二舅把我放下来他就返走了。

我说妈你看我脚,还疼。我妈把我袜子脱下来一看,呀,成了这了。我合着身子看看,脓包好像是扣着的半个海蚌油盒。她看看窗外说,按说你那个灰爹该回了,可也不知道你那个灰爹多会儿才回。她把跟我们住一个堂屋的二大娘给喊过来了,问该不该把脓包挑破。二大娘按按脓包说,不行,不熟着呢,不熟不能往破挑,熟了自个儿就破了。

我妈问我问疼不,我说不疼。实际上是有点儿疼。

我是想起了前两天我妈按住给往出挑刺,疼得我要命。我是不想让她给我挑。二大娘说不挑了,我很感激她的决定。我盼着脓包快快地成熟。

天擦黑的时候,我爹跟大同回来了。他背着行李,行李打包得四四方方,好像个炸药包。他的行李包上还架着一个提包,肩上还斜挎着个黄挎包,手里还提着大提包。他所有的包都是鼓鼓的,里面装着好东西。

我跟我爹一年没见了,他长得啥样子我也记不得了,如果在街上碰到，我也不会认出他是我爹。

他一进门放下提包就想先要抱抱我，我不让他抱。我右腿架在左腿上刺溜刺溜滑到了炕脚底，不让他伸出长胳膊就能探得住我。

他看着我问我妈，娃娃是不是还不会走？我妈说连站也不会站。他说我给跟太原买回了鱼肝油，还带了些常用的药。

我爹是在省委党校离岗上学，要上三年，每回党校放了假他回大同先要到原单位报到，问问单位有啥事没。单位能没能事儿？问就有事儿。临到年底了，更忙。他这是又在单位上了几天班，这才跟单位的人一块儿放了过春节的假，回来了。

他把背包、提包、挎包放在后炕，洗了脸，又过来要逗我玩耍。他说，来，看看爹给俺娃买啥好东西了。他又探着身子拉我，这次他碰到了我的右脚。我疼得"哇"地叫了一声。我妈说娃娃脚疼。我妈说我，来，让爹看看。我从炕脚底滑擦到炕沿，滑到我妈跟前。我妈慢慢给我脱了袜子。我的这只右脚，已经是穿着我妈的大袜子了。

我爹看到了我脚上的脓包。他又跟挎包里掏出手电，打着看。又摸摸我的下巴。

我妈说："没事儿，二大娘说还没熟呢。"我爹说："什么等熟了，不行不行，这得处理。"

我爹对我说，俺娃不怕，爹给俺娃治，爹正好是带回了药。我妈说吃了饭再说，我爹说不行，有病得早治，你不试出娃娃已经发烧了。他问我妈有新笼布吗，我妈说有。问有新棉花吗，我妈说有。我爹说那就行了。他跟挎包里掏出几个药瓶儿，从其中的一个里面倒出几颗白片片，在面板上擀碾成粉末。

他让我妈给准备好半瓢温水放在锅台上。他把剪子放在灶火烤。

我不知道他要怎样地给我治病，我好奇看着。他刚才摸我下巴说我有点儿发烧，我也悄悄地摸摸我的下巴，没觉出烧来。

我爹让我面迎天躺地炕头，头朝窗户脚朝锅台，让我的脚放在炕沿上，还让我妈把我的两腿按紧。

我一看原来他也是要按紧我的腿，我知道一这样，就没我的好。

"不要不要！"没等他们动手，我就开始放声号哭，号哭也没用，他们根本就不考虑我的号哭,也不管我的疼痛。

有我妈挡着我,我看不见他是在如何地整治我。

"灰爹——灰爹——"我想起我妈说过我爹是个灰爹,我就拼着命地骂灰爹,拼着命地挣扎。

这次我妈没因为我骂灰爹我挣扎我喊叫而生硬地喝骂我,但就是按住我不让我动。我妈有的是力气,别说是按我个小孩儿了,就是按个大人也能让你动弹不了。

当我呼喊得没了力气时,当我挣扎得没了力气时,我妈才松开我。

我看看我爹,他掏出手绢在擦汗。

我虽然不号叫了,可我还是在抽抽泣泣地哭。

我爹弯下腰,笑着对我承认错误说:"就怨灰爹的过。看把俺娃哭得。"

我大声对他说:"灰爹起开!我不想看到灰爹!"

"好了好了。你爹是为了你好,你骂你爹灰爹。"我妈说我。

我看看我的脚,用新笼布给我包扎住了,只露着脚后跟和一排脚指头。我动了动脚,好像是不疼了。

这些细节,都是我妈在事后断断续续地跟我说的。

她说我爹是用剪子把我的脓包挑破,把脓水挤出去后,又把坏死的皮剪掉,他原本是准备用蘸着温水的棉花清洗剪下肉皮后露出的嫩肉,因为那上面还有好多的脓。我爹说必须得把上面的脓水都清洗尽。可他怕棉花弄痛我,就弯下腰,用舌头往干净舔。舔一下,漱漱口,吐在后灶坑里,再舔。一直把里面的脓水都舔干净,才在上面撒了药面儿,把伤口包扎

母亲

住。才直起腰来擦汗。

我清楚地记得，我爹边擦汗边向我道歉，赔不是，可我就是不理他。还骂他"灰爹"。

如果说"灰爹"不算是骂人，仅仅是有一种埋怨的情绪，就像我妈说"你那个灰爹还不回"，可也不能说是尊重。但现在回想起来，最让我感到不应该的是，我妈说我一个礼拜没有跟我爹说话，不理他，后来是在正月初五时才主动开始跟我爹说话，说的第一句还是"灰爹，给我穿穿裤子"。

当时我妈骂我："你爹看好得你，一天俺娃俺娃地哄颂你。你咋就还是灰爹灰爹的？"我爹赶快说我妈："你看你，俺娃好不容易跟我说开话了，你看你，骂俺娃。"

我妈说当时我爹高兴得一把把我搂在怀里，连声地说："俺娃跟灰爹说话了，俺娃跟灰爹说话了。"

唉，爹爹。要说灰的话，我才该说是灰。

爹爹，我是个灰儿子。

# 冻 柿 子
## ——儿子的忏悔

从小时候起我就不好看红火。

红火是我们的地方话，主要是指过大年、过正月十五，还有过庙会时，街上的那些扭秧歌踩高跷的，还有车灯、船灯、龙灯什么的，还有摆摊儿杂耍、搭台唱戏等等的，都叫红火。人们一说"快看去哇，今儿街上有红火呢"，就是指这些。

这些，我都不喜欢，我嫌那里人过多，多得你挤我我挤他，走路也走不了。还嫌那里乱哄哄的，太吵。唢呐呜呜哇啦，铜器哏哏叭嚓，再加上大人喊叫小孩儿号哭，吵得你头晕，吵得你耳朵疼。还有那讨厌的大鼓敲得咚咚咚，震得你心慌震得你肉跳。

我就好在家里安安静静地待着，看看小人书，要不就睡觉。这多好。

可在我进入八岁那年的正月十五，也不知道是中午吃生日油糕时，祝福的话听得我心情愉快了；也不知道是晚上吃水饺吃住了里面的钢镚儿，使得我的情绪特别好。我就同意了父亲的提议，跟着他们去看红火，而不是像往年那样，自己留在家里。

出门时我看见了院窗台前的煤仓上的冻柿子，就顺手拿了一个。

我们大同的习惯是，买柿子时拣软的捏，哪个软买哪个。买回来就冻在院里，冻得硬邦邦的。大人们说冻过的柿子比不冻过的甜，吃了还下火。吃的时候把它放在碗里，往碗里加冷水，用冷水激。过那么一大阵，柿子的外面就激出了一个厚厚的透明的冰壳。这时候，冰壳里的柿子就软了，拿牙咬开个口，用嘴吸出里面的软舌头，真甜。

甜是真甜，可我就想吃个冻得硬邦邦的柿子，我想尝尝硬邦邦的冻柿子是啥味道，我总觉得那一定是很好吃。我的判断是，夏天，我把冰棍儿化成水，一喝，不好，不如冻得硬邦邦的冰棍儿好。那这冻得硬邦邦的柿子也一定是比化软了的好吃。

院窗台前的煤仓上放着木板，木板上就摆放着我早就想尝尝的那种冻柿子。乘大人不注意，我就拿了一个，还是拿了一个大个儿的，多重我不懂得，反正是沉甸甸的，足有我的两个拳头大。

其实刚才吃饺子吃得饱饱的，我又不饿。我主要是想解解馋。

我故意地放慢脚步，跟在大人的屁股后头走着。街上的灯光不是很足，天上的月亮也没升到半空，光线不像白天那么亮堂，这正是我偷吃冻柿子的好机会。

可还没等我张开口吃，就觉得不行了，是拿柿子的右手让冻柿子给冰得不行了。我赶快把冻柿子换到左手，往嘴里送，可还不行。是柿子过大，又硬又光滑，牙啃不住柿子。这时，左手也让柿子冰得不行了。我又让右手也来帮忙，两只手捧住往嘴里送。嘴张得大大的，可还没等牙碰住柿子，嘴唇却挨住了柿子，我赶快把柿子拿开。是嘴唇让冻柿子给狠狠地激了一下，激得嘴唇麻酥酥的。

这时，两手也让冻柿子给激得发麻了。

看来，冻柿子是不能吃了。我决定放弃这个解馋的念头，我就往兜里装，可兜口小，柿子大，袄兜裤兜都装不进去。怎么办？要不扔了它？这么大的柿子扔了，要让我妈知道了那可要挨打。

正拿不定主意，父亲转过头看我。我赶快伸出手说："给你去哇。"父亲就问是啥，就把冻柿子接过去了。这时我们已经走出了巷口，到了大街。大街的路当中，一拨儿挨一拨儿，都是闹红火的。路两旁是看红火的，里三层外三层，人挤人。我妈又调转头说："拉紧招人，看丢了的。"父亲说："来，爹驾马着俺娃，要不俺娃啥也看不着。"说着他弯下腰，让我骑在他的脖子上。他一直身，我一下子长高了，啥也能看见了。

街上很冷，我把手缩在袖筒里，抱住我父亲的头。我说脚腕冻得慌，父亲用他的围脖儿把我的脚腕给缠住。这下不冻了。

我们随着人潮往前移，慢慢地移到了四牌楼。四牌楼是市中心，所有的红火在这儿都很卖劲儿。人们都想来这儿看最精彩的。

我们在街上足足看了有两个钟头的红火，我妈才说看把招人冻坏的，咱们回哇。

开门的时候，我妈看见我父亲手里拿着个冻柿子往煤仓的木板上放。问他大冷天你拿个冻柿子干啥，父亲不说话。

父亲先进的家。可他连灯都拉不着，等我妈拉着灯一看，他的两只手指头冻得都僵了，十个指头都弯着，动也不能动，连自己的衣扣都不会往开解。

我妈问："你拿个冻柿子干啥？"说完，一下想起了我，手一指我："一准是你个小讨吃子！"我缩在炕角不敢吭声。

我妈帮父亲把上衣脱了，赶快给从瓮里舀出一盆凉水说："快激激。"也像激冻柿子那样，父亲把两只弯曲的手泡进冷水里。

我妈说："兜口小装不进去，你不会扔了它？"父亲不吱声。我妈又调转头骂我："把你爹的指头冻掉了，我看咋去给你往回挣钱。"她这么一说，我一下子好像是看见了父亲掉了指头的光秃秃的手，我害怕了，"哇"地哭出了声。

父亲说我妈："俺娃不懂事，看你没完了，大正月十五的，娃娃过生儿呢。"我一听，哭得更厉害了。我倒不是觉得自己受了委屈，我是想用哭表示自己错了，而且很伤心。我妈骂我说："哭！你再哭！你做上有理的啦？"说着就四处处瞭，要找东西打我。我知道，她要是真的找到了尺子、扫炕笤帚什么的，那是不白找的，那我准定得挨一顿。我赶快不哭了，爬上炕脱衣裳睡了。

躺在被窝里，听着我妈又给父亲换冷水。我想知道父亲的手是不是也会像冻柿子那样，给激出一个壳儿？想着想着睡着了。

# 打　酒

## ——儿子的忏悔

我是在农村长大的，我喜欢那里的山，那里的河，那里的大野地。哪怕是冬季里光秃的山，干涸的河，荒凉的大野地，我都喜欢。我还喜欢那里的人，那里的牛、羊、狗。喜欢那里的太阳，喜欢那里的月亮。喜欢那里的白天，喜欢那里的夜晚。那里的一切的一切，都喜欢。

我一放了假，就想回村，有作业，背着，到村里去做。在那里心情愉快，作业也完成得好。

以前老是回姥姥村。自我父亲的工作从怀仁县城调到乡下，我们也就多了个去处，有时候我也让我妈领我到父亲的村里去度假。去的时间短了，比如说三天五日后还要回姥姥家，那我们就都在公社的食堂起火，住在我父亲的办公室里。如果时间长了，要住一个多月，那父亲就在老乡院里问个房，锅碗瓢盆老乡也给准备着，我们就自己做饭。

那年，我父亲调到了金沙滩公社。我问父亲是不是杨家将打仗的那个金沙滩，父亲说就是，说那儿还有佘太君点将的高土台。

哇，太好了。

一放暑假，我就让我妈领我去了。我爹早给问好了房，住在一个老乡的院里。

那天公社食堂杀羊，我父亲把下水买回来了，也或许是没花钱，白给的。我妈做羊杂碎是一绝。

父亲中午下班一进家说:"真香,我在街门口就闻见了香味。"

我妈说:"不喝口?""不喝口"是指酒。

父亲说:"喝!招子,给爹打去。"

我提着瓶子,攥着钱就去了供销社。

门开着,栏柜里头也有个人,可一看见我还没等我开口,他就说:"下班了下班了,关门呀。"说着,他就从栏柜跳出来。我说我打点儿酒,他说:"十二点早过了,关门呀。"就说就把我推出门外,他从里把门插住了。

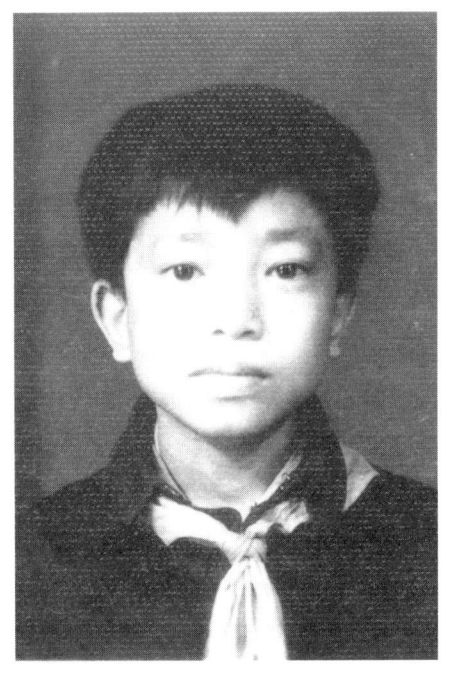

五年级学生。正如戴老师说的那样,有一边衬衣的领子从红领巾探了出来

我提着空瓶回了家。

我父亲教给我说:"小张就在那里住,你从后门进去。就说我爹让打瓶酒,他问你爹是谁,你就说我爹是曹敦善。"

我又去了。他正做饭,一见是个我,有点火儿,说:"这个孩子,跟你说下班了。"我说我爹让来打瓶酒。他说:"你爹也得让我吃饭了哇,去去去!"把我撵出去了。

我提着空瓶回了家。

我妈说:"你再去,就说,'小张叔叔,曹书记要打瓶酒'。"

我又去了,可我没进那个门,后面的那个门倒是还开着,可我没往里走,就在门外站着。我想起那个后生的可怕的嘴脸,我就不想再进去跟他说什么话,还要我叫他叔叔,我不想叫他,我就连看也不想再看见他。

在门外站着,想着回家怎么交代这事。猛的,我有了主意了。我举起瓶子,冲住那个门,"啪"地一下,狠狠地摔去。我把那个门当成了那个可恶的后生,狠狠地摔去。摔完我就跑,头也没回,跑回了家。

我说我不小心把瓶子给打了。

以后，我常常能想起这件事。我为了解气，解恨，把瓶子摔向了那后生。可我父亲那天一心想喝点儿酒，但最终也没喝成。他当时如果打我一顿，或许我现在也不会这么的内疚和懊恼，可他连骂也没舍得骂我，只是说："咳，这娃娃，这娃娃。"

咳，爹爹呀，爹爹。

# 耍 孩 儿
## ——儿子的忏悔

我爹好唱耍孩儿,我妈也好听我爹唱耍孩儿,我常听我妈说我爹,"那货,来他一段儿呗。"我妈称呼我爹,从来就叫"那货"。我妈让我爹来一段儿,那就是叫来一段耍孩儿。我爹清了清嗓子,就"咳哎——"地给咳唱起来:

天茫茫,路迢迢,
风沙险,日夜熬,
西天取经多遇妖,
师傅被劫无踪影,
深山密林何处找,
悟能心中似火烧,
满腹怨言向谁诉,
骄杨树下睡一觉。

有时候,我爹在咳唱的当中还有过门,也是用嘴唱:

钦钦衣钦衣钦钦,
起钦起钦衣钦钦,

钦钦钦，起钦钦，
起钦起钦衣钦钦，
…………

　　我妈的嘴也在跟着我爹唱的节奏翕动着，但我妈不出声。我从来没听我妈唱过，哪怕是半个音，也没听她唱过。但她最好听我爹唱耍孩儿了。
　　"耍孩儿"是雁北地区乡下农民们喜欢的一个小戏种，下马峪的农民好像是都喜欢耍孩儿，好像是不会唱的人也好听。我们下马峪村就有耍孩儿剧团。隔壁院的大哥二哥三哥，都在剧团里干过。
　　我问过我爹为啥叫耍孩儿，是不是为了逗小孩儿。我爹说，就是。他说耍孩儿最初是从唐朝时开始传唱的。他说唐朝有个皇帝的孩子一天价尽哭，谁也哄不住，用啥方法也哄不住他。皇帝挺头疼。有个大臣说要不我给试试，他就用后嗓子给咳唱起来，一下子顶事了。小孩儿不哭了。后来这个大臣就天天给皇帝的孩子唱，孩子一听就高兴地笑。再后来就流传开了，就叫个耍孩儿。我爹说的这个皇帝是有名有姓的，这个孩子也是有名有姓的，后来也当了皇帝。我是给忘了这两个人是谁了。
　　耍孩儿唱起来是用后嗓子发音，我觉得用后嗓子唱，真憋气，真难受。我不喜欢。我还是喜欢放羊娃唱的酸曲儿，放开嗓子唱，那多带劲儿。
　　耍孩儿唱起来还好没完没了的"哎呀哎呀"，唱完前头的一两句后，就开始哎呀，哎呀好半天才唱下一句。贵贵哥教过我一段耍孩儿，唱的是："架墙上，飞过来，一群牛。"唱到这里不唱了，这就开始哎呀。我就纳闷儿我就问他，牛咋就会飞，而且还是一群牛，而且还是飞过了墙。贵贵哥说，我这还没唱完。于是他又哎呀哎呀地唱起来："哎——呀——屎巴牛（屎壳郎）。"
　　噢，我这才闹机明，咳了半天，原来是跟墙上飞过来一群屎巴牛呀。
　　但说来说去，我还是喜欢我的放羊汉的酸曲儿。在大同城里头，也常有要饭的人唱这种歌儿。
　　那次我到学校上学，在路上见一个要饭的给人们唱这种曲子。这个人是个残疾，只有一条腿。他不使用拐杖站着走，他是用两只手撑着小板凳

优秀生留念，中间是我

往前走。每走到一个院门口，就坐在那里唱起来。他还弹奏着我没见过的一种乐器为自己伴着奏。

他唱完了，没人给他钱，我就掏出一毛钱给了他。他见我是个戴着红领巾的小学生，就给我说了一气祝我学习起步一类的好话。我指着他的乐器说，您再给弹弹这个。他说你爱听大正琴，好，我再给你弹。就又专门地给我弹奏了一曲。这个曲子我听过，叫《小放牛》。

弹完我指着他的乐器问他，您刚才说这个叫什么？他说叫大正琴。他说，大正琴还能这样弹。刚才他是把大正琴平放在腿上弹的，说着他把大正琴竖立在左胸前，弹起来。

他弹得真好。

我怕误了上学，跟他告别了。而我是记住了这个有着美好音响的乐器，大正琴。

我家里有笛子有箫有口琴，可我没有见过大正琴。我跟我妈说，妈有个要饭的弹奏着一种乐器，叫大正琴，真好听。我妈说，你一满是不好好儿学习了，就耍呀。我一听没戏，就没有跟我妈张口。但我已经侦察好了，在大南街的百货公司的文具组有卖的，八块钱一个。而且我也假装要买，让服务员姐姐给取下来弹了弹。在又一次去弹的时候，我已经能弹《白毛女》插曲《北风吹》了。我拿定主意要买，就等我爹爹回来了。

我爹在怀仁清水河公社工作，他每个月月底回来给我们送工资。我把我爹盼回来，又在我妈出去买菜时，跟他说，爹你知道不知道有个乐器叫大正琴？我爹说，知道，俺娃想买？我说嗯。我爹说，那爹给俺娃钱。我说八块，我爹说我给上俺娃十块。

我拿上钱当下就去了南街百货公司。那个服务员姐姐说，我以为你是来玩儿玩儿，原来是真要买。她要给我找布擦，我说甭了，我赶快回家弹去呀。

我妈看见了，也没骂我，也没骂我爹，只是说："一满是要饭呀。"当我试着弹了弹《北风吹》，我妈也停下她手里的活儿，听我弹。那脸色有点儿佩服，但她说："这个孩子要是要饭的话，一准是把好手。"我爹说："你别老是说我娃娃要饭要饭的，我娃娃可是那人上的人。"

没用一天，我已经是练得很熟了。只要是我会的歌儿，我就都会弹。

我爹说："来，俺娃给爹弹他个耍孩儿。"我说："我不会唱耍孩儿，不会唱就不会弹。"我爹说，"来，爹教俺娃。俺娃灵，一教就会唱了。"我脑子想也没想，随口就说："谁学您那烂耍孩儿。"说完，我还继续弹我的。半点儿也没有意识到自己犯了错误。是我妈严厉地喝喊我，我才知道是自己错了，而且是大错特错了。

我正高兴地弹着，我妈突然地大声地说："还弹？做作业去！"

我妈只要是没情没由地命令我去做作业，那就说明，她生气了，恼怒了。那我就得放下手里的任何事，赶快上炕去做作业。

我停下了弹奏，正思谋着我妈这是又为了什么生我的气，她说："烂耍孩儿？你爹喜欢了一辈子的耍孩儿就成了烂耍孩儿？"

我一下子想起刚才说什么来着，我一下子意识到是自己错了。而且是大错特错。

我妈越骂越生气："你爹花钱供养你上学念书，你的书念到狗肚了？就朝这么的跟你爹说话？"

我爹给劝我妈："行了行了。娃娃不懂事。娃娃就要吃饭呀，你惹孩子不高兴。"我妈说："就叫你惯得他。"我爹说："你看你没完了。"我妈这才不说了。

我把我爹喜欢的耍孩儿说成是烂耍孩儿,是我错了,应该挨骂才对,可我爹不仅是没生我的气,却是怕我在吃饭前不高兴,阻止我妈骂我。

爹爹呀,您应该打我一顿才对。

# 自 行 车

## ——儿子的忏悔

我家原来有辆永久牌自行车,是舅舅在大同煤校上学时我妈给他买的。买的时候就是旧的,他骑了几年就更破旧了。他分配到晋中当老师走后,我妈就把车子寄放到了老和尚的后大殿,不让我骑,说我人小,把握不住车子,怕骑到街上出事。怕汽车撞了我,怕我把别人撞了。

初中毕业后的那个假期,我接到了大同一中的录取通知书。一中离城十里地,又没有公共汽车。这时候,我妈才说,让师父把大殿的车子取出来,擦摸擦摸骑去吧。我说我不要,旧车子闸不灵,容易出事儿,我要骑就骑新的,我妈说闸不灵修修就灵了。我说您不懂得,车子放得年代久长了就锈了,锈了就修不好了。我父亲说,锈了修不好,闸不灵娃娃出了事咋办。我妈说,修不好再说。我父亲说,修不好就出事了,到时候你哭也来不及,哪个多哪个少。

我父亲这辈子一直没学过骑自行车。他不会骑,也就不懂得车子的事。我一说他就相信我了。他说:"爹挣钱为啥,不就是为了俺娃花,爹给俺娃买他辆新的。"

那是个苦难年代,车子是紧俏商品,没个关系不好买,他在大同托了好几个人可都没能买到。他只好就在怀仁给我买,那次来信了,说买到了,是一辆绿色的飞鸽车,二八的,加重的,说等有了顺路车就给我捎回来。我心想哪会一下子就有顺路车,我给他回信说,太原每天好几趟到大同的火车，托运回来多方便。我还催他说，学校就要开学了，可我现在还不会骑，我总得提前学会才行，学会也还得再练再练，练得很熟才行。实际上我早就学会骑车了，而且骑得还挺油，根本就不存在什么熟练的问题。我是想让他快快把车子托运回来，才这么说。

在我的一催再催下，他把车子给弄回来了。可让我大吃一惊的是，他不是给托运回来的，他是一步一步地推着，一步一步地推了八十多里，给推回来的。

那天的半夜，我正睡得香，听我妈说："招人，好像是叫咱们。"她拉着了灯，听听，就是有人在敲庙门，就敲就喊招人。声音很是微弱。我妈说半夜三更的这是谁，她就穿好衣服去开门。

我的天老哪，是我的父亲。

我妈把他扶进家，他一屁股给跌坐在地下。我赶快跳下地去扶他，他不让动，摆着手说："缓缓，让爹缓缓。"又伸手说："给爹倒口水。"我拿起暖水瓶，他摆手说："冷水，拿瓢。"我给从水瓮里舀出多半瓢，他捧着瓢，一口气把半瓢水喝了个光。

他坐在地下一动不想动，我站在那里陪着他。

他的灰衬衣让汗水浸透了，上面又沾满着泥土。

裤腿挽起着，也全是泥。

他说是为了截近，蹚着水过的十里河，可过河的时候，把脚给崴了。他这硬是一拐一拐地又走了十里路，拐回了家。

他花白的头发乱蓬蓬的，汗水把脸上的土灰刮得一道道的，连眼角嘴角都是泥，嘴角好像是还有血。

人们都知道，不会骑车的人，推车子会更费事。走个三五里也还好说，可他这不是三五里，也不是三十五里，是八十里。空手步行八十里那也是不敢想的事，况且他还推着个车子。他从一大早就开始走了，我算了算，整整走了十九个小时。而最后这十里路还是忍着饥渴，拐着瘸腿，咬紧牙关，走的。看看他那两嘴角的血，就知道他是经受了多么巨大的痛苦。看着他那大口大口喝凉水的样子，看着他那极度疲惫的样子，我心疼极了。我不住地"唉，唉"叹着气，我强忍着，没让泪水流下来。

缓了好大一阵，他才让我往起扶他。我伺候着他洗了脸，换了衣裳。他让我给脚盆添上暖瓶的水，他靠着炕厢坐着扇火板凳，烫脚。

　　我问他为啥不托运，他说他到怀仁火车站打问了，托运得半个月以后才到。"可我怕误了俺娃学车，多学半个月跟少学半个月，那就是不一样。"

　　听了这话，我的心一紧，像有刀子在扎，像是有鞭子在抽。

　　父亲看出了我的情绪，笑着给打岔说："过河时把车子弄泥了，你出院把它擦擦。"

　　当我擦完车子进了家，我妈也正好给他把饭做熟了，可父亲他却脚泡在水盆里，坐着小板凳，身子靠着炕厢，就那么的给睡着了。

　　吃饭时，父亲见我还是闷闷不乐的样子，反而给我说开导的话："这有啥，爹缓上两天就好了，可这样俺娃就能早学半个月车，就能学得熟熟的，路上不出事儿。那爹就放心，爹受点儿苦值得。"

　　父亲越是这样说我心里越是难过。

　　我真后悔。我真后悔说旧车修不好，让父亲买新的；我真后悔催他赶快给我托运回来；我真后悔哄他说我还不会骑。他就是因为怕我学的时间短学不好，他就是为了我能多学半个月，才没托运，才这么急着给我往回推，受了这么大的苦。步行八十里往回推。

　　我真后悔，真后悔！

# 挂　　面

## ——儿子的忏悔

我妈和舅舅到矿上参加一个婚礼,晚上才能回来,让父亲给我做午饭。可中午我放学回来,家里一股焦煳味。很浓很浓。

父亲是要给我做焖米饭,西红柿炒鸡蛋。米饭焖在火上,准备炒鸡蛋时,他怎么也找不见葱。葱就在院外的一个箱箱里放着,他不知道。他就上街到菜市去买。菜市在哪儿,他也不知道。等他打问着买回了葱,火上的半锅米饭烧焦了,下面的焦成炭了,上面的让焦烟熏成黑红色的了。不能吃了。

我进家时,他正在哗哗地洗锅,锅里是半锅黑水。焦饭贴在锅底,他用铲子狠死地往起铲,可怎么也铲不起来,水溅得到处都是。

"俺娃回了,可爹给把饭煳了。你看这灰的,这灰的。"他很抱歉的样子,就忙忙乱乱地洗锅就跟我做着检讨。

以往我一回家,饭就熟了,我吃完就可以到学校跟同学们玩儿。可今天是这样,我有点儿不高兴。

"就怨爹,就怨爹。"他继续做着检讨。

"这多会儿才能吃饭?"我说。

"快当,快当。"他说。

"锅还洗不起,多会儿才能做熟?"我说。

"不洗它了不洗它了,咱们换个锅。"他说着,把焦锅端起,放在风箱上。

"我要误呀，走呀。"说着，我摔门走了。

"招子，招子。爹给你下挂面下挂面，招子——"他追出了街门，冲我喊。

我理也没理他，急急地走着，往学校去。

当时我是在大同五中念初二。

学校有规定，不许学生早到，上课的前半个小时才开校门。我来得早了，而且是太早了，少说也早来了一个半小时。那是个秋季，但天很热，我捧着脸坐在校门外的一片树荫下。有只猫过来了，看我。

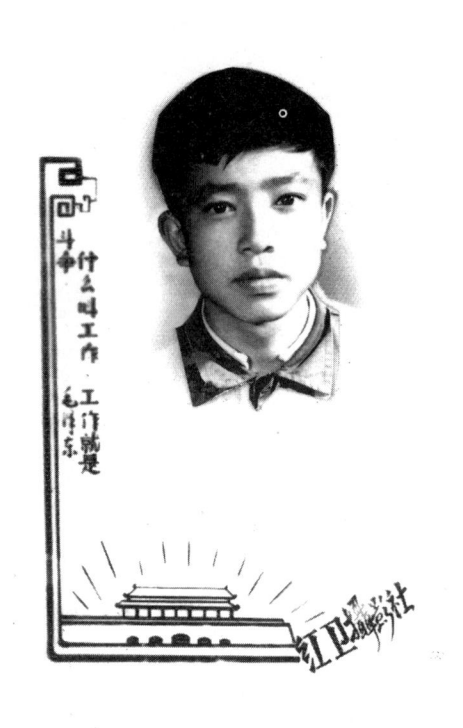

雀跃校场时代（初二）照的相片，"文革"时重洗的

我没理它，它看了一阵，觉出我讨厌，转身走了。

我肚子饿得"咕噜咕噜"叫，我后悔了，我不该赌气不吃饭。下挂面，是完全来得及的，当时我也清楚，有的是时间。可我就是为了想叫父亲再后悔后悔，心里再着急着急。

小时候我们把毽子踢上了庙院的房顶，我从门楼爬上了墙，从墙头又上了庙顶，去找毽子。听着了孩子们的吵闹声，我父亲出来了，一看我在那么高的庙顶上，他吓坏了，可又不敢骂我，只是说："小心，小心！"他的那个着急呀，急得脸都变了色。我在上面往哪儿挪，他在下面也往哪儿挪，两手平端着，护我，防着我万一掉下来，他好接救住。他的那个急样子，我永远都忘不了。可我不该用不吃饭来让他心急，我真不该。孩子没吃饭就走了，他现在不一定急成了什么样子，麻烦成什么样子了。

正想着，听到有人"招子，招子"喊我。

抬起头，是父亲。父亲就喊就急急地向我小跑着过来了。他抱着个笼布包包。

"吃哇,快吃哇。"他看看四处,没有个台台这样的地方。他就"嗵"地坐在我跟前,盘住腿给我当桌子。把笼布包包放在腿上,解开。里面是搪瓷盆儿,盆里是热腾腾的挂面,还有两个荷包蛋。

我的鼻子一酸,眼泪哗地涌出来了。

# 相　　片
## ——儿子的忏悔

　　大概是在我初中二年级时，学校要求我们响应毛主席的号召，"向雷锋同志学习"。雷锋是解放军，当时的学生们对解放军非常崇拜和羡慕。谁家的亲戚如果是个解放军，那这个同学一准是很自豪的。而我家恰恰是给从天上掉下个解放军。

　　那是个中午，我放学回家，一进门，炕上坐着一位年轻英俊的解放军，在跟我笑，还问说："招人，放学了？"

　　这是个谁呀，有点儿面熟，可我一下子想不起来。

　　我妈见我发愣，提醒我说："这是你下马峪大哥呀，咋连你大哥也想不起来了？"

　　哦，是下马峪大哥呀。

　　我们在老家应县下马峪村里有房。小时候，每到过大年，我爹我妈都要带着我回下马峪。

　　大哥就在我们隔壁院住。他大名叫曹甫谦，小名叫富旦。他比我大十岁，我叫他大哥。他还有个兄弟叫曹诚谦，小名叫贵贵。比我大六岁，我叫他二哥。我一回村就到隔壁院找他们耍，整天跟他们混在一起不回家。可这是我没上学前的事，自我上了学后，再没有回过下马峪村。也就是说，已经有七八年跟他们没见过面了。

　　再说年轻人变化大，我没想到炕上的这位年轻英俊的解放军，正是我

大同五中81支部团员合影。前排左二是闫老师，右一是我。闫老师比我大十二岁，都是牛属相

小时候的富旦大哥。

  大哥还是现役军人，在天津当兵，他这是跟部队请了探亲假，回家乡探完亲要回部队。应县没有火车，他来我们家打尖，再跟我们家出发到部队。

  第二日早晨，我上学时，他送我出了大门，他说他上午就要乘坐着火车回部队了。说着，他跟兜里掏出一张他的一寸相片，给了我。是张没戴帽子，但还穿着军装的免冠照。

  到了学校，我把相片掏出来跟同学们谝，我说你们看，这是我大哥，解放军。他们看过都说，"哇——是解放军。""哇——真英俊。""哇——是大哥。""哇——跟你长得一样样的。"

  中午回了家，我掏出相片跟我妈说："妈，你看，我们班同学都说跟我长得一样样的。"我妈正在摆桌子放筷子，准备着我回来吃午饭。她问："那看，同学说你跟谁一样样的？"我把相片给了她说："同学们说我跟大哥一样样的。"

我妈接过相片一看，一下子严肃起来，厉声地质问我："他多会儿给的你相片？他为啥不当着我的面给你相片，是偷偷地给。是不是他教给说你跟他一样样的？他还跟你说什么来着？"看着我妈那个凶样子，我有点儿害怕。不敢回答。

"说！"她大叫着，"他还跟你说啥了？"说着，"啪"地给了我一个耳光。我挨过她的耳光，可我从来没有挨过这么重的一记耳光。我的耳朵"嗡"的一声响。

"说！"她大声吼着，同时又给了我重重的一记耳光，把我一下子给打倒在了地下。

"你，你，你……"她一点一点地指着我，我看到，她的手在颤抖。

我妈从来没有跟我发这么大的火儿，也从来没有跟我生这么大的气。

我让打蒙了。我不知道我犯了什么错。我想哭，不敢哭。我觉出我嘴里咸咸的，我用手背一擦，嘴里是血。

我猜她一准是见我嘴里流出了血，妈她住手了，没再打我，也没有逼着我回答她的提问。但她也没再像以往那样，大声地呵斥我："做上有理的了？"那意思是让我去吃饭。她这次没有说这样的话，没有暗示我去吃饭。她也没吃，而是侧倒着身子面迎着墙，躺在后炕。

那天我也没吃午饭，我擦了擦嘴角的血，爬起来到了里院。一进慈法师父家，我放声地痛哭。

接下来的那些日子，我不想细说了。

我妈一直是不理我，饭倒是也依旧给做，但不说你吃哇。她一直是不理睬我。她也没再向我提什么问题，来要我澄清，她也不向我解释，为什么打我。只是不理我。我悄悄地吃了饭就进里院了。

慈法师父给我分析的我妈打我的原因，我接受不了。我也不愿意接受师父说是我把她气着了。我坚信我没有错，我是被大大地冤枉了。但我看到我妈她满嘴起着火燎泡，我又有点儿心软。我就主动地试探着跟她说话，开口叫她妈，可她的态度还是不缓和，我跟她说话，她不回答，不理我。

这样的日子是又挨过了几天？我不记得准确的日子了。

那天，我父亲回来了。我是在中午放学回家，看见他的。我叫了一声爹，没再说别的。他已经知道了事情的过程了，但当时也没多跟我说什

同胞弟兄们说数我像舅舅

么。

闷声无语地吃完饭,我说爹我到后院去呀,我爹说去哇。

晚上吃完饭,我妈出去了。这他们一准是商量好了,我妈出去躲一躲,让我爹说话。两个大人用尽着心机来对付一个小孩儿,这对吗?你们这是把我当成外人了,这对吗?

我爹他说话了,他一定是拿不准该怎么说更好,事先还干咳了一声。

我爹说:"招娃,爹跟俺娃从头到尾说说……"我一听他这么说,我立马喊着说:"我不听,您别说,我不想听。"

我爹一定是让我坚决的态度和响亮的话音给吓着了,愣了半天后,才又接住说:"不行,招娃,这个事爹得跟俺娃说说……"

"不听,不听。"我是真的怕他给说出什么来,我真的是不想听到他想告诉我的,也是慈法师父已经给分析出来的这些话。可他还好像是坚持要说,一准是我妈给他布置了任务,他不把这件事完成,不好跟我妈交代。

他还是那种和软的声调，说："招娃子啊，俺娃大了……"

我好像是猛地给发了火儿，大声地打断他的话："爹你烦不烦？我不想听你非要说，你烦不烦？"我一反平时的没有称呼他"您"，而是"你"。这我是从来没有过的事。我说完了，一下子有点儿后悔。

我的态度和我的用语使我爹的脸色显现出了一种吃惊的样子，大张着嘴，手指着我，憋得说不出话。好半天才说，但声音仍然是一贯的和软，"好娃娃，好娃娃，你这是跟爹'你'呢，好娃娃。行，好娃娃。"他放下手，不说了。

我后悔了，我从来没跟爹妈发过火儿，可我这是跟最疼爱我的爹爹发了火儿。从小到大，我爹从来没有骂过我一句，更没有打过我，跟我从来都是俺娃俺娃的，可我却跟他发了火儿，还骂他烦不烦。我后悔了，后悔极了。但我当时没有向他认错。

屋子里静静的。

他愣怔了一阵，停歇了一阵才又说话，但不是在跟我说，是在伤心地自言自语："唉，我知道了，我的招娃子是嫌爹烦。招娃子长大了，嫌爹烦。嫌爹，烦，烦……"他的声调一声比一声低，最后，他，哭了。

他没出声，但我看见，他哭了。他的眼里流下了泪。

关于他想要跟我从头至尾说说的那件事，那件慈法师父早已经分析出的那件事，那件我坚决地不想要听他们讲述的事，我们再没有提起过，我爹我妈还有我，都也没有再提起过。

这件不愉快的事随着时间的一天天地过去，也就把它淡忘了。

但是，我跟我爹爹发火儿这件事，我说他"你烦不烦"这件事，我永远地忘不了。我永远地忘不了的还有，还有我爹爹那个男子汉的眼里，流下的一颗一颗的泪珠。

# 饺　　子
## ——儿子的忏悔

　　我父亲六十岁那年本该退休了，可县革委管工业的那个"造反派"领导却跟他说，您的身体也还行，能不能再给坚持个一两年再退。我父亲说，好说。领导又说，这一两年我照顾您个轻闲的工作，您就别在乡下了，回城到缝纫社给带带新同志，把新同志带起来，您就回家休息。我父亲说，好说。

　　这样，从1944年就参加了革命工作的一个老同志，在领导的关怀下，就从行政部门到了小手工业作坊。

　　这样，当了二十多年的科级干部，一直没被提拔，临退休时却被领导给照顾成了股级。

　　我父亲说，管他啥级，工资一分没少，每月还拿我的八十三块就行了。

　　我母亲问缝纫社有食堂没，父亲说没有。母亲说那你到哪儿吃饭，父亲说吃了十几年食堂了我早吃得麻烦了，我早就想自己做了，这下可好了，我想吃啥就做啥。

　　我父亲总能把坏事理解成好事。

　　我父亲比我大三十八岁，他六十，我是二十二。

　　当时我在大同矿务局文工团工作，拉二胡，拉小提琴，打扬琴。

也正是在父亲被照顾回县城的这一年，我们文工团要到怀仁县去慰问演出。先在城里演一场，后再到焦煤矿演出一场。母亲说我，你正好去看望看望你爹，去看看他咋糊弄着做饭呢。

那天的下午四点多我们到了怀仁，我跟团领导请了个假，先去缝纫社看父亲。

缝纫社在大街的路南，是相连着的两个小四合院。

父亲他根本就没想到我来，当人们喊说"曹书记有人找"，他从一个车间出来了，戴着个老花镜。我好像是看见他在那里帮着剪线头，他把花镜摘下来，看我。"呀！招子，招子。俺娃咋就给爹来了。"

突然地看见了儿子，他的那个惊喜的样子，让我至今难忘。

"快，快给爹入家。"他把我领到一间屋，给我撩开布门帘。我正要进，他又说："你来，你来，"把我拉到又一个屋，"贾主任，你看这是我娃娃。"一会儿又把我拉到另一个屋，"梁会计，你看我娃娃。"

他见我有点儿不情愿的样子，就没再往别的屋拉，要不，他可能还会把我拉到所有的车间，让全厂的人都知道他有这么个宝贝儿子。

他的办公室兼卧室就是一间小西房，最多有十五平方米。一进门的对面是一条土炕，炕上铺着高粱席，他的行李卷起在炕脚底。

地下有两件木制家具，一个是办公桌，另一个是碗柜。

他也不问问我来做啥，就说："爹给俺娃割肉去。"

我跟他说是来慰问演出，这就得到礼堂去装台。他说你演完来爹这儿，我说"噢"。他说你黑夜就跟爹在这儿睡，我说"噢"。

他把我送出大门又说，爹给俺娃割肉去。

在礼堂正装台，有个人喊我，一看，是高中时的老同学郭振元。我俩当时都是大同一中毛泽东思想宣传队乐队的主力，他拉板胡，我拉二胡。他现在在怀仁县剧团，是乐队的负责人。他早就听人说我在大同矿务局文工团，这是领着他们乐队的人来听我拉二胡了。

我没客气，给他们拉了一曲《红军哥哥回来了》，这一曲，把他们都给镇住了。我看出他们的赞叹都是发自内心的，而不仅仅是出自礼貌。当我在他们的请求下又拉了一曲《草原上》后，郭振元吩咐他的一个队员，回剧团去取录音机，要录我的音，好留着给他们的队员学习。我说我们快开演呀，再说这里乱哄哄的，效果也不会好。他问我什么时间离开怀仁，我说明儿早晨。他就求我演出完到他们剧团去给拉上几首曲子，我想想说，也行。我想着用上半个钟头就录完了，然后再到缝纫社跟父亲去吃饺子。

父亲割回肉，工人们还没下班。他先跟一个家离缝纫社近的工人借了一套被褥，工人送来，他一看没有护里，就又掏出钱让梁会计给上街买了被套、褥单儿。把护里套好，褥单铺好，把他的枕头给我，又从衣服包够出块新洗过的枕巾给我换上。他没跟那个工人借枕头，他自己打算就枕着衣服包裹睡觉。

他买的是带骨猪肉，把猪皮和骨头先炖在锅里，然后就慢慢地做饺子。工人们下班走了，他又想起我在家好吃炖肉烩粉条，就又麻烦门房孙大爷给上街买了一趟粉条。

饺子捏好了，锅里的水也开了，就等儿子回来往锅里煮了。猪皮也炖软了骨头也炖烂了，就等儿子回来下粉条。

左等儿子不回右等儿子不回。

我跟他说的是差不多在十点半就回来了，可他看看办公桌上的马蹄表，都十一点了，还不见儿子回来。

他就站在大门外朝着大礼堂的方向瞭。街上黑洞洞的，很少有个人。好不容易瞭着有个人过来了，可到跟前一看不是。好不容易远远地又有一个人影子走来了，可走走走的却不见了，人影子拐了弯。

他一直没吃东西，可也不觉得饿，他就想等着儿子回来，一块儿吃。

他不饿，可他想起了儿子。娃娃一定是已经饿坏了，可娃娃他这是去了哪里了呢？

父亲那里饿着，可这个时候他的娃娃我，却正在大吃大喝。

演出完，我没有跟着大伙到招待所食堂吃饭，尽管那里给摆着大鱼大肉在等着我们。可我没去，我说好是到父亲那儿去吃饺子。

我跟着郭振元到了县剧团。录完音，他们却给摆上了酒和菜。酒是

1971年大同矿务局文工团集体照，我（后排左六）二十二岁

玻璃瓶高粱白酒，没热菜，全是罐头。我说不能，我说我爹还等着我吃饺子。他说，老同学老也不见，喝一杯再走，再去吃饺子。我这个人耳朵软，吃不住人硬劝。就说，一杯，就一杯。他说一杯一杯，可他却给倒了喝水杯那么大的一杯。别的那几个人也都是我这样的杯，倒得满满的。我以前没喝过这么多酒，可既然答应了，再说人家们也是那么多，喝就喝。

我心想着父亲那里一定是等急了，为了快快喝完好回我父亲那里。我就大口大口地喝，进度很快。他们的杯子还是半杯的时候，我的杯子已经空了。他们说，闹了半天你能喝呢。又要给我倒，我把住杯子硬不要，说该走了该走了。他们说，一点儿，就一点儿，我就放开了手。他们倒是真的给倒了不多点儿，但也有五分之一杯。我把这一口干了后就走了，郭振元把我送到大门外问我没事吧。我说没事，他就回去了。

我永远忘不了我的这件荒唐的事。

我永远忘不了父亲和传达室孙大爷在半夜的两点多打着手电找见我，父亲抱着我就哭就"招子招子"地呼喊我，我才知道自己是睡在了大街上。

我也永远忘不了第二天早晨父亲把饺子煮在锅里，叫醒我时，文工团的人来找我了，说马上就要出发。

# 拉　　炭

## ——儿子的忏悔

我九岁那年，我们家搬进了庙院住。我在小说《佛的孤独》里说到了这件事。看小说，读者以为庙里只住着我们和和尚两家人。实际上不是。实际上，那些日先先后后搬进了有十多家。

这个院本来是寺院，叫圆通寺。新中国成立初期限制宗教事业，我父亲的工作单位——大同县政府就占用了这个庙院，当作办公地点。1958年县政府有了新地点，搬走了，就把这个庙院当作了家属院，分给了干部们，我父亲也分得了一间。这样，我们就在这里住下来，一直再没往走搬。

住平房的人家，做饭都是烧煤。冬天取暖也是用煤。

我母亲在别的方面很是节约，这从我的小学毕业照就能看出。我的白衬衣前襟就有四块补丁，而别人就不像我。可唯有这个烧煤，她不仅是不节约，叫我看还有点儿浪费。别人家做完早饭就把火灭了，我母亲不，她要让火一直着着，着到做午饭。吃完午饭，火还不让灭，着到做晚饭。冬天烧取暖的火炉就更是这样了，这个炉子二十四小时不灭，家里永远是暖烘烘的。还有就是，年三十和正月十五别人谁家都不垒旺火，就我妈垒，在院门前垒个旺火，都快有我高了，少说也得二百斤煤。全院人都来烤旺火，拿着馒头来烤旺气馍馍，好吃完一年不肚疼。

我一直没弄明白的是，我妈为什么这么喜欢火。我以后一定得好好儿地探讨探讨，非要探讨出个原因不可。

小学毕业时的班干部照。胸前补着三块补丁的是我。照相呀，也没想起穿得整齐点儿

我妈这么喜欢火，那我们家用的煤就比别家的多，最少也是别人家的两倍。反正自我记事以来，我们家就经常是个拉煤的。就拿最初往进搬家来说，别人家是搬箱箱柜柜一趟又一趟，我们家是一趟又一趟地往来搬煤。

别人家的煤就在窗台前垛着，我们家放煤的地方就有两处。一处是窗台前，是个煤仓。煤仓外面用砖垒一堵跟窗台一般儿高的墙，墙里面放煤。另一处在院里的公共厕所墙外，是个煤垛。

刚搬来时，我妈看见自己的家离厕所近，很有意见，说是分了间厕所圪。可后来一看厕所旁有块空地，她又高兴了，说这儿能放煤。

拉煤的这个活儿，一直就是我父亲的。他低着头弯着腰，像老牛耕地似的拉着车，我妈鼻疙瘩黑黑地在后面跟着，为的是上坡儿时给他推一把。拉到街门口，他就再不用妈了。叫我妈回家做饭，他独自往进院里搬运。他一直就不用我帮。我经常是在放学回来，就看见家里又叉买了煤了，可也已经收拾好了。有时候我也能碰到父亲正往院搬煤，我要给搬，他不让。

——不用俺娃，不用俺娃。

——俺娃看把衣服弄脏，看把手弄脏。

——俺娃人家捞骨头去哇，锅里肉早炖烂了。

拉煤这天，我们家总是在吃好的。要么是吃油炸糕，要么是吃饺子。不管吃啥，锅里总是炖着肉。家里总是香喷喷的肉味儿。

我当学生的时候他不让我帮，可我参加了工作了，他也是不让我帮。好像是我一插手，就把他的功劳抢了似的。

我父亲一个月回一回家，一回家他就侍弄他的这些煤。

厕所旁的煤垛都垛的是大块儿，他坐着个小板凳，"嘎嘎嘎""嘣嘣嘣"地拿锤子把大块儿煤砸成个鸡蛋大的小块儿，一筐一筐地倒在窗台前的煤仓里。

1976年，二十七岁。门头上是我当年写的新春横联

差不多用一天的时间，把煤仓装满，第二天他就去煤场买新煤。煤场出租小平车，一小平车能拉八百斤煤，他连着往回拉两车，拉回来垛在厕所旁。把煤安顿好了，他这才能够放心地到怀仁上他的班，做他的工作。

一年一年又一年，一年一年都这样。

大概是在1973年这一年的第四个月，天很冷。

那天早晨，我在被窝里躺着，听的母亲在地下给火炉加煤。我睁了一下眼，看见父亲也在被窝里躺着。母亲不把家弄得暖暖烘烘的，她是不许我们起来的。

我听他们又在说拉煤的事。我妈说："老了，不行就拉上一趟，明儿再拉一趟。"父亲说："咱们到时候看哇。"

这时候，我才一下子想起，想起父亲老了。已经六十三岁了，不能让父亲再干重活儿。

我爬起身说："爹，拉煤的事儿，以后就交给我哇。"父亲说："快不用俺娃，俺娃好好儿给人家做工作。"

当时我调到矿区公安局已经半年了，我的工作是在机关给写写画画。我说："您该走就走您的，过两天单位不忙了，我给回来拉。"父亲说："快不用俺娃，爹一辈子窝囊，没本事给娃娃弄个好工作，娃娃自个儿弄了个好工作。快不用俺娃，快不用俺娃。"

我妈说："你老了，你得服老。六十三了，你当你还三十六？"父亲说："老了，咱们不会少拉点儿。拉不动八百拉五百，就按你的，咱们今儿拉一趟明儿拉一趟。"

那些日，矿区要召开大会，我得赶程着给我们局领导写发言稿。我没硬坚持着自己拉，也没留下来跟父亲一块拉，就到了单位。可就是这次的大意，给我留下了终身的悔恨。父亲心疼儿子，把脏活儿累活儿自己包揽下来，可儿子却不懂得心疼父亲，真把六十三岁的父亲当成了三十六岁。父亲就是在这次拉完煤后，身体就垮了。这个从来不知道什么叫感冒，这个从来不知道去痛片是什么味道的人，一下子就给垮了。

父亲他没按我妈早晨说的那样一天拉一趟，他还是给拉了两趟。第一趟回来他说这拉五百斤跟没拉一样，于是就又去了个第二趟。可就是这第二趟，把他给累坏了。整理完洗洗脸就躺下了，连饭也不想吃，我妈硬让他吃，这才吃了五六个饺子，喝了一杯酒就躺下了。我晚上八点多回来，他已经脱了衣裳盖着被子睡了，也不知道他是怕我责怪他还是真的睡着了，一直没跟我说话。

第二天他说精神了，吃完早饭就走了，到怀仁上班去了。可走了不到十天，回来了，是让梁会计给送回来的。全身蜡黄，连白眼球也是黄的。

我领着他到医院一检查，说是，肝癌。

## 谷面糊糊

### ——儿子的忏悔

自我记事以来,父亲没得过个头疼脑热这样的病,从来没见他躺在那里,让别人给端水呀,喝药呀的。可这次一得病,就得了个要命的病。

我不能跟父亲说他得了什么病,我只跟父亲说他得的是"肝大"。肝大这叫什么病,可父亲他不懂得,跟探视他的人说:"你看我得了个灰病,肝就给大了。"

怀仁的医院就怀疑他是肝癌,大同的传染病医院给确诊了。我盼着医院是诊断有误,就换了一个医院又一个医院。可医院每次也用不着我提出说要转院,他们就提出说我们这里治不了你父亲的病,你要不换个医院试试?

每住进一个医院,父亲躺在白色的病床上,他就觉得自己是有希望了。他希望着大夫能把自己肝大的这个病治好,让他精精神神地回家去。回去给家里劈生火柴,装几篓。把煤砸好,装满仓。家里都安顿好了,他就坐火车到怀仁,那里有心爱的革命工作在等着他去完成。

每过上两个星期,各种常规的和特殊的检查结果出来了,我去大夫办公室,用眼睛盯着看他们。我盼着主治医跟我笑,可每次看到的都是他也看我,然后摇头。

转院。

父亲一听说又要转院,就问:"咱们住得好好儿的咋又转院呀?招子,咱们就这儿治哇。"

我知道,父亲很疲劳。好不容易这个检查室那个检查室的转完了,他不想再楼上楼下地爬那些楼梯了,但不行。明明知道这里治不好,怎么还要待在这里。得走,再换个地方试试。万一那里检查完说,没事儿,就是个一般的急性肝炎,用不了一个月,保好。

谢天谢地,可这样的医院在哪儿呢?

到省城。

父亲在省党校学习过三年,对省城有感情。又一看医院比大同的三医院四医院五医院,还有大同的矿务局医院都好,楼高,树绿,大夫的大褂儿白,病房的窗户大,屋里亮堂,他认定这里肯定能把他的肝大治好。大夫让他做啥他就做啥,就像是要完成党交给的任务那么的认真。咬紧着牙,楼上楼下地坚持着。

我说:"爹,大夫让您多吃饭,只有多吃饭才能有抵抗力。"他说:"行,身体是革命的本钱。"

我在医院外面租了一间八平方米大的小屋,屋里有个小铁炉。我给他做鸡蛋羹,吃的时候上面撒一层白糖。他想吃加酱油醋的,不想吃撒糖的,但听大夫说糖对肝有好处,他就横着心往下吃。我给他热牛奶,又是加了不少的糖,让他泡饼干。我给他炖鸡,炖得烂烂的。我给他到一家饭店买氽羊肉丸子,端回小屋热了,再给他端到病房。

那天,他跟我说:"招娃子,爹可想吃顿谷面糊糊煮山药瓣。"

谷面,就是谷子磨的面。我父亲小时候他们家穷,不舍得把谷子皮去掉吃小米,而是连皮一块儿磨成面,喝这种带着糠皮的面糊糊。

山药瓣是我们的家乡话,就是把一个整的山药蛋顺着一个方向切成四块或是六块,这就叫山药瓣。人们说,把山药切成四六瓣。

山药瓣容易做到,可这谷面到哪儿去找。

在省城医院住了一个多月,大夫们隔三岔五地会诊,可最终也没了信心,劝我们直接回家。他们没让我们再去别的医院试试,而是说哪儿也别去了,回你们大同吧。临走还说了句我最不想听的话:"别再看了,老汉想吃点儿啥吃点儿,想喝点儿啥喝点儿。"

从火车站一回家,我妈问我父亲你想吃点儿啥我给你做。父亲说,玉

**我很少戴大檐帽**

荛面糊糊山药瓣，我妈说这好说。可做上来，父亲只喝了半碗，吃了两瓣山药。我妈说，你想喝了半天就喝了半碗。父亲说，还是那谷面糊糊好。我妈说，跟哪儿给你寻谷面去。

父亲说："我是说的个话，莫非还真的能让娃娃到下马峪去寻？大老远的。"

一个星期过去了。父亲的饭量一日不如一日，一天只喝半斤奶子。无论怎么劝，也再不吃别的了。只是躺在那里昏睡，你喊他，他哼一声，你不喊他，他动也不动。

这可怎么办？可就在这时候，我一下子意识到，父亲说"莫非还真的能让娃娃到下马峪去寻？大老远的"，他那是在提醒我：下马峪村有的是谷子，也有的是碾坊。可他又想到大老远的，怕儿子劳累着，就没明着说。

也正是在这个时候，我才想到，父亲一心一意地想喝碗谷面糊糊，那我跑一遭怕什么。

我就跟我妈说了这个想法。我妈说："莫非就下马峪有谷子，哪个村没有个谷子?"这一下又提醒了我。

当下我就骑车到了城东,跟曹夫楼村的社员要了十来个谷穗。十来个谷穗不值得上碾子碾,我就往家返。我想到,回家用捣花椒的铁钵子捣就行了。

一进门,我就趴在父亲耳朵跟前说:"爹,我给闹回谷子了。这就能给您做谷面糊糊山药瓣。"父亲眼皮张了一下,哼了一声,嘴唇也动了动,好像是在笑。

我妈也弯下腰趴到跟前说:"他爹,你甭吃挤眼,等着啊。孩子给闹回谷子了,我这就给你做。"我妈就说就流泪,眼泪"吧嗒、吧嗒"掉在我父亲的脸上。我也哭了,说:"妈,咱们赶快做哇。"

我跟我妈两个人就哭就用手搓谷穗,把谷子从穗上搓下来,放在铁钵里捣。一钵一钵地捣成末末后,又用箩子罗,往下罗谷子面。罗了有二两多。我妈说足够了,我赶快给做,你给往醒喊你爹。

我妈说这话,好像是说我父亲是睡着了,让我往醒叫叫,叫起来吃饭。实际上,我和她心里都清楚,我的父亲已经是不行了。但我妈还是在抓紧着做糊糊,我也是一声又一声地呼喊着他。喊一声"爹"他的嘴动一下,好像是回答我。可他的眼睛不往开睁了,我咋喊说您醒醒睁开眼他都不睁。

当我妈把半碗谷面糊糊山药瓣捧过来时,我把父亲扶起来,让他靠躺在我的怀里。我在他耳朵跟前说:"爹,饭熟了,谷面糊糊山药瓣。爹您醒醒,谷面糊糊山药瓣。"他一下子把眼睁开了,看碗。嘴一动,好像是要说话。可猛的,他的头垂了下来。

## 第二辑

# 对　象　们

　　1968年的8月，我高中一毕业就参加了工作，在大同矿务局红九矿当井下装煤工。下了三个月井后，我被抽到矿宣传队排练文艺节目，向全矿职工宣传毛泽东思想。

　　下井的那几个月中，一到休息日我就进城回家，为的是让我妈妈看看我，看看我没让顶板落下的磷皮压住，没让片帮煤砸着，没让煤车碰伤。一句话，我没出了工伤，胳膊腿儿都在，还活着。

　　自到了宣传队后，我妈就把原来的那颗整天为我悬着的心放下来，不再怕我在井下出事故了。再说宣传队的领导想赶趁着往出排一套晚会，不让我们休息，这样，我就很少进城回家。

　　那天上午的十点多我接到个电话，是相世表哥打来的，口气很冲地责问我为啥老不回家，说你妈不放心你。我问说你咋知道我妈不放心我，他说你妈现在就在我家。我很纳闷儿，不知道这是怎么回事。心想着我妈怎么会到了他家。他听出我不相信，说一会儿你过来就知道了。

　　相世表哥和我妈是一个村的人，叫我妈姑姑，但不是亲姑姑，是那种隔了很远的姑姑。但他老去我家，就认开了。我知道他也是我们红九矿的工人，但我从没去过他家，他教给我咋走咋走，可我听了半天没听机明。他说你就给我笨死了，"好了，那我打发个人去领你。"

　　放下电话的半个钟头后，他打发来领我的人来了，是个女青年，穿着一身蓝色的劳动布工作服，胸兜上印着"大同矿务局中央机厂"几个红色的字。中央机厂可是大同矿务局最好的单位，在矿务局上班的年轻人，都盼着能在那里当个工人。

她说她是相世哥的邻居，是相世哥让来接我。说这话时，她脸红了，好像是有点儿害羞的那种样子。我问说你是中央机厂的？她说噢。说完就转身前头走了，我在后面跟着。到了表哥家，一看我妈真的在炕上坐着，我问说您咋就来了。我妈还没张嘴，表嫂说："没做的哇，不能来串个门？亲戚里道的。"我妈笑着说："就是。"

1970年我二十一岁

家里的地小，我也上了炕，挨住我妈坐下。我又跟我妈解释，说现在在宣传队，根本就不下井，让她老人家放心。我妈噢噢地点头，说放心放心。

后来我才发现，那个女青年她没回自己家，就在表哥家给帮着表嫂做饭。做的是炖猪肉烩豆腐，还有韭菜合子。韭菜合子是用韭菜和鸡蛋当馅儿，白面做皮儿的一种馅饼。女青年她看样子挺会做饭，我妈夸她手脚挺麻利时，她脸又红了。

相世表哥不住地大声问她话，问这儿问那儿的，问个没完，她是问一句回答一句，不问就埋头做营生。问她在机厂干的是啥工种，她说车工。我刚跟学校出生在社会上，不懂得车工具体是在做什么，但知道这是个好工种，有技术。我真羡慕她的这个工作。相世表哥又问她是应县哪个村的，还问她是哪年参加的工作。我心想，你们是邻居，怎么今天才想起问这些，当着生人面，不怕问得人家心烦。果然，人家可能是有点儿不高兴了，吃饭时她也不上炕，让也不上，端个碗，在地下的小板凳上坐着。我心想，那一定是为了离相世表哥远点儿，怕他还要问什么。

表哥让我喝酒我说不会,让我抽烟我说不会。他说对着呢,好好攒钱娶媳妇哇。我没理他,我觉得这话不好听。

吃饭当中我才知道并不是我妈自己找来的红九矿,是相世表哥一大早坐着公共汽车把我妈接来的。

吃完饭,我送我妈到公共汽车站,走在半路,相世表哥追上来了。跟我妈说:"人家女的表态了,说没意见。就看你们哇。"我妈说:"叫招人说哇。"他们都看我,可我却不明白他们在说什么,继续往前走。相世表哥大声喊说:"招大头,问你话呢!"我说:"问我啥?"他说:"人家想寻你。"我说:"谁寻我?"他说:"中午那个女女。"我说:"她寻我做啥?"

当时我真的不知道"寻"这个词,还能另外有别的什么意思。

他说:"寻你,就是想给你当老婆。"

给我当老婆?那个女女?

"不不不",说着,我就跑走了,跑回到宣传队。那里,男的女的,已经开始排练了。

这是我第一次相对象。不对,准确地说,是第一次在不知情的情况下,被一个知情的女女相看了我,而且看对了我,要"寻"我。

这里,有件悲伤的事要说的是,那次的"相对象"又过了三个月后,我们开始到矿务局的各个单位去巡回演出。到中央机厂演出完的第二天,那个女女在上班时间挂了工伤,她的二拇指被机床给车断了。这事是相世表哥后来跟我说的,他说:"就怨你,人家孩儿看完你们的演出,第二天在工作中给走了思,出了事故,就怨你个招大头。"

这个事怨不怨我,我就不说了。这里我想乘着这个机会,向她表示道歉,让她原谅我当时不懂事。当时我才二十岁刚出点儿头,相对象、谈恋爱这样的事我根本就不懂的。这里,我再向她表示衷心的祝福,祝她和她的家人们万事如意,一切顺利。

第二次相对象我就知情了。那是我二十二岁的时候。

是个夏天。

1980年在市局楼顶拍照，背景楼房是西门外原市展览馆。这是我唯一的一张留着小胡子的相片

先是父亲跟我俩说，他说他的老战友昨天来家串门了，他老战友在新中国成立前和他一块儿打过游击，他是老战友的入党介绍人。后来，他还想把他的小姨子，也就是我的姨姨介绍给老战友，可是我妈不同意。因为我姨姨在小时候就说了娃娃亲，给了本村的一家姓宋的叫宋守周的人。我妈说中国人说话得算话，不能跟人家反悔。这事让我妈给拦得没有弄成。

父亲俩说完，就进入正题。他说老战友看见我摆在衣箱上的相片，夸了我好半天，最后还开玩笑说："我有两个女儿，干脆咱们结亲家吧。"

我看父亲，他说："老战友说他的大女儿也是你们大同一中的毕业生。"我问叫个啥名字。他先说没问，后又说问了也记不住。但他说老战友给我留了地址，说欢迎我去他们家。他还说老战友表态了，说两个女儿任你儿子挑，看对哪个找哪个。

对这个事我有点儿动心，主要也是想知道一下他的大女儿是个谁，是我们大同一中哪个班的，我跟她熟不熟。

当天的晚饭后，我就去了。

天还很亮。

他们也刚吃完晚饭，"老战友"和夫人在院里乘凉，那姐妹俩出外散步去了。这两个大人他们的口音还没变，还是应县家乡话。看着老战友夫人我想，这应该是我的姨姨才对。可再一想，如果真是亲姨姨，那我就不会来相对象了。天快黑下来时，散步的姐妹俩回来了。我站了起来，跟她们笑。

老战友向她们介绍说："这就是我跟你们说的曹大爷的儿子。"

她们没表情地往远站站，看我。

其中一个我见过，就是我的同学。还没等我开口，她先说话了："你是主义兵吧？"

我马上反应上一句："对！你是老保！"

然后我们就没话了。又站了不到几秒钟，老保拉着她妹妹进屋了，没再出来。"老战友"也让我进屋，我没进，我说我走呀，完再来。我就走了，可完了我再没去过他们家。

这就是我的第二次相对象。

就因为她说我是主义兵，我一下子恼了，我就说她是"老保"。

"文革"中我们学校红卫兵有两大组织，观点不同，常闹矛盾。我参加的是"毛泽东主义红卫兵"，另一个叫大同一中红卫兵。他们叫我们"投机商"，我们叫他们"老保"。

这里应该承认，她没称呼我"投机商"，而叫的是"主义兵"，严格地说，"主义兵"还算是个中性的称呼。而"老保"就是贬义的了，有骂的性质。这是我的不对，所以她就生气了。但谁叫她一见面就叫我"主义兵"呢？她要叫"老同学"那我就不会骂她"老保"了。就这样，这件事吹了。

下面，我在这里给讲个秘密，讲个以前跟任何人都没透露过的秘密，那就是，我看对她那个妹妹了。我喜欢秀气的女孩儿，她妹妹就是这种女孩儿。在我跟她们的爸妈谈话中，我知道她妹妹在大同市第一人民医院当护士。那些日，我每天跑家，为的是在早晨八点站在一医院大门想等住秀气的护士，但一次也没等住。等了半个月，我失去了信心，就不再跑家了。后来想起，是我太无知。护士怎么会是八点上班呢？

以后的日子我也常能想起她，也不知道她是嫁给了哪个有福气的人儿。

看来，缘分是很重要的。

还有个有意思的事是，我后来和我妻子说起了曾经相看过"老战友"女儿某某某这个事。一说她的名字，我妻子说这个某某某跟她大外甥还搞过对象，而且是搞了好长时间，但不知道是什么原因没有成。那要是成了的话，可就有意思了，她还得叫我四姨夫。

我的第三次和第四次相对象是紧挨着的。

那时，我已经从红九矿宣传队被抽调到大同矿务局文工团了，已经可以肯定地说，将来再不会下井了，再不会成为人们认为的那种四疙瘩石头夹着一疙瘩肉的窑黑子了。这样，来给我说对象的人也就多了起来。

先是妗妗给我介绍了个对象，姓章，在市物资局当打字员。见了第一面后，双方都表态说没意见。我们这地方人在这里说"没意见"，就是说没有反对的意见，同意继续交往。妗妗一听很高兴，说："那以后我们大人们就不管你们了，你们两个小人就多深入地接触接触，都主动地接触，多处处，越处就越深。"妗妗没多大的文化，来这么个总结性的发言，也不简单。

小章一到星期日估计我休息，就找个理由到我家来了。而我可不是每个星期日都回来，所以也很少能跟她碰住面。她来我不在，她跟我妈坐一会儿就走了，我妈说："你完来哇。"她说："噢，我完再来。"就走了。我妗妗经常来打问我们的进展，她逮不住我，就跟我妈说："人家来个三回，招人也总得去个一回哇。不能让人家孩儿香火头一头热。"语气很是强硬。于是我也就真的是用1∶3这个比率去他们家。不知是什么原因，我每回都是盼着去的时候她最好是不在家。做到这，也好办，我不是固定的星期日从矿上回，我是说不准星期几就回来了，这样算计出她不在的时候很容易。我对我这每次都是突然来访的解释是：排练忙不让休息，我是抽个空儿请假回来的。我每回都能见到小章的小外甥女儿，三岁多点儿，小姑娘挺灵，一见我就赶快向大人报告说："对象来了，对象来了。"我很喜欢她，每次都要抱抱她，而每次都是和她逗逗玩儿后我就走了。她妈说:"完来哇。"我说:"完我再来。"

我冷淡她的原因我跟我妈说过:她妈和她的姐姐们都很伟岸、高大,她现在虽然还算是苗条,可我敢肯定,她以后也准定是那种伟又大的样子。而我喜欢的是娇小一些的女孩儿。但这个理由跟妗妗又说不出口,只好就那么拖着。

拖了那么几个月后,又有人来给我说对象了。是我们对门院的董婶婶给说她的侄女。叫个桃子,在"六一六"厂上班,她说她侄女是个做坦克的。我一听,心想说肯定是个五大三粗的壮人,就谢绝了,说我正搞着一个。董婶婶说:"我见你的这个来着,不如我们桃子,等哪天我给你领来。"我说别别别,我这儿还谈着呢。她说一家女儿百家亲,哪个成了算哪个。第二天她就把桃子叫到了她家,桃子听说我不在家,不过来。董婶婶就把我妈叫去了。

我妈说,这个长得还有点儿妙气。

听我妈这么说,我想见见这个妙气的。但我不能脚踏两只船,我决定把那个推了再看这个。于是我就给小章写了一封长信寄到了她单位,没说出个什么理由,只是请人家原谅、原谅、再原谅,反正那意思是,不了。

说桃子长得妙,我的看法是还算不上,也就是个七十八分,中上的水平吧。可这个女孩儿不是个一般的女孩儿,人家是共产党党员,车间的党支部委员、团支部书记,家里的奖状贴了一墙。这让我挺佩服的。

见过头一面,她就提出说,他们车间的领导党支部书记要见见我,她说他们兵工厂有这个规定。让我放松的是,不是在党支部办公室见,是在书记的家里见。更让我放松的是,书记的家就在我们矿务局住,距离我们文工团还不远。一个星期天,我和她约好在局医院门口见面,她领我到了书记家。书记是个退伍军人,一直在跟我讲马列主义毛泽东思想。桃子她年龄虽然比我小两岁,可人家说话啥的,像个大人。我不行,我唔唔点头,认真地听着。他盘问了我一气家庭情况后,提出说,要把我调到他们厂当工人。我说我不想离开文工团,我喜欢文艺。他说你到了"六一六"厂也可以搞文艺嘛,我说让我考虑考虑。

用不着考虑了,妗妗已经替我考虑好了。

小章接到我的长信,看了一遍又一遍,就看就流泪,她没跟家人说,自己独儿伤心。几天后她拿着信去找我妗妗，掏出信还没等说话就又哭了。妗妗一看就知道是怎么回事，说小章你甭麻烦，妗妗寻那个陈世美去。小章说别了，妗妗说不让他。以上这些，都是妗妗在事后跟我妈说的。

可当时妗妗也挺有心眼儿，到了我们家并没发火儿，但不一会儿就跟我妈套出了桃子在"六一六"的哪个车间上班，大名儿叫个啥。把该打听的都打听到了，她骑上自行车就去了"六一六"厂，"六一六"厂离城二十多里，她也不嫌远。

厂大门好进，但车间是保密部位，她进不去。进不去她就大声吵大声地嚷，骂桃子是个破坏别人美满婚姻的第三者。她的意思是这个意思，可当时她说的话很难听。而且吵个没完没了，非要叫桃子出来跟她讲理。桃子她当时正好是和我在他们车间书记家，没赶上这次的吵闹，要不那可红火了。

妗妗在"六一六"厂吵闹了一顿，又返回城里，把我妈数落了一顿，这才算完事。

这两次的相对象，对我来说，是永辈不会忘记的事。

当时妗妗她骂完人没事了，桃子那方面又不让了，非让我妗妗给她到单位去赎名誉。他们说，不这样车间的人还真以为桃子跟哪个有妇之夫有了啥关系了。

他们找不到我妗妗，就找到我们家。好话说了千千万，他们才答应不去找我妗妗，同意由我给桃子单位写了一封长长的信，把事情的经过详细地说说清楚，证明桃子不是"破坏别人美满婚姻的第三者"，是我没文化的妗妗在气头上用错了词。

总之，别人都有理，就我没理。别人都对了，就是我错了。

最后的结果那就不用多说了，鸡飞蛋打。

# 妻 子 节

我们从小一块儿耍大、至今仍常来常往的朋友，还有老王、二虎人、银柱、昝贵、二虎、我。六个。

算了算，我们的交往，都已经有五十年了。

你想吧，当时都是小孩子，可现在，老王今年已经六十四了。最数二虎小，也有五十八了。我在这里头结婚还不算早的，可我的外孙女陈安妮都已经是小学二年级的学生了。

平素的往来自不必说，每到过年，今儿全体到这家，明儿全体到那家，正月十五前都要轮一个过儿。相处的年多了，妻子们之间也都成了朋友。无论是谁家请，不光是叫男的，连他的妻子也要请。无论在谁家，都是两桌。无论到谁家，都是一整天，耍完吃，吃完耍。半夜才散伙儿。这种做法，一直坚持了有十几年。可是，坚持坚持的，坚持不下来了，主要的原因是，年纪也越来越老了，吃也吃不动了，喝也喝不动了，受也受不动了。轮到最后的那几家，就连耍也耍不行了，都说坐得腰也酸腿也疼。

最叫苦的，那当然是妻子们。丈夫们是在玩耍，而她们是在劳动。

轮到在老王家时，妻子们终于提出说，能不能改革改革。大家说，行，改革改革。经过商讨，最后定了下来：每年到一家，时间是初五。因为妻子们提出说，太累。丈夫们便来了个绅士风度，说，这一天，妻子们玩耍，丈夫们劳动。包括沏茶、倒水、做饭、洗锅，这一天的活儿，全部由丈夫们包揽。

我们就把每年的正月初五这一天，叫作妻子节。

参加我们的这个活动的，还有个安哥。他虽然不是我们一块儿耍大的小朋友，但他跟老王是一个厂子的，后来又住在了一栋楼。我们每次到老王家吃呀喝呀的，老王都叫安哥过来。我们跟他也早已经是朋友了。

这次安哥就宣布："为了正式加盟，第一个妻子节，就在我家过。"

那一天，七个妻子真的是什么也不动了，人家们从男人里头选了个银柱跟她们玩扑克，八个人分成两组，每组四个人，攉轮子。攉轮子是大同地区的一种叫法，实际上就是用三副扑克玩升级。

安哥的妻子我们叫安嫂，她比我们所有人的妻子年龄都大，可她真是个红火人。本来是到了她家了，她故意什么也不干。边攉轮子还就大声地对丈夫们呼三喝四，让这个做这让那个做那。

"老王！"

老王"来啦，来啦"答应着跑过来。

"剥橘子！"

老王说："剥个橘子也要人伺候。那我喂你吧。"

"喂就喂，我还怕你个喂橘子？喂啥也不怕。"

在她的带动下，别的妻子们也故意地大声哇哇。

"二虎人！茶水太烫！"

二虎人说，那我给你兑些冷水。

"昝贵！收拾瓜子皮！"

昝贵说，我找不见垃圾桶。

叫妻子们闹的，一会儿要这一会儿要那的，男人们根本就耍不成。耍不成就耍不成，反正今天是以妻子们为主，耍不成也高兴。

男人们只能有一摊儿在攉轮子，同时还得负责伺候妻子们不住气儿的乱指挥。后来他们干脆不攉了，都帮着各自的老婆出牌。最数二虎人的嗓门大，又能哇哇。人们就叫他进口皮鞋，意思是帮子亮。他一会儿说这个出得不对了，一会儿又说那个出得有问题了，那口气还带点儿教训人的味道，妻子们就又给他取了个外号，叫教育局长。后来又都嫌他哇哇的吵得耳朵根子疼，就把他轰走了。让他哪儿红火到哪儿转去。

我帮安哥准备饭。结婚多年了，丈夫们都也学会了做饭，正好也给大

结婚照。1975年，二十六岁

家露露手艺。

开饭了，首先祝贺妻子节的命名，然后祝妻子们在新的一年里"身体健康不生病"，还祝她们"精神愉快不生气"。

二虎最小，他给所有的嫂子们的杯里都倒了够半两白酒，人家不要，他硬给倒。说："你们谁不喝最后我都替。"

二虎人不住气地给妻子王艳贞夹菜，把王艳贞都闹得不好意思起来。

昝贵说二虎人："你那有点儿过分了吧？"二虎人说："那过分啥，谁的老婆谁心疼。"昝贵说："你那叫心疼？你那叫耍眼前花。"

银柱给妻子张润珍敬酒前"我们润珍这儿，我们润珍那儿"的，把妻子表扬了一大气，把个张润珍感动得都流下了泪。最后他又给大家讲了一件事说：他跟邻居玩麻将，输了一百七十块钱，自己唉声叹气地后悔不迭。当时他的月工资是六十元，一下子就顶是把三个月的工资都输没了。可妻子不仅是没有批评他，反而劝他。

昝贵马上说："你看看人家那老婆，多好，你看看我的老婆。"

赵秀梅接住说："我咋啦？说！"

昝贵说："你，你可比她好呢。"

人们都笑。

二虎人的妻子王艳贞提议，让丈夫们一人表演一个节目献给所有的妻子。昝贵唱了个《妹妹你大胆地往前走》。二虎唱的是《想亲亲想的我手腕腕软》，老王从来不唱歌，也给唱了个"冰雪遮盖着伏尔加河"，大家这才想起，老王在年轻的时候就会唱这个歌。安哥给唱的是"星星还是那颗星星哟"，我唱的是《花儿为什么这样红》。

轮二虎人了，说不会唱，说让妻子王艳贞替，大家同意。王艳贞是小学教员，教过音乐。唱的是京剧"今日痛饮庆功酒"。唱得很好，很认真，过门自己还要"龙格里格"地唱。

她这么一唱，丈夫们又要求妻子们一人来个节目。二虎说，哪个不表演，就把杯中的酒喝了。谁表演了，我当下就把那些酒替了。嫂子们都怕喝酒，都表演了。最数昝贵的赵秀梅唱得逗人："世界是你们的，也是我们的。但是下定决心是……"她不往下唱了，她也发现自己把毛主席的两个语录歌给搞混了。

安嫂说我不会唱，我给大家说个呱嘴。"呱嘴"，这可是大同的个老话。就是过去的那些唱《要饭调》的人说的顺口溜。

她给人们说的呱嘴是一男一女在对答：

显鹊鹊落在半山山坡，
葬良心的哥哥忘了我。
大红的果果香水水梨，
忘了爹妈也忘不了你。


显鹊鹊飞在那雁门关，
捎书书容易见个人难。
显鹊鹊落在那牛脊梁，
或死或活咱们相跟上。


"好啊，好啊！"

"人物儿，人物儿！"

安嫂说得有板有眼，押韵顺口，人们都为安嫂叫着好。我问安嫂你这是多会儿学的，她说小时候就会。

安哥安嫂俩人，满口尽是老话。我是个写小说的，很注意他们的语言。攉轮子的那一上午，安嫂就说了好多这样子的老话。

"早就机明你有两张啥牌了，还伴挠。"

"错就错了，甭精说白道的。"

"谝！我就不信你有两个王。"

"等你一老阵了，才出这张牌。"

"想悔悔上一牌，甭拿心。"

"看搬了张好牌，爹的你。"

"万般无奈我是不出这张牌。"

"非叫你告草才算。"

"快㨪牌呗。"

她的这些话里都有老话。"机明"：清楚。"伴挠"：假装。"精说白道"：强词夺理。"谝"：胡说。"一老阵"：好长时间。"拿心"：客气。"爹"：骄傲。"万般无奈"：实在没办法。"告草"：认输。"㨪"：扔。

我还发现，她这说老话，并不是故意说的，是随口就说出来的。她嫌二虎人给她倒得水满了，说："连个水也不会倒，圪堆堆的一碗，人咋喝。"这"圪堆堆"，用得实在好，太生动了。

安嫂，安嫂，真是个人物儿。

王嫂子牛金花站起说："兄弟你好听串话儿，嫂子也给你来一个。"她又把顺口溜叫作"串话儿"。

"好！好！好！"人们都鼓掌欢迎，又都拍着击着手掌为她伴奏。

> 碌碡烂了拿线缝，
> 砂锅烂了补补丁。
> 公鸡下个双黄蛋，
> 气得草鸡乱叫鸣。

骑着骆驼游炕洞，

骑着母猪上大同。

你要不信往下听，

月子娃娃喊牙疼。

哇——又一个人物儿。王嫂，王嫂，人物儿，人物儿。

这头一次的妻子节，二虎喝醉了。因为嫂子们都表演了节目，他给嫂子们倒的酒，只好是自己都替喝了。他比别的丈夫们多喝了三两五白酒。喝得舌头都僵了，妻子小郝说他："自个儿不行。还硬替人。"

二虎说："就你，就少给我，说。再说，看我回家的。"

张润珍说："你回家哇想咋？"

二虎说："我黑夜，轻，轻饶不了她。"

张润珍说："小郝，你灰了。黑夜，人家轻饶不了你。"

小郝说："就他那两下，我还怕个他？"

哈——人们又笑，人们这是又都佩服张润珍逗得巧。

1965年，我（后左）与邻里好友合影

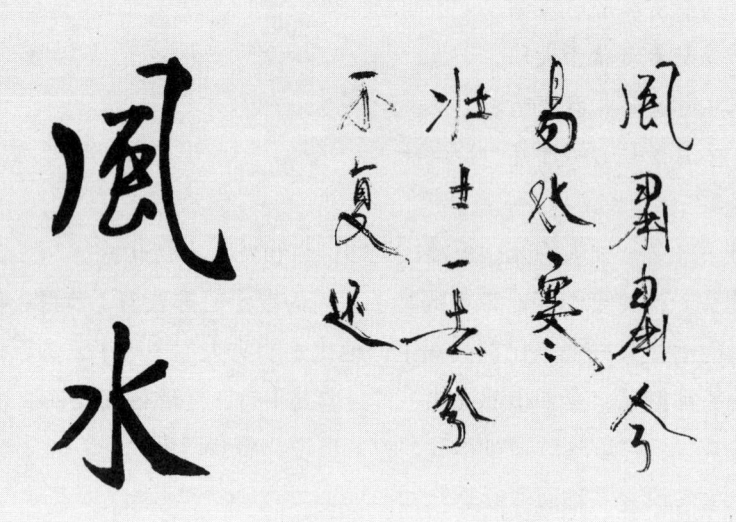

在忻州窑派出所上班时，单位距离家有四十多里，工作忙起来常不回家。妻子有意见。那次吵嘴后，我一气之下，在信纸背面写了这句话贴在墙上。后来我没有做荆轲，又回来了。这是我留存下来写的时间最早的毛笔字，当时我二十七岁

丈夫们这才发现，身边的这些老婆们原来都是人物儿，妻子也疯狂，可以前咋就不知道？

第二次的妻子节是在二虎人家过的。

二虎人两口子都不会做饭，他们请的是厨子。厨子做出的饭菜到底是不一样，一股厨子味。但人们最盼的是到银柱家。

人们早已经强烈地要求过了，虽说是妻子节，但轮到银柱他们家，无论主食副食，必须还得由张润珍亲自下厨房来做。

张润珍做的饭菜，那才叫个好。大家一致公认，自己吃过的大同市的任何一家饭店的饭，都不如张润珍做得好吃。

早在妻子节以前的有一年正月，人们在他们家，上一个菜吃光一个菜，上一个菜吃光一个菜。把人家准备的饭菜，全吃了个盘光碗净。因为她做得实在是太好了，太香了。晚饭又给人们熬山药稀粥，人们又是喝了一碗又一碗。眨眼工夫把一锅稀粥又喝光了。只好又熬了一锅。人们自己也失笑，大正月的，一个个都像是那几辈子没吃过东西的饿狼。自那以

后，饿狼们一来，张润珍就把东西准备得足足的。提防着再给来个盘光碗净。

在昝贵家举办时，他专门提前购买了"卡拉OK"音响设备。那年正时兴《青藏高原》，我一上午啥也没做，把音量放低，就学它。中午表演时，给人们大大地出了一风头。后来昝贵给我打电话说，第二天，上下左右的邻居都提出了意见，都说你家闹什么，太吵，把楼房也都快震塌了。看来家里头不能唱这种东西。

以后无论到了谁家，都还是清唱。

别看人们都老了，都想在这个无拘无束、敢于彻底放松的日子里，展示一下自己的才艺。除了头一次，以后的妻子节，都不是即兴表演了，都提前在家里做准备。最数王老师认真，每回拿着歌本，唱之前还咿咿呀呀的选个合适的调门。赵秀梅的特点是，从来唱不全一个歌儿，唱着唱着就串到一边了。后来人们才发现，她原来是故意的，反正是也挺逗人。我们叫小郝就叫笑话大王，她的荤段子太多了，人们都还说她的笑话有后劲儿，让你黑夜睡着也还要笑醒，让你第二天想起还要笑。安嫂和王嫂的呱嘴和串话儿一个赛过一个，她俩也各有特色。安嫂是说城市的，王嫂是说乡村的，各有各的好。

妻子们，真行！

妻子节，万岁！

今年的妻子节又轮到我们家了。我和妻子早就开始商量，看给人们吃啥，看准备啥节目。上次说了，今年的节目不许重复以前的。

# 三　哥

　　我爷爷有四个儿子。大大爷、二大爷、四大爷，还有我爹，我爹为五。当中的三大爷不是我爷爷的孩子，是他弟弟的孩子。我们村里头就这么个习惯，叔伯弟兄们往一块儿排。这样就显得人丁旺，势力大。

　　大大爷有两个儿子，我叫大哥、二哥。四大爷又有两个儿子，我叫三哥、四哥。下面是我。巧的是，我和我爹一样，也为五。这四个叔伯哥哥，叫我就叫老五。

　　这里，我主要是想说说比我大七岁的三哥。

　　那年我妈跟他说："三子，五大妈死了，你跟招人打发打发五大妈。"三哥说："用说。"我妈说："你提前就给五大妈把那坟拿羊粪煨好，要不，十冬腊月的，刨不动。"三哥说："用说。"他说的"用说"，意思就是不用说，没问题。

　　我妈好像事先就知道她要在十冬腊月走似的，跟三哥说这样的话。这要换上个别人，肯定说："您知道您是啥时候走？"可三哥不问，三哥话短。

　　可我妈也真的就算对了，她老人家就是在说这话两年后的一个天寒地冻的日子去世的。煨坟的也就是三哥。挖坟的人们都夸说这坟煨得好，土又松又软和。三哥不说话，低着脑袋干他的活儿。

　　自母亲去世后，每到清明，我总要专程从大同赶回到老家，为她老人家上坟。每次上坟我都不直接到坟地，都要进村叫上二哥跟我一起去。二哥早就准备好了，提着个布口袋，里面装着纸钱、香火，还有引火柴。我们就步行相跟着，慢慢地往坟地去。

今年的清明，我和二哥相伴着，在快要进坟地时，遇到了三哥和他的女儿兰兰。兰兰推着自行车，车大梁上跨坐着她的小孩儿。他们这是已经上完坟出来了。我叫了声三哥，他痴痴地看我，嘴动了动但又没出声。要是以往，他再不好说话也要问声"老五几时回的"，可这次他啥话也没说。兰兰叫了我一声"五叔"后，眼泪就唰唰地流下来，无声地哭着。我说兰兰："甭价，甭哭。"我就用手推她的自行车就转身跟三哥说："你们头回哇，你们头回哇。"三哥还是面无表情的样子，看了我一眼，跟着兰兰走了，慢慢地往回家的路走去。可我能看得出，兰兰的眼泪还在继续地往下流，她右手推车，左手还在擦眼泪。

亲爱的大姐是个大好人。我俩都是早早地就聋了，又都做了胆结石手术

三哥还是穿着我老早的那年给他的灯芯绒风雪衣，还是戴着我给他的那个警察毡绒帽。他的身架子瘦瘦的，但个头高，够一米八。我穿着是很长的风雪衣，穿在他身上还有点儿小，马鞍子似的。风雪衣原来是深茶色的，他肯定是从来没洗过它，现在已经完全是黑色的了。毡绒帽子的两个耳朵没往下放，可也没从上面把帽带系好，就那么向两面耷拉着，一走路帽耳忽闪忽闪的，好像头上落了个大鸟，就要往起飞呀。

二哥用下巴努向他们的背影，努了两努，说："尔娃儿，把个做饭的，没了。"二哥说话慢慢地。见我没听明白，他又说："兰兰妈，去年冬天，死了。"

"啊？"我吃了一惊。

"尔娃是活活给，冻死的。"

我又"啊"的一声，张大了嘴。

三哥在我最早的记忆中，是跟我们耍篮球。当时我就是个五六岁，那他就是十二三了。可他还是村里的小学生。他趁老师不注意，把篮球偷出来。我耍过小的皮球，可从来没见过这么大的东西。他一拍，球把我的鼻子给碰了，一下子血就流出来。我大声地哭，老师跑出来。老师在他的后脑瓜给了他两巴掌，他缩住脖子笑。

三哥在村里的小学校念过三年书，可他不是三年级学生，他一直都是在念一年级。他也知道人有两只手，两只手加起来有十个手指头；也知道一个人加一个人是两个人，可是两个人加起来有多少手指头，他就不想知道了。他不想知道得这么复杂。

他也写仿。他会写个"人、口、大、小"，还会写几个别的什么字，但最多超不出二十个。可不能老是写这几个字，他也想变变花样儿，就瞎写。瞎写是瞎写，可又很是认真。在方格格里认认真真地拿毛笔写着字。一上午写了一张仿，写完了，弄得手上脸上都是黑墨。老师拿起他这仿看看，有横也有竖，有撇也有捺，还有钩呀啥的。老师奇怪，他平时写得都是屎巴牛爬爬字，可今儿这字却是很工整。工整是工整，老师左看右看，就是一个也认不得。问他你这写的是啥，他说："放羊上山坡，青草多又多。"逗得老师哈哈笑。他缩住脖子等挨打，可这次老师没打他。

老师就让他留级了。

留了一级又一级。

可最后他还是不会写自己的名字，他的名字叫曹通谦。让他苦恼的是，这三个字为什么都是这么的笔画儿多。

三哥的脑子不开学习的窍，可他就是爱劳动。

他领着孩子们到地里刨茬子，他能知道哪块地有玉茭茬、高粱茬，他还知道哪块地的茬子主人不要了，可以随便刨。他一进地先观察观察，然

三哥穿着我女婿给他的皮夹克

后就拖着铁抓子把好刨的地方划出个范围,跟别的孩子们说:"孩娃们,听着,这是我的。"他就像个大工爷,叫别的孩子叫孩娃们。孩娃们不敢跟他争,都怕他。他比同岁的孩子们高出半头,他跟人打架是用手推,一推就把你推个屁股蹲儿。

他有力气,一抓子就能把埋在硬地里的茬子给兜出来,而别的孩子得刨好几下。他把刨出的茬子弄一堆,再磕去土,用力把它们码在铺好的树枝上。越用力,码成的茬堆越瓷实。越瓷实,茬堆才不散架。码多高也不散架。有的孩子们不会码,背在背上松松垮垮的,走在半路就散架了。气得干脆就扔在半路不要了,空提着根绳子回了家。三哥从来没发生过这样的事。他背上的茬垛又方又高,快高出他的头顶。

他一垛又一垛地把茬垛垛在院的东头,垛成堵堡墙。他们家没钱垒院墙,茬垛就是他们的院墙。

刨回的茬子只能是在冬天烧炕取暖,做饭用它不行,没火力,烧不开水。做饭得用山柴,山柴油性大,火旺。山柴木质硬,耐烧。三哥就跟着大人进山里砍山柴。腰里别上一把砍刀，兜里装上三个玉茭馍馍，提着根绳子一走就是一天。天黑回来了，背上是一大捆山柴。一天一趟一天一趟，院里的山柴垛得有房高。

四大妈说他，你不好好儿念书，一满是就好受苦。他说，我就是不想念书就是想受苦。

我们村把在庄稼地里劳动叫作受苦，把农民就叫作受苦人。

从十三岁开始，三哥就跟在爹的屁股后头出地受苦了。

四哥人家好学习，一直念到高小毕了业。是村里头的文化人，能看懂课本以外的书，后来就在本村当了电工。来给四哥说媳妇的人不断。四大爷在家不主事，啥也得四大妈说了算。四大妈说总得先尽大的，可一直没有个给三哥来说媒的。又过了些年，四大妈说不能为了等大的把二的给误了，就先给二的办了。

村里的习惯是，儿子一娶过女人，就算是成了人，爹妈给四哥小两口安顿上锅碗瓢盆，让他们独立生活，这就叫"另家"。四大妈四大爷没钱给儿子盖新房，四哥四嫂就住在西房。

三哥还跟爹妈吃住在东房。

我爹比我妈早去世二十九年。

我爹也是在大冬天去的世，也是三哥给煨的坟。煨坟是个苦差事，丧事总管总是把这个事安排给最不怕苦最实在的人去办。

那年我是二十五，三哥三十二，他还没结婚，可四哥已经有两个孩子了，大女女永清已经会跟人顶嘴了。她妈让她给递块屎褯，她说："我的营生还忙不过来，管你那呀才。"

又打了四年光棍儿，三哥终于在三十六岁时成过了个家。找了个已经有三个孩子的寡妇，三个孩子还都是男孩儿。

三嫂来了三哥家，也给三哥生了两个孩子。大的是个女儿，叫兰兰。小的是个男孩儿，叫牛牛。

三哥成家时，这家老老小小算下来，就是五男三女八口人。四大爷在两年前去世了。

我每次回村，总要把平时不再穿的衣服、鞋帽带回村里，看给谁合适。这是我妈的做法，我妈就这样，有时候她在路上还要往回捡。她倒不是专门到垃圾堆去捡，而是偶尔路过时看见垃圾堆有双鞋她就说："这好好儿的就扔了，不当呢，拿回村给人。"我说："这烂的，谁要？"她说："受苦人有个啥讲究。刨个苴苴子，拾个柴柴子穿。"我可不在路上捡，看见再好的也不捡。我是把自己家里人替下的给往回拿。

那年我跟我妈回村给我爹上坟，上完坟，我给三哥去送旧衣裳。三哥还没从地里回来，两个孩子在学校念书也还没回来，三嫂正给做午饭。炕上是一大笼捏好的玉茭面窝头，准备上锅蒸。她往大铁锅里放一勺水，水里放核桃大一块黑酱，然后就把菜倒进去。菜倒是很鲜色，有绿的豆角，黄的倭瓜，白的山药蛋，但没油，村里人叫这种拿水当油的吃法叫"水崩酱"。

我妈回了村，往往是住在她的表弟家，她的表弟我叫喜舅舅。吃饭时，我妈听说三哥他们家还在吃水崩酱，就让我给三哥再送上十块钱。按当时的物价，十块钱能买三斤油，我就去了。三嫂在地下洗锅，三哥和孩子们已经吃完饭午睡了。两个孩子在炕上睡着，身上都穿着我上午送来的旧衣裳。三哥就睡在地下，家小，地也不宽，他挨住水瓮睡着，身底铺着个烂口袋。受了一上午乏了，他已经睡着了，睡得很香，我和三嫂说话他都没听着。

我把钱掏出放在炕上，三嫂说有呢有呢。怕人小觑，三哥和三嫂啥时候也不说没有的话。

三哥的这两个孩子跟他一样，不好学习，马马虎虎上到小学毕业就再不上了。

兰兰比我的独生女儿丁丁小七岁，丁丁大学毕业后在大同的第一职业高中当老师，她听说有这么个妹妹，就想见见。正好我妻子的大姐腰疼，想雇个小保姆，就让我回村和三哥商量这个事，三哥和兰兰都同意。三哥说："老五，兰兰就靠给你了。"我说："你放心。"他说："看她秧子长，她才十五。"我说："你放心。"三哥说她秧子长，是说她个头高，十五岁的兰兰确实也不算低。村里头的人打个比方也跟庄稼有关，这秧子就是指庄稼。

在我妻子的大姐家待了半年，兰兰想回家了。她不想在四室一厅的楼房里吃好的喝好的了，也不想在那里铺绸盖缎住单间了。兰兰实在是想爹妈了想弟弟了，想村里头的那个穷家了。

我妻子只好把她送回村。

再回到村里的兰兰，在人们眼里，她整个儿就是个城里的姑娘了。

她用自己的钱，把家装扮了一番。刷了房，吊装了石膏板顶，把炕上原来铺的煤矿用的那种破风袋布换成了印花人造革，在后墙安装了三米高三米宽的大水银镜框，最后又买了个二十一英寸的大彩电，放在了正面的碗柜上。

家还是原来的家，可原来不像个家，现在一下子是个家了。三哥三嫂没想到自己的家会这么好，三哥说兰兰："净瞎花。"嘴这么说，心里美滋滋的。看懂看不懂，吃完晚饭也要看看电视，里面演啥，不知道。

那一段时间，是三哥最舒心的日子。

可这舒心的日子没过两个月，他给得了病了，得的是恐惧症。

他是让惊吓的。

三年前，他们家的全体人马没明没黑地受，勒紧裤带攒，给三嫂的大儿子张大成了个家。媳妇是个带着五岁的女孩子的四川女人。村里头的人都说这种女人不可靠，说不定哪时候人家男人就从四川来要女人了。他们想不了那么多，娶过再说。两年过去了，没见四川那头有什么动静，四川女人还给张大生了个男孩儿。四川女人很能吃苦，背着孩子跟张大下地做营生，这个村的女人根本就做不到这一点。他们又奋斗了一年，花了两千块买了一头耕牛，计划着再跟人租点儿地，好攒钱盖新房。

那天的一大早，天刚发点儿亮，张大来敲三哥的窗玻璃，敲得很急，说："牛丢了，牛丢了。"三哥从睡梦地一下子坐起来，问："啥丢了？"张大在窗外说："牛，牛。"三哥说："谁？牛牛？"

"噢，牛牛，牛牛。"张大看见从茅厕过来的牛牛，"牛丢了。"

三哥在屋里伸手一摸，牛牛不在身跟前。拉着灯，牛牛不在家里。

"牛牛！牛牛！"三哥大声喊叫着跑出院。

张大的那么大的一条牛在半夜就叫人给偷走了，而三哥也就从那以后犯病了。张大弟兄三个领着他到省神经病医院住过两个月，回来好些了，也还能出地劳动，但成天痴痴地，老像是在想什么问题。人问说句话，不问，一天也没话。

兰兰为了伺候爹，就不再当小保姆了。我妻子的大姐还想叫兰兰去，专门让我妻子坐着小卧车来接过她，可她不能出去了，她说她扔不下这个家。

后来，她就嫁给了邻村的一个在外地打工的后生。后生是泥瓦工，常年在外地盖房，兰兰也就常年在三哥家住着。

牛牛长大成人了，也跟着姐夫在外地受。

没几年，张大又出了事，他的腰让小四轮车给撞断了。应县医院给拍了个片子，脊椎明显的错位。县医院说没这种治疗技术，用救护车把他们送到大同的地区医院。

兰兰找到了我，我赶快到了医院。当时已经是快下班了，我认识的几个大夫不是骨科的，他们都给过去跟骨科的当班大夫打了招呼。

张大疼得不让人动，看见我，叫了声"五叔"，笑了一下，好像我是观音菩萨，来救他了。他躺在雪白的病床上，还穿着出事时的衣服，破衣烂衫的，身上也脏兮兮的，脚黑得像是涂了煤泥。我能看得出，大夫和护士都嫌弃他的脏和身上发出的汗酸味。医院离我们单位不远，我叫老二留在医院守着，让老三跟我回办公室取肥皂、香皂、毛巾、洗脸盆，让给他哥哥尽量地往干净擦洗擦洗。

就是在那天的半夜，张大死了，死之前，他大喊了一声猛地坐起来，后又一下子侧倒身，趴在了床上。死了。

听说当时有个说法是，死在医院的病人必须得火化。这可做不得，活见人死见尸，兄弟两个说啥也要把哥哥拉回村。可这种火化的说法是真是假，我认为不能直接去问医院。我帮他们雇了个小面包车，又花了一百块钱买通了太平房的人，把苦命的张大偷偷地抬上了车，送出了医院，送上了回家的路。

小四轮车主赔偿了四万块现钱。

这么大的数字，并没让三哥三嫂高兴起来。

四嫂、四哥、我，在他们家新房窗前

当时三嫂的老二也已经成过家了。三嫂的心思是，老二用不着愁了。她一心惦记着老三。她是想拿这四万元盖三间房，让老三跟大嫂住进去，成立上个家。这样，老三也有了女人了，他大嫂也用不着嫁外人了。人们都说这个主意好。老三也好像是没意见。问四川小女人，她表态说也没意见，但，不同意在这里住。她想回四川，她表态说想领着老三回四川成家。

她坚决地说："要不这样子，我就不同意。"

三哥三嫂最后决定，那就这样子。

一经定下来，全家人都挺高兴，露出了丧事后的苦笑。

过了些时，在一家大小人的欢送下，老三和大嫂抱着两个孩子，装着钱，踏上了去四川的路。

三哥三嫂，你们太善良了。下马峪的人们，你们太善良了。

不到半个月，老三回来了。老三让从四川赶回来了。

那个小女人的丈夫并没有死，他们那里已经富裕起来了，他正打算通过公安机关来解救人，说自己的女人让人贩子给拐走了，拐到了山西应县下马峪村。这下省事了，下马峪的人主动给送回来了。不仅送来了人，还有能盖房子的几万块钱。

去年的八月十五，我回了村，给哥哥们每家拿了十个大同月饼。四哥在他的旧房前又盖了新房，正在院里翻晒红辣椒，三哥在小房顶上也好像是在翻晒豆子。四哥看见我，站了起来。我把月饼给了他，他说："拿这做啥呢。"

三哥在房顶上背对着我，我喊三哥，他不理我，我又大声喊，他还不理我。四哥说："喊不顶，他耳朵早聋了。"我说："那我给三嫂送进家去。"四哥说："这两天不见你三嫂，一准是又到兰兰家去了。"

四哥拾起个玉茭轴冲三哥扔过去，打住了他的背，他这才转过身。我把月饼也给他扔上房，他好像是笑的样子可又没笑。知道他聋了，我也没跟他说什么，摆摆手走了。走到当院，我又返回身看他，他在房顶上蹲坐着，两手捧着一个月饼，正大口大口地吃着。

张大已经死了好几年了，可三嫂一想起这个大儿子就麻烦，一麻烦了就到兰兰村去寻兰兰，在兰兰家住上两天，哭一哭，说一说，心宽些了，再回来。

兰兰村叫马岚庄，离下马峪三里地。兰兰她自有了孩子，就不常回娘家了。

去年冬天最冷的那几日，三嫂又想大儿子了，就又跑到了兰兰家。冬天泥瓦工没什么活儿，女婿也在家。三嫂在兰兰家住了两天，就说要到王庄村，王庄村距离下马峪也不远，五六里，是她头一个丈夫的村，那里有她大儿子的叔叔，也就是她原来的小叔子。兰兰劝不住她妈，又知道她妈跟那个妯娌处得挺好，就让女婿把她送到了王庄村。

三嫂每次到兰兰家都是最多走三天，可这次有五六天了，还不见回家。三哥就让牛牛到他姐姐家去叫，姐姐说到了王庄村。牛牛又去了王庄村，那里的人说她只在那里住了一天就回了下马峪。

这下人们都急了，到处找。在王庄村到下马峪半路上的一处坝沿下找到了。她还在坝沿下的背风处圪蹴着，脸的表情是笑笑的，就像是想起了

右起，叔伯二哥、大哥、二哥、我

很幸福的事那样，幸福地笑着。

  二哥一路跟我讲完，问说："招人，你信命不？"
  我说："信。"
  二哥说："得信。"
  二哥说完，又回头瞭了瞭坟的方向。我也跟着瞭了瞭。
  可我想，三哥他们这已经是处在了命运的低谷，再往前走，就该是上坡了。三哥，你就相信吧，你和孩子们往后的日子，会一天天地好起来。

## 我与陈姓的缘分

算卦先生跟我妈说:"你的这个孩子命好,一生中尽遇贵人。有的明着帮,有的暗里帮,关键时刻就有人扶持。"我妈把这个话也不知道跟我说过多少次,也不知道跟多少的人说过这个话。

那次我突然地想到,我一生中遇到的、关键时刻扶持了我的人当中,有好多是姓陈的。

先说最早的那个陈先生。小时候,我一直是在姥姥村里住。五岁那年的一天,我在大庙书房外面和两个孩子玩耍,吵吵闹闹的,影响了里面上课。门一开,站出个穿黄衣裳的大人,冲我们大声说:"甭吵!"那两个小朋友一听,吓得就跑。我没跑,站住看他。他态度和软下来,跟我招手说:"来,你来。"我就过去了。他说:"俺娃进里头上课去哇。"我就进了书房脱鞋上了炕,坐在那里听他讲课。当时在村里把老师不叫老师,就叫先生,他就是陈先生,是个从朝鲜回来的志愿军。他走路一拐一拐的,但也不拄拐杖。

在那以后的两年里,我虽然不是天天去大庙,可也经常去,去了就上炕。我一去,陈先生的眼睛就看着我讲课,我就认真地听。有时候他还把我叫起来回答问题,还让我给学生讲他刚才讲给大家的故事。现在能想起来的,有《小猫儿钓鱼》,有《狐狸和乌鸦》,有《狼来了》。有时候我顾着耍,时常没去大庙,他还说让我表哥叫我,表哥是他班的正式学生。后来我才知道,当学生是要交学费的,交粮食交鸡蛋交钱都行,可他从来

缘分可遇而不可求，头一次见了汪曾祺老先生，就觉得他是我们家的一个很熟悉的亲戚。后来才知道，我和汪老都是农历正月十五的生日。这就是巧。我已经七十了，再没遇见过还有谁和我是同一个生日

没跟我要过这些。八虚岁七周岁的时候，我从姥姥村回到大同，在大十字小学正式上了学。在学校我一直都是好学生，尤其是语文，全年级第一。到了初中、高中也都是这样，我相信，这肯定是与那两年陈先生对我的启蒙是分不开的，我现在的这个小说家的称号，也一定是跟那有关系的。

陈先生，我永远都忘不了您。包括您那种虽然是生着气，但仍然是慈善的眼光。

如果不是"文革"，我肯定是文科大学的文科高才生。可我没当了大学生，却在1968年的10月参加了工作，在大同矿务局红九矿当了一名井下装煤工，人们把我们的这个工作叫窑黑子。因为有文艺方面的特长，我才没把窑黑子一直当下去。我被抽到局文工团，在乐队打扬琴、拉二胡。可后来又因为不会讨好领导，在一次整顿作风中，把我打发到一家工厂，让去接受工人阶级的再教育。具体是在铁匠房，举起十八磅重的大铁锤，没完没了地打那些烧红的铁。打得我两手都是血泡，小血泡连成中血泡，中

与莫言在云台山

血泡连成大血泡。

那天厂技术科的技术员问我说:"你想不想当警察?"我说:"我问问我妈。"

我妈说:"那还不当?你小时候妈就说让你长大当警察。"

第二天我跟他说:"当呢。"

就这样,在他的帮助下,我再不举着沉重的大锤打铁了,于1972年进入了公安系统,在大同市公安局矿区分局当起了公安战士、人民警察。

这个贵人就姓陈,叫陈永献。我跟报纸记者说过这件事,他的女儿在报纸上看到了报道,拿着报问他:"这个陈永献是不是您?"他要过报看看说:"就是就是,小曹还没忘了这回事。"

陈大哥,我怎么会忘了呢?你对我的这个帮助已经不属于滴水之恩了。大恩不言谢,陈大哥,后会有期。

在矿区公安局,又是因为不会讨好领导,我于1974年被派往远离大同一百里的北郊区北温窑村,让给上山下乡知识青年当带队的。时间是一年。

这一年的苦难隔过不说。在这个贫穷的山村里,我结识了一个好朋友。他的小名叫二明，可他姓陈，大名就叫陈二明。他没鞋穿，我把我的鞋脱给了他，我还给了他一身我当矿工时发的工作服。他穿在身上说："咱们多会儿也能当他个矿工。"我跟他学会了好多好多的要饭调，其中有一首就是：

白天想你墙头上爬，到黑夜想你没办法。

正是这个光棍儿后生陈二明，使我在十二年后想起了写写他，写写他们的那个叫作北温窑的让我永生难忘的穷地方。小说中，我叫那个村叫温家窑。小说中，我让锅扣大爷唱出了"到黑夜想你没办法"。于是，经高人汪老指点后，我的这个小说就叫《到黑夜想你没办法》。

正是这个《到黑夜想你没办法》，让我在1993年接到一封信。写信的人姓陈，是马悦然夫人陈宁祖女士。她告诉我说，马悦然先生翻译了我的小说。

哇！太是个好消息了。

后来，她又给我寄过好几封信，其中有一张是签署着"陈宁祖"三个字的贺年卡。

再后来，我很悲哀地得知，陈宁祖女士因有病治疗无效，于1996年底永别了她亲爱的先生马悦然。这让我也再看不到她那流利的笔迹，听不到她那关怀备至的叮咛了。

八年后，又一个陈姓女士出现在我的生命的历程中。她叫陈文芬。

2004年的秋季，陈文芬女士给我打电话说："马悦然准备翻译你的《到黑夜想你没办法——温家窑风景》，你同意吗？"

当然同意，太同意了。

又过了些时，陈文芬女士又给我打电话说："台湾的天下文化出版有限公司准备出版你的《到黑夜想你没办法》，你同意吗？"

当然同意，太同意了。

又过了些时，陈文芬女士又给我打电话说："悦然准备给你的台湾版的《到黑夜想你没办法》一书写序言，你同意吗？"

当然同意，太同意了。

2005年12月，与台湾作家蓝博洲在香港留影

2005年10月，台湾版的《到黑夜想你没办法》出来了。策划人：陈文芬。

书的封底，又出现了个陈姓的人，他叫陈浩。他是台湾中天书坊的主持人。他对这一书的评语是："一遍就读傻了。性感到了极处，悲凉也到了极处。雁北穷乡的语言，有无比慑人的魔力。一个故事串出一个故事，肚肠串出心肠。善良的人哧哧笑了，你读着想哭。没辙的人捧着脸流泪，你读着怎么办？这才知道，人间为什么会有歌。"

谢谢！谢谢陈浩先生。

2006年年底，我的短篇小说选《最后的村庄》出来了，是中国广播电视出版社给出的。五个月后的2007年4月2日的中午，我接到了一个来自北京的电话："是曹乃谦老师吗？"我说是。

他说："我们校长想把你的《最后的村庄》改编成电影，你同意吗？"

我告诉他说，你们的校长一定是搞错了。我的《最后的村庄》是个短篇小说。

2006年，我与好朋友李锐、蒋韵夫妇，参加山西河曲举办的一次文学活动。我和李锐都喜欢《冰山上的雪莲》这首歌，都认为雷振邦是最伟大的作曲家

他说："我们都知道。"

我说既然你们都知道那是个短篇小说，可还要拍，那就拍吧。

他说："好了，那我们这就去见你。"

下午五点半，他们从北京来了。掏出一封信给了我，说是他们校长给我写的亲笔信。我看了看，信的内容很诚恳，字也写得潇洒。落款是：道明。

他们又给了我一个包装很精美的碟儿《我们无处安放的青春》。随后，问我对拍电影有什么条件。我说，好吧，我明天给你们答复。

第二天一早，我到女儿家去送外孙女上学，跟女儿说了这个事，并且拿出信和碟儿给了她。她一看说："爸爸，这是中国的影帝陈道明。"见我发愣，她又说："爸爸您看过《康熙王朝》，看过《末代皇帝》吗？"我说："都看过。康熙、溥仪都演得好。"她说："那都是陈道明。"

啊？！陈道明就是那个康熙、那个溥仪？

噢，我也明白了，他们为什么叫他校长，因为他在《长征》里演的是蒋介石。

2007年春，我与著名演员陈道明（前左）、著名导演张黎（后左）、著名编剧邹静之（后中）、女儿曹丁合影

4月8日，陈道明邀我和我女儿到了北京，商谈了拍电影的相关事。谈话中我告诉他，4月26日我在重庆的全国书市上，要出席出版社为我举办的新书发布会。他说："是吗？那天可正是我的生日。"真巧。我说："那我在那天，一定要举杯祝贺你生日快乐。"他说："那天我也祝贺你新书发布会开得成功。"

我说的新书就是大陆版的《到黑夜想你没办法》，是由长江文艺出版社出版的。巧的是，封底的评语中，又有一个陈姓的名人。那就是：陈忠实。他对这本书的评介是："这是我所能看到的最精练、最简约的文学语言。曹乃谦的小说展现了最偏远、最贫穷的生活形态。用的是最文学几乎是最精到的文学构思来写生活的原态，展开一幅幅不仅仅是震撼，而且是令人惊悚的生活图像。"

谢谢！谢谢我心中久已仰慕的陈忠实兄。

也是在2006年，在朋友的赞助下，山西的北岳文艺出版社给我出过一本中篇小说选《部落一年》，出版社没和我本人签约，也不给我稿酬，只

作为公安系统的代表，2016年12月参加全国作家会议，与海岩邻座

给我五百本书。接到让去取书的通知后，我正发愁怎么去取，妻子的外甥女婿给我打来电话，他说要去太原，问我去不去。

我一听，在电话这头就止不住地笑起来，我说："陈凯，你真会掐算，你咋就算出四姨夫要到太原去取书。"他问清是怎么回事后说，您人也用不着去，您用电话联系好，我去给拉回来就行了。

陈凯有车，第二日的下午，书就垛在了我的家里。后来我想，是不是妻子跟她的外甥女联系的，问问，不是。

你正着着急，他主动来问你。这么巧的事，真让人有点儿不相信，可就是让我给碰到了。而她的这个外甥女，巧的是，恰恰也是姓陈。

这两年，老有外地的客人来找我，大部分是记者，也有的是读者。有的是开车来的，有的是坐火车来的。只要是跟我联系，我都不谢绝。客人来了，住宿不用我操心，人家都是自己解决。可吃饭，我不能总是吃客人。也不能只是把客人领到地摊吃小吃。对于挣死工资的我，这就是个问题了。

后来，有两个好朋友知道了这个情况，就主动地帮我把这个问题解决了。

这两个朋友一个叫和泰，另一个叫贵章。

和泰是个交警，他却爱好文学，喜欢读书，尤其是喜欢看我的书，他说有的篇章都看过好几遍了。我信，因为有些段子他都能背下来。他的一个朋友是个体经营者，开着个十几层楼高的大饭店。他知道我外地的客人不断，还知道客人们来了，是我自费招待。他就主动跟我说："外地客人来了，你别客气。招待人家，也别小气，咱们有的是星级饭店。"

贵章是郭家窑乡的副书记，我的"温家窑"就归他们乡管。外地的客人来了，都提出说，想到到"温家窑"。贵章就主动说："客人来了，你跟我打个招呼。中午你把他们领到咱们乡的食堂。生猛海鲜咱们没有，莜面山药蛋，咱们有的是。你要是不往来领，你就是瞧不起我。"听了他们的这些话，我觉得很是温暖。

客人们来一两个，我就领到我家。只要一次来的多了，我就真的跟他们打招呼，他们负责招待。如果不打招呼而让他们事后知道了，他们都会生气的。

有这样的两个朋友帮助，减少我很多很多的负担。而他们两个正好又都是姓陈。交警朋友叫陈和泰，乡里的那个朋友叫陈贵章。

中国人的姓氏有几百多。按照人们的说法是：张王李赵遍地刘。意思是姓张、王、李、赵和刘的最多，多得遍地流，到处都是。可这姓陈的，如按比例排，最多排在中间。可在我一生中的大事，却总是跟陈姓要有联系。

我认为，光用无巧不成书来解释，好像是有点儿勉强。

我相信，这真的有缘分这种东西在里头。

如果不是缘分，那么我后半辈子命中注定了的，将要和另一个姓陈的女孩儿相依相靠，这又该如何地解释呢？这个爸爸叫陈碧华妈妈叫曹丁的、出生在千禧龙年的小女孩儿，现今虽然还是个小人物，还得我拉着她的小手，去送她上学，可将来，她就会是我的另一个大贵人。

她就是我的外孙女，她叫陈安妮。

# 第三辑

# 丁丁日记

丁丁，大名叫曹丁，是我的独生女儿。1975年12月18日出生。我经常给她在台历上做日记，一直做到上小学前。可惜的是其余的都丢失了，只整理出下面的一部分。

### 1977年1月2日（一岁零十五天）

爸爸从农村下乡回来（我这次走了十四天），一进门，丁丁就拍手欢迎，嘴里还"爸爸，爸爸"地叫着。但她好像有点儿害羞似的往炕里躲闪着，不让爸爸捉住她。不过，没有半根烟的工夫，就跟爸爸混熟了，直往身上滚。

### 1977年1月3日

丁丁在她爸爸半个月前走的时候，还只能晃悠着走七八步，这次回来，已经是能够稳稳当当地健步前进了。

### 1977年1月4日

通过三天的观察，爸爸发现丁丁要小便时，都是有意识地、有目的地专门在塑料布上撒尿，而且，她怕湿了裤子，还蹲着，尿完就站起来，并找来布子要自己往干擦。

2006年，丁丁与女儿合影

### 1977年1月5日

今天是丙辰年十一月十六，如按农历计算，丁丁今天才是整一岁。她什么时候才能长到清清姐姐现在这么大呢？

### 1977年1月7日

丁丁今天站在地下探书橱桌面上的东西，她爸爸发现她快和桌面一样高了。书橱桌面高八十公分。

### 1977年1月11日

给老丁（我们叫丁丁都叫老丁）洗过澡后，称了称，体重十九市斤，身高七十五公分。

### 1977年1月16日

今天丁丁学着要自己从炕上下地，退着往后爬，两条腿先下，脚差一点儿就要站在地下，却不敢继续往下放身子，两手紧扒着炕沿，大声呼叫，等姥姥来救她。

### 1977年1月17日

以前,人们问丁丁几岁,她就用右手帮着忙,把左手的其余指头按住,露出食指说:"在这儿。"今天,她能直接把食指竖起来,说:"一。"

### 1977年1月31日

丁丁又把睡懒觉的爸爸叫醒了,说:"爸爸,我真笨。就是不会穿衣服。"还说:"爸爸,我妈说我昨晚没尿炕,说我长大了。"

### 1977年2月10日

丁丁已经会做许多事情,如:擦窗台,取帽子,拉灯,把烂纸扔在地下,找枕头睡觉,等等。

### 1977年2月18日（一岁两个月整）

爸爸驾马着老丁(让丁丁骑在爸爸的脖子上,两手扒住爸爸的头),从街上看了半个小时的红火,回来后,她就模仿着想扭高跷,嘴里还"咚,咚,起咚起"地给自己唱着鼓点儿。把人们笑得前仰后合肚子疼。

### 1977年2月22日

丁丁在她二姨的辅导和训练下,会念书了。她手里拿着一本书或报纸什么的,坐在那儿,盘着腿,上身左右来回晃,嘴里念念有词:"赵钱孙李,赵钱孙李……"真好像是认识字的孩子在念书。因为不理解"赵钱孙李"是什么意思,所以咬词有些不清,但逗得旁观者眼泪都流出来了。

### 1977年2月24日

丁丁能自己爬上一尺三寸高、三寸宽的窗台,因窗台太窄,上去下不来。就叫人。

### 1977年3月1日

以前老丁吹口琴是自己的嗓子发音。今天,她第一次能吹吸用气,使

忠儿表弟的女儿悭悭（背景墙上的美女）过圆锁儿（地方性的一种"成人礼"仪式），大家来庆贺。那些日我的外孙女安妮正好在我家。我也把她（姥姥怀里）领来参加这个喜庆的活动

口琴发出美妙的声音。这是她三姨教授的结果。

### 1977年3月4日

丁丁已经能做好几个恶作剧，趴在别人的耳边"打"地高声喊一下，就是其中之一。

### 1977年3月5日

数了数，老丁已经长出了十六颗牙。

### 1977年3月7日

不知别人是否相信，老丁有先见之天才。现举三例如下：

其一，在她只有三个月的时候，有一天，屋里有好几个人在聊天，她让被子围着躺在炕上，眼睛望着天花板，又像是在出神，又像是在听别人说话。当地下人其中一个问另一个说："那是几分钱？"这时，老丁不假

思索地回答说:"二分。"

其二,前天她爸爸从街上回来,刚推开楼门时,老丁就在屋里"爸爸,爸爸"地喊起来,当她爸爸又推开两道家门进了里屋,屋里的人才知道真是她爸爸。

其三,有一次老丁爸爸把扑克扔在炕上和她玩儿,爸爸对她说:"老丁,去给爸爸取张黑桃七。"老丁经过选择,果然把她爸要的那张牌找出来了。爸爸不信她有如此的灵气,又让她找一张红桃J,结果是,她又给挑出来了。惊奇得她爸爸说:"神了,神了。"

### 1977年3月15日

老丁大舅从吉林部队回来探亲,头一次见到老丁。老丁的手让小刀子给划了一道口,老丁硬说是让大舅割的。

### 1977年3月22日(一岁三个月零四天)

爸爸又下乡去了,姥姥到水泊寺二舅家养病去了,家里只剩下妈妈和丁丁两个人。妈妈很怕老鼠,可那两天正好有老鼠进了家。丁丁说:"妈妈,不怕,有我呢。"她提着铁火杵到处找,边找边喊:"老鼠,你出来!打死你。"

### 1977年3月23日

丁丁一见妈妈给她热牛奶,马上取着小枕头躺下,等自己喝完奶后,又把小枕头放回到原处。从这里可以看出来,丁丁长大以后,一定是个很整齐的姑娘。

### 1977年3月29日

自丁丁三姨住了二十多天走后,丁丁每天早晨起来,总要朝着另一个屋子喊:"三姨——达畔彼岸——"重复数十次之多。不知道是该如何翻译她的话。有时,她看见墙上月历的那几个人也这么喊。

**1977年3月30日**

今天,丁丁第一次出远门,到了远离城市十五里的文瀛湖畔的水泊寺村二舅家。回的时候,风吹得丁丁直流泪,但她不哭。一回到自己家,便呼呼地睡着了。

**1977年4月3日**

丁丁头一次看电影,演的是《征途》。原来担心她要哭闹或是睡觉,这两样都没发生,而且还跟着别人的节奏拍手,有时指着银幕上年轻人喊姨姨和叔叔。

1977年我与妻子、女儿在大同人民公园

**1977年4月4日**

丁丁指着墙上周总理的画像问姥姥说:"为什么周总理的眉毛那么黑?我的为什么不如周总理的黑?"

**1977年4月5日**

丁丁可俏着呢,好穿新衣服新鞋袜,还常常偷偷地把香皂当油脂往脸上搽抹。有几次她爸爸做饭和面时,乘大人不注意,她把面粉当香粉搽在了脸上。

**1977年4月6日**

丁丁经常站在大立柜的镜子前,一边出相一边欣赏,有哭有笑有鬼脸儿,玩得可开心呢。

**1977年4月8日**

丁丁表演得最逗人的滑稽戏是模仿姥姥刷牙，一手假装拿牙刷，一手假装端着缸儿，把牙刷放在缸儿里鼓捣几下，然后放到嘴里刷牙，反复三次后，便往嘴里含一口水，再喷到痰盂里，而后才用骄傲的眼神瞧瞧被自己逗得笑出眼泪的观众，自己于是也笑了。

**1977年4月10日**

好多人都说丁丁的发型像电影《红色娘子军》里的南霸天，特点是，前额宽深，头发少又短，当顶后的头发多而长。连她爸爸也承认是有点儿像。

丁丁今天第二次到了水泊寺，并在风和日丽的中午由两个表姐、一个姨姐陪同着，由爸爸妈妈带领着，到了文瀛湖畔观光。丁丁还是第一次见到这天水一色且相连的景色，又跳又叫，还拿着柳条在水边抽打，吵得几个愿者上钩的垂钓人很是不满。玩了一个小时光景后，爸妈怕她中暑，便兴致勃然地往回返。值得纪念的是，丁丁从湖畔用自己的两只脚一直走回到舅舅家，这当中的路程少说也有二里地。

**1977年4月11日**

今天到朋友家给丁丁种牛痘，朋友家的椅子靠着炕沿，丁丁在地下玩了一会儿小凳子后，便把小凳子搬到了椅子旁，从小凳爬上了椅子，从椅子上了炕。一个不到十六个月的孩子有如此的使用工具的智商，博得了在场人的赞口。

**1977年4月14日**

当前，丁丁每日的固定花销费用是：

0.38元牛奶（1.5市斤）

0.19元蜂蜜（10天喝一瓶，每瓶1.90元）

0.21元浓橘汁（10天喝一瓶，每瓶2.10元）

0.12元鸡蛋（每斤1.20元）

0.10元水果（用平均法计算）

以上总数是1.00元，每月30元。

注：1.不包括其他如饼干、糖果、食糖、饭食等。

2.爸妈的月收入是54元加36元，总共90元。

### 1977年4月15日

丁丁现在能说得最长的话是：姥姥去二舅家了。但说得不太清楚。说得最清楚而又最长的话是：爸爸去哪儿了？妈妈在哪儿？等等。凡是她表示同意的话都说"是"，表示听明白的话都说"喏"。对于称呼，说得最清楚的是：爸爸、妈妈、奶奶、姨姨、弟弟、妹妹。较清楚的是：姥姥、姨夫、姑姑、哥哥、舅舅。

### 1977年4月16日（一岁三个月零二十九天）

丁丁已经能听懂好多家常话，能按照大人的意思去办事儿，如：能从厨房经过走廊、外屋进里屋，把小凳搬到厨房，交给大人。能从笼里按照大人的指示取出最小的馒头。在睡觉铺好被褥时，能把爸爸妈妈和她自己的枕头按照以往的位置摆好。

（按农历计算，丁丁今天才是一岁三个月多十二天）

### 1977年4月17日

丁丁种牛痘已六天了，浑身滚烫，也不再像以往那样手脚不停，现在她躺在那儿一动不动，嘴里哼哼着不知什么时候学会的小曲儿（也或许是自己创作的）。

这个曲调一直是巡回往返，着实令人惜爱。

丁丁这是头一次病（如果种牛痘引起的发烧也算病的话）得如此之厉害，以前从未曾"病"成这样。

### 1977年4月22日（一岁四个月零四天）

丁丁因种牛痘引起的发烧，终于退下去了，活泼的笑脸终于又开始有所表情了。

### 1977年4月23日

不知其他人是否同意，反正丁丁爸爸觉得他的女儿长相和《洪湖赤卫队》电影里的韩英差不多。

### 1977年4月26日

今天发现，老丁走路时也能像大人那样地来回摆动胳膊。

### 1977年4月30日

老丁能自己剥着皮吃鸡蛋和橘子。

### 1977年5月2日

丁丁跷起脚，在地下能够探碗橱上的饼干。

### 1977年6月8日（一岁五个月零二十一天）

丁丁爸爸从村里回来（他走了一个月），一进门就发现他女儿明显又长高了，而且能健步地小跑。

### 1977年6月9日

丁丁想大便时，懂得自己去坐痰盂，便完，才喊大人。

### 1977年6月10日

丁丁拿着梳子为她的洋娃娃小孩儿梳头。
爸爸发现丁丁吃香皂的毛病仍存在，说不改。

### 1977年6月13日

丁丁玩大象不用手捏，专用脚踏，大象在她的脚下嘎嘎叫唤，甚是可怜。

### 1977年6月22日（一岁六个月零四天）

丁丁今天自己穿的裤子。

1977年7月23日

今晚，丁丁和爸爸妈妈到二姨家。走时，二姨送出大门，丁丁主动说出了"二姨回去吧，二姨回去吧"这样的客气话。

1977年7月24日

有件事引起了丁丁的反应，居然连声说："好失笑，好失笑。"

1977年7月27日

丁丁的思维已经能够讲出这样的话了："给倒点儿水，洗洗果果。"

1977年9月23日（一岁九个月零五天）

丁丁能用筷子把煮熟的鸡蛋夹起来。有些大人也做不到。

1977年9月27日

丁丁爸爸从村里回城，一进家门，丁丁见到爸爸的第一句话是："爸爸，丁丁病了。"

爸爸一看，丁丁真的是病了。她没有一点儿精神，躺在褥子上，嘴里低声唱着歌曲，反反复复唱着《东方红》的第一句，而且唱得非常准确。她唱的词是：毛主席，太阳升。

丁丁还会唱的一支拿手的歌是《洪湖水，浪打浪》。

丁丁一有病就躺在那里唱，用这种方法与病魔抗争。

1977年9月28日

丁丁今天的病情有点儿好转，但她仍是无精打采的样子。

她对爸爸说："我想喝药。"爸爸给她喂完药。她说："爸爸，给我点儿糖，药可苦呢。"

1977年9月29日

丁丁已经懂得什么是酸味了。爸爸给她洗了一嘟噜葡萄，她吃了一颗说："可酸呢。"

**1977年9月30日**

丁丁爸爸这次到村里走了一个半月，这当中，丁丁已经能够自己下地上炕了。上炕的方法是，先搬个小板凳当台阶。

**1977年10月1日**

爸爸写封信，丁丁也要写，爸爸给她找了一张纸一支笔，她便很高兴地画了起来。爸爸写好了信，准备写信封时才发现，信封早让丁丁给画成了一塌糊涂，不能用了。

**1977年10月2日**

自丁丁学会自己穿鞋，从来没有穿反（左右脚错穿）过。

**1977年10月3日**

老丁身高已经是八十三公分了。

**1977年10月10日**

丁丁能很清楚地告诉别人说："我爸爸在公安局上班，妈妈在星火制药厂上班。"

**1977年11月1日（一岁十个月零十四天）**

丁丁妈妈有个习惯是，每天晚上睡觉前上手表。她有时忘记了，丁丁就会提醒说："妈妈你怎么还不上手表？"

**1977年11月13日**

没有人教，老丁自己把七个小药瓶儿很整齐地摆成一行，而且标签儿都朝着一面。

**1977年11月19日（一岁十一个月零一天）**

老丁半夜想小便时，能够自己醒来，然后叫妈妈拉灯。这好像是在半个月前就能够做到了。

我与女婿、外孙女和女儿在应县木塔下的留影。当时是2010年，外孙女陈安妮十岁

### 1977年11月22日

丁丁一到晚上拉灭灯睡觉前，就要教爸爸妈妈唱歌，昨天晚上又教爸爸唱，晚上快十一点多了，她还不让人睡觉，一直教。没办法，丁丁爸爸就说："丁丁你听，楼上有耗子。"丁丁这才停止了唱声，紧紧搂着爸爸的脖子，过了一会儿，她悄悄对爸爸说："爸爸你别怕，是楼上的牛牛妈妈在做营生，不是耗子，爸爸你别怕。"于是，她又开始不厌其烦地教起来。

### 1977年12月26日（两岁零八天）

按农历计算，丁丁今天整两岁。

妈妈有病，爸爸给煎草药，煎完药，爸爸洗药锅。丁丁问说："爸爸你是不是给丁丁热奶呢？"爸爸说："不是，洗药锅呢。"丁丁接着说："我以为是呢，原来不是，原来爸爸是洗完药锅才给丁丁热奶呢。"经过丁丁这么反复地佯说，她爸爸才想起，今天早晨还没给丁丁喝奶呢。赶快说："对着呢，爸爸洗完锅就给你热牛奶。"

**1977年12月27日**

丁丁能把手电筒立在翻扣着的小饼干盒上,再在手电筒上放着她的书,书上还放着火柴盒儿。真复杂,该给她买积木了。

**1977年12月28日**

丁丁能替大人往开拉窗帘了。

**1978年1月1日**

丁丁和爸爸说:"表姨今天来了,看看人家表姨长得多漂亮,看我丑的,脑门光性性的,人家的秋衣还闪金光呢。"

**1978年1月18日(两岁零一个月整)**

老丁能说许多顺口溜,其中之一是,"家巴雀儿,卖豆芽,卖不了豆芽回不了家。回了家,老婆骂。老婆老婆你别骂,我给上炕哄娃娃。"这个顺口溜是她二舅教的。最有趣和最值得记载的是,她自己又在后边创作了两句:"娃娃娃娃别哭啦,我给娃娃做棉袄。"

**1978年1月26日**

老丁能从一数到十,并能用笔在稿纸上一个格儿一个格儿地乱画一团,假装是写了字。但从远看去,也很像是回事。

**1978年2月25日(两岁两个月零七天)**

爸爸因昨晚有事睡得很迟,早晨想睡个懒觉。可是丁丁早早就起来了,她揪着爸爸的头发说:"爸爸,快快起吧,丁丁咳儿咳儿咳儿的尽咳嗽呢。你快给丁丁穿衣服吧,丁丁不会穿,着凉呀。"硬是把她爸爸给弄醒了。

**1978年2月28日**

丁丁能很清楚地说出姥姥、奶奶、姨姨和自己家的住址,也能说出自己的籍贯、名字、爸爸妈妈的名字。

#### 1978年3月10日

慧凡哥哥教丁丁说:"妈的妈叫姥姥,哥哥的媳妇叫嫂嫂。"教了两次丁丁就学会了,并发展、增加了一句说:"爸爸的媳妇叫妈妈。"博得听者赞不绝口。

#### 1978年3月11日

丁丁能从从未到过家、从未见过面的客人那里意识到,哪些该叫姨姨,哪些该叫姑姑,哪些该叫姐姐,哪些该叫舅舅,哪些该叫叔叔、大爷等。

#### 1978年4月8日(两岁三个月零十九天)

丁丁今天早晨醒来跟姥姥说:"我梦见了清清姐姐和小盟盟侄儿。"丁丁说起梦这还是头一次。

#### 1978年4月20日(两岁四个月零两天)

昨天丁丁二舅和三个表姐来看丁丁了,今天丁丁说:"昨天晚上二舅、大姐、二姐、三姐都来了,就是二舅妈没来,不知道为什么。"丁丁以前从来没叫过二舅妈。以前叫二舅妈从来是叫二妗,叫二舅妈这是头一回。也不知道她怎么就懂得二舅妈和二妗是一个人。

#### 1978年4月21日

丁丁二姨记得丁丁小时候去过一回火车站很高兴,今天又抱她去游玩了一遭。路上,丁丁和她二姨说:"二姨,您别抱我,让我下来自己走,您有病,身体不好,看累着。"

#### 1978年4月24日

去年夏天给丁丁吃过冰棍儿,今天问她你知道冰棍儿是什么,她说:"知道,冰棍儿可凉呢。"一个两岁多的孩子能记得去年的事,真不容易。

**1978年4月30日**

丁丁指着年历画上的小男孩儿说:"这是小哥哥。"她妈妈说:"多像小巍巍。"丁丁说:"不是,小巍巍是我的外甥,这个是我的小哥哥。"

**1978年5月1日**

丁丁把小篮篮挂在大象的鼻子上说:"我赶着大象上街买花生,给我的小孩子吃。"她爸问说:"你已经有孩子了?"丁丁回答说:"不是,小孩子叫我姨姨呢。"

**1978年5月2日**

丁丁今天的体重是二十四斤。

**1978年5月17日**

丁丁能从一数到二十。

**1978年5月18日(两岁五个月整)**

丁丁自己会扣衣服扣子,也会解扣子。

**1978年5月29日**

丁丁能认识"曹""丁""周"三个字,并知道"丁"字是由一横一竖勾组成的。

**1978年5月30日**

丁丁能画出一个很规则的方块(正方形或长方形)。

**1978年6月21日(两岁六个月零三天)**

爸爸和妈妈上街给丁丁买了一辆两轮小自行车,但她还有些腿短,探不着脚蹬。

1978年6月25日

丁丁的第一个小朋友是原来哄看她的姚大娘的外甥女儿，叫海燕，比丁丁大一岁。可是丁丁老叫她妹妹，常跟她说姐姐给你做这儿做那儿的。

丁丁这两天高烧有病，可还念叨着她。

1978年7月3日

爸爸买回了桃。丁丁说："倒好我没睡着，要是刚才睡着了，这就吃不上桃儿了。"

1978年7月20日（两岁七个月零两天）

老丁会骑两轮儿小自行车了。摔不倒，一倒就叉开两腿站住了。

1978年7月31日

老丁能不用小板凳当台阶就上了炕。量了量，炕高二尺。

1978年8月13日

当妈妈给丁丁换新袜子时，丁丁说："妈妈，这对袜子正好好。原来那对多少有点儿小。"

1978年8月18日（两岁八个月整）

丁丁对姥姥说："姥姥，我就要两个孩子：一个洋娃娃，一个手电。不要那个大象了，大象动不动就哭。"

1978年8月20日

丁丁吃不完那一小碗儿饭，爸爸就不领她到奶奶家。但丁丁想了个好办法，那就是乘大人不注意就偷偷地往妈妈碗里拨。不一会儿，她说："吃完了，可以到奶奶家了。"其实，她的小把戏都让姥姥给看见了。

1978年8月23日

丁丁能自己洗脸和脚。

**1978年8月24日**

一用水往下顺,丁丁就能咽感冒药了。

**1978年8月28日**

丁丁能认识中国象棋所有的棋子儿。

**1978年9月1日**

每当玩耍完后,丁丁能把所有的玩具都各归各处放好,用不着大人给她整理了。

**1978年9月24日(两岁九个月零六天)**

丁丁会自如地骑小自行车了,拐弯儿、转圆圈儿,都行。

**1978年9月29日**

丁丁今天和大人们说,她三叔的头叫人给割下去了,可吓人呢。她这是做噩梦了。

**1978年10月4日**

丁丁最好骑木马,没完没了,骑着骑着打瞌睡了,也不下来,猛一丢盹儿,惊醒了,咯噔咯噔再骑。

**1978年10月10日**

丁丁能数清楚家里有几个人,也能数清楚桌上有几个碗、几双筷子。

**1978年10月28日(两岁十个月零十天)**

丁丁第一次把六面图全部摆对。

**1978年10月30日**

爸爸说:"丁丁,你为什么一天比一天丑?"丁丁回答说:"就是,

2006年夏，我与著名导演李杨（后排右二）在我家合影

丁丁丑得满满的一嘴牙。"

### 1978年11月3日
丁丁能认出她妈妈五岁时的相片。

### 1978年11月10日
有一个黑塑料皮子没写过字的笔记本儿，丁丁想要。她问爸爸说："这个黑本儿有用吗？"

爸爸说："有用。"

"有什么用？"

"写字。"

"我想要，也是为了写字。"

### 1978年11月13日

丁丁姥姥的皮箱在炕上放着，丁丁常在上面坐。姥姥怕她压坏，说她："你一天比一天重了，不要再在上面坐。"丁丁说："没关系，等我结婚的时候给你买个新的，行不行？"

### 1978年11月15日

爸爸出差回来，女儿问："你坐飞机了没有？"爸爸说坐了，可头晕呢。丁丁说："我也坐了。"紧接着又说："我每天骑着木马闭着眼，跟坐飞机一样，头也可晕呢。"

### 1978年11月16日

晚上爸爸要去丁丁二姨家，怕丁丁也要跟着，就说是到医院打针去呀。当她爸穿好衣服准备走的时候，丁丁突然问他："爸爸你有什么病？"爸爸回答说："谁说我有病？"丁丁说："没病那你为什么要去医院打针？我就知道你是哄我呢。"

不到三岁的丁丁的侦探手段可谓高矣，叹服！叹服！

### 1978年11月18日（两岁十一个月整）

丁丁已经能够分辨出各种颜色。

### 1978年11月24日

妈妈不在家，丁丁主动给妈妈洗了拖鞋，并像妈妈那样把鞋立在墙脚下。洗完后，也像妈妈那样，把刷子用竹夹子夹在了椅子后面的铁钩儿上。

### 1978年12月9日

丁丁能摆出较复杂的积木图案，开始爸爸还不相信，以为是她妈妈帮着摆的，后来她妈妈证实是丁丁自己摆的。

### 1978年12月18日（三岁整）

从今天开始穿补裆裤。

**1978年12月31日**

丁丁不住气儿地吃大白兔糖果，吃了有二十多块儿，还要吃。妈妈说："别吃了，歇一歇吧。"丁丁说："没关系，我不乏。"

**1979年4月30日**

丁丁早晨说："我到了电影上，就能当女明星了。"

**1979年5月1日（三岁四个月零十三天）**

丁丁今天说："妈妈，你给我穿上红裤子，我也变成新媳妇了，也娶我呀。"

**1979年5月2日**

姥姥胃疼，怀里放着暖水袋，但口盖儿没拧紧，往出滴水。丁丁说："姥姥您看，您像个瓶树。"丁丁从电视上知道，世界上有种能流水的植物叫瓶树。

**1979年5月28日**

爸爸跟丁丁说："为给你买酥饼，妈妈在火车站丢了两块钱。"丁丁说："财破有喜。"她这话一定是跟姥姥学的。但她好像是理解了这句话的意思了。

**1979年7月14日**

丁丁第一次自己上街买回了冰棍儿，而且是偷偷地去的。买之前大人都不知道这事儿。

**1979年7月20日**

丁丁现在看电影不如小时候入神，常在地下乱跑。

**1979年8月9日（三岁七个月零二十二天）**

丁丁第一次发现小药瓶儿能吹响，她对自己的这一发现很高兴。

**1979年8月10日**

丁丁对她爸爸说:"我今天好像又有点儿发烧。"爸爸说:"那我给你取银翘解毒丸。"丁丁说:"你可别给我瞎吃,小心把我给吃死的吧。"

**1979年8月12日**

丁丁今天的体重二十七市斤,身高九十四公分。

**1979年9月2日(三岁八个月零十五天)**

有爸爸的一位同事问丁丁说:"你知不知道你爸爸几岁?"丁丁回答说:"小孩才说几岁几岁,问大人应该问多大,不该问几岁。"

**1979年9月20日**

丁丁对爸爸说:"我也不知道你一天忙什么,老不回家看孩子,也不管他孩子有病没病。"

爸爸说:"你说什么?"

她说:"我不是说您,我是说别人。"

爸爸说:"别人也不许你说。"

她说:"我是说我做了个梦。"

**1979年11月24日**

吃晚饭时,丁丁和她爸爸拌嘴说:"数你世界上第一名讨厌。"起因是他爸爸先骂了她一声"讨厌"。

**1979年12月2日(三岁十一个月零十四天)**

丁丁近日来常好随口说些自编的顺口溜。看完电视《三凤求凰》后,睡觉时又信口拈来四句:"三凤求凰,刘鬼寻张,梅花飘香,电灯亮堂。"

**1979年12月18日(四周岁整)**

丁丁身高九十六厘米。

# 滴滴日记

陈安妮，女，小名滴滴。2000年4月14日凌晨出生。

她是我独生女儿的独生女，也就是我的外孙女，是我合法财产的唯一继承人。

滴滴在上幼儿园前，先后有十位保姆看护过她。

第一位叫秀丽，十五岁，浑源乡下女孩儿，善良、淳朴、懂事。可惜她有鼻窦炎，鼻子成天忽吸忽吸的。来家一个月，滴滴妈妈把她劝退了。后来全家人都有点儿后悔。以后又雇了几个她那样大的小女孩儿，都不如她。后来我们决定，还是雇上些年纪的好。

于是就想起王美兰，她是滴滴姥姥的初中同班同学，也是我的高中同班同学。她像亲姥姥似的喜爱滴滴。看了四个月后，因她的孙女上学得她接送，不能再看滴滴了。

第十位是马姥姥，滴滴叫她姨姥姥。她是个很尽责的人，看护滴滴一年多时间，直到滴滴进入幼儿园。

2003年4月8日，滴滴进入了一家叫作马斯特的私营幼儿园的小班。早晨七点半送去，下午五点半接走。早、午、晚三顿饭都在幼儿园吃。

我负责每天的早晨送滴滴到幼儿园。她的爸爸妈妈负责接。

下面是我给她记的成长日记的摘选。

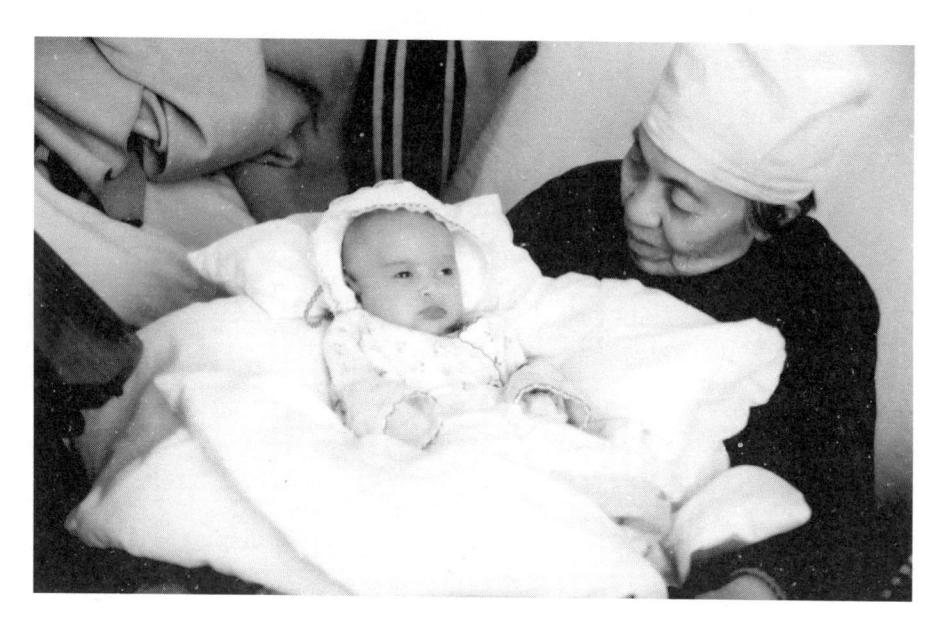

祖祖与外孙女滴滴。那天老母说，我想抱抱滴滴。滴滴当时还没出满月，但她还是怕没力量抱不动，让把孩子卧她怀里

### 2003年4月6日

上午十点，全家人都出动，带着滴滴去幼儿园，一是给滴滴报名，上小班。二是都去认认学校和教室的地点。学校把陈安妮的爸爸、妈妈、姥姥、姥爷的电话号码都留下了。这样，陈安妮就是一名幼儿园的小朋友了。

### 2003年4月8日

滴滴今天正式上学。一吃完早饭就急着要走，说怕去得晚了学校不要她。

上午快十点的时候，我偷偷到学校侦察，看见滴滴在哭，一个女老师正哄着她。

她的爸爸和妈妈下午五点半接滴滴时，尽管老师刚给她洗了脸，可还能看出滴滴的眼皮由于抹泪，把表皮都擦得血泅了。

滴滴肯定是哭了一整天。

### 2003年4月9日

天上下着雨夹雪，地下全是冰水泥。

滴滴背着个天线宝宝背包，两手抱着伞。姥爷抱着她。

风大，滴滴控制不住伞，伞老是摆晃。过十字路口时，怕挡视线，姥爷让滴滴下来走。攥着她的小手，看着她的小脚在冰泥里啪啪地走着，看着她伤心的样子，姥爷的心里也很难受。但老师说了，刚入班的孩子总得哭一个星期。

滴滴不住地跟姥爷说："姥爷，我不要去幼儿园。"姥爷问她为啥不想去了。她说："黑老师骂我。"姥爷问骂你啥。她说："骂我这个孩子真麻烦，真讨厌。"

她们班有两个老师。一个穿着黑衣服，一个穿着红衣服。她叫穿黑衣服的叫黑老师，叫穿红衣服的叫红老师。

## 2003年4月12日

今天是星期六。滴滴到了姥姥家。姥姥问她想吃啥，姥姥给做。她说我想吃片片儿面。姥姥不知道啥是片片儿面，以为是她在幼儿园吃的一种面。她一边比画一边说，就是你给我做过的那种面。看着她的比画，姥姥一下想起来了，是揪面片。可她给取名叫片片儿面。

姥姥做面的时候，滴滴说："姥姥，我也想给滚。"

姥姥说："滚啥？"

滴滴说："像你那样，滚面。"

原来她是把擀面给叫作滚。

滴滴很会给取名。她把在姥姥家枕的那个枕头叫彩虹。她还把姥爷吹的箫，叫作拐棍儿。

## 2003年4月14日

今天是滴滴三周岁的生日。

身高一百零五公分。

体重十七点五公斤。

## 2003年4月26日

爸爸妈妈每天下午接滴滴回家时，发现别的小孩儿看见家人来接都是又蹦又跳地欢呼着。可滴滴从来不那样，她只看爸爸妈妈一眼，就转身去收拾东西，再慢慢地往出走。

滴滴的这种表现，让妈妈想起半年前的一次。

姥爷和妈妈领滴滴到广场玩儿，妈妈教滴滴唱歌。一有人从身边走过，滴滴就闭嘴不唱了。妈妈一边唱"海鸥海鸥展翅飞"，一边张开两臂表演海鸥飞翔的动作。滴滴在旁边提醒说："别跳了，别那样，别人都看你呢。"

滴滴是个性格内向的孩子。

**2003年5月3日**

滴滴在姥姥家。

晚上要和姥姥、姥爷睡。姥爷说："咱们比赛，看谁先睡着。"然后喊："一、二、三，开始！"大家都把眼闭住了。

姥爷说："滴滴，你要是先睡着了，就跟我说一声。我就知道你是第一名。"

滴滴悄悄跟姥姥说："姥爷是个愣子。那我要是睡着了，怎么能跟他说话。"

**2003年6月1日**

因为"非典"，学校放假。

爸爸妈妈和滴滴都到姥爷家住。

爸爸带滴滴到外面玩完，上楼回家。电视正演儿童节目，教育小朋友回家的第一件事就是：进门先洗手。滴滴马上说："爸爸，不对着呢，回家应该是先换鞋，后洗手。要是洗完手再换鞋，那手就又脏了。"

**2003年6月8日**

有家人动工，当院卸下一堆沙子，滴滴想去玩，就让姥姥陪她提着小铲铲、小桶桶下去了。

姥姥想起还得上楼有事，就让滴滴自己玩。

滴滴从来没有自己在外面玩过。姥爷不放心，穿好衣服鞋帽准备下去看她。

这时,有人敲门。姥爷问:"谁呀?"

外面说:"老曹在家吗?"

一听,是滴滴,装着大人的粗嗓音说话。

三岁两个月的滴滴,就这么幽默。

### 2003年6月9日

滴滴拿来的水瓶口不紧,有点儿漏。姥姥说:"咋搞的?"滴滴说:"就是让陈碧华来,每次嘎嘣嘎嘣拧那么紧,拧坏了。"姥姥说:"你咋叫陈碧华呢,应该叫爸爸。"滴滴说:"反正就是他。"

### 2003年6月28日

滴滴不住地把《哪吒传奇》的碟儿翻来翻去地看。我说:"你干什么老是动那个碟儿,弄脏了就看不清了。"她说:"我找呢,找我想看的那个呢。"

噢,姥爷想起来了。她妈给我讲过一个她在不到两岁半的事。

那些天滴滴长磨牙、牙床痒痒,她老拿手动。妈妈说:"小胖猪,啃手指。手指脏,肚子疼。"滴滴一听,就要看"小胖猪"的故事,让妈妈给找。《小胖猪》的故事在一本《婴儿画报》里,《婴儿画报》有三十多本。妈妈说:"那么多,我找不到。"滴滴说:"就在封面是熊猫照相的那本里。"妈妈一翻,果然是。妈妈很惊奇她的记忆力,又背过身去随便从另一本《婴儿画报》里,找见个故事问她在哪本里。滴滴又说对了。又考,又对了。那三十多本《婴儿画报》里有几百个故事。可哪个故事在哪本里,原来滴滴早就都记忆在脑子里了。

滴滴的记忆力真让人佩服。

她的分析判断力也很好。两岁三个月的那天,姥姥去了她家。过一会儿她发现姥姥不在了,问保姆:"姥姥哪儿去啦?"保姆说:"你淘气,把姥姥气走了。"滴滴指着门口姥姥的鞋说:"没走,姥姥不会穿拖鞋走。"她就找,先到卫生间,后到厨房,果然找见了。

滴滴的想象力也好。在她不到两岁半的一天,她来了姥姥家,看见姥姥戴着个白帽子打扫家。她就笑："不好不好。"姥爷问她姥姥像个啥，她说："像个卖豆腐的。"接着又说："像个卖油饼的。"

### 2003年7月8日

妈妈新买了个微波炉专用塑料杯，和原来的样式一样，就是大了两个号。滴滴看见说："哇——这只杯子我好几天不见，一下子都长这么大了。"

三岁两个多月的孩子就这么的幽默。

### 2003年8月10日

查星座书，说安妮是个宽容大度和慷慨的人。全家人都发现了这一点。

姥姥家小区院里，滴滴认识了一个比她大半岁还多的小朋友，叫杨宇函。她每次出去都把自己的玩具给杨宇函玩，而她在旁边高高兴兴地看着人家玩。

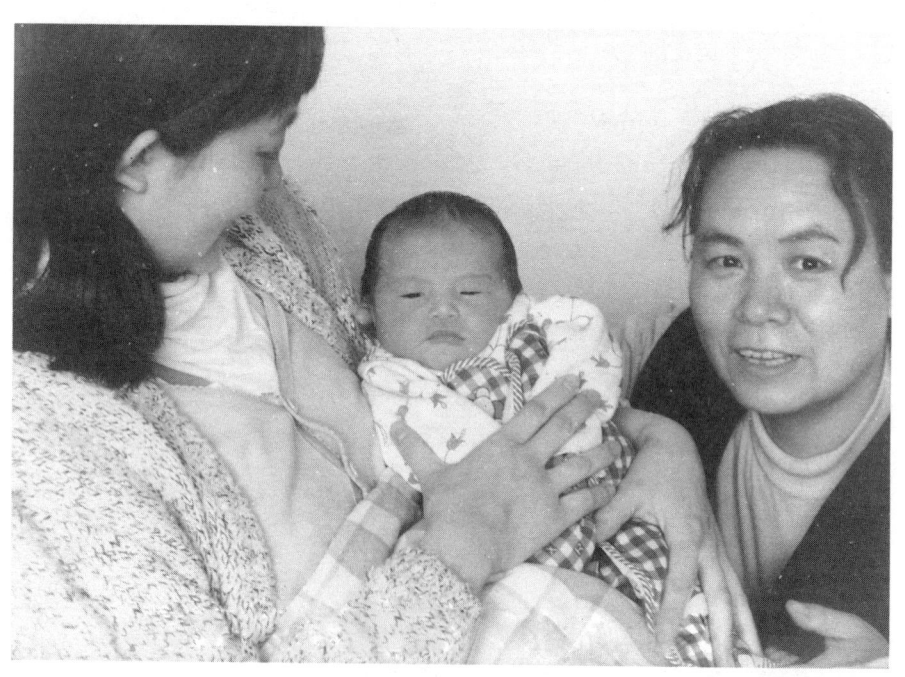

2000年4月15日，外孙女滴滴出生两天时与妈妈、姥姥合影

姥爷昨天给滴滴买回一包做成彩色小石头样子的巧克力，滴滴吃了一颗说真好吃，然后就找来了一个漂亮的小食品袋，装了一袋小石头糖，要下楼等着送给杨宇函。姥姥、姥爷说："外面冷，杨宇函不会出来。"滴滴说："不行，要是杨宇函出来了，可我没出，杨宇函就吃不到小石头糖了。"硬是磨着姥姥领她出去了。在外面冻了半天，也没有见到杨宇函，又回来了。回来了一会儿，又磨着姥姥领她出去了，结果又没等着。

今天早晨滴滴醒来，跟姥姥说梦见杨宇函了。

### 2003年8月27日

早在上个月，幼儿园老师就告诉家长，安妮在8月底就要升中班了。今天老师宣布升中班的名单了。没等宣布完，史老师就发现安妮的眼泪不住地往下流。史老师把她们几个送上二楼的新班要下楼时，安妮再也忍不住了，抱住史老师的腿放声大哭，好不容易才劝住。

趁中班老师不注意，安妮又跑下了楼。史老师一转身，看见了安妮。见她哭得小泪人似的，史老师也快要掉泪了。

史老师就是安妮说的那个红老师。

### 2003年8月29日

这几天，滴滴一直不快乐，回了家也是。不像是在小班那样。

今天中午，妈妈和姥爷说，为什么不能让滴滴再感受一年小班史老师的温暖？为什么不能让孩子开心一点儿呢？上中班就是正式开始学文化。她现在不到三岁半，明年再开始学也不迟。

一家人商量决定后，就让滴滴返回到史老师的小班了。滴滴这下可高兴了。

这件事让大人知道，滴滴是个重感情的孩子。

### 2003年9月30日

上幼儿园以前，滴滴经常吃保姆姨姥姥做的鸡蛋羹。

今天从幼儿园接回来，妈妈问滴滴想不想吃鸡蛋羹，滴滴说想。做好晾凉后端给滴滴，滴滴闻闻说真香，吃了一大口后，她不吃了，哭声哭气地说:"我想我姨姥姥,我想让姨姥姥喂我吃。"

熟悉的味道,让重感情的滴滴思念起了往日。

### 2003年10月14日

滴滴整三岁半了。昨天妈妈对她说:"姥姥说了,王姨姥姥的孙女小薇只比你大十个月,都会算二十以内的加减了,还会写好多的字呢。你应该向小薇姐姐学习。"

滴滴听了,语出惊人:"我不喜欢向别人学习,我就喜欢向自己学习。"

### 2003年12月30日

安妮现在是幼儿园小班的班长。

这几天安老师家里有事请了假,只有史老师一个人管小朋友,她管不过来,就让安妮帮着管。哪个小朋友想去厕所都得和安妮打招呼,可有一个小男孩儿刚去过厕所又要往出跑,老师就让安妮出去把他叫回来。安妮出去叫他,他不听,还一把把安妮推倒在地下。安妮没哭,爬起来又追上他,终于把他给揪回教室。可安妮的手背也让这个男孩子给抓破了。

勇敢的陈安妮"因工受伤"了。

### 2004年1月14日

滴滴几个月大的时候,就好听大人念书。一听大人念书,她就安静了,慢慢就闭住眼,你可别以为她睡着了。你只要一停下念,她就睁开了眼,看你,吓得你赶快接着念。

后来她长大了,每在睡觉前就让你给念书,她还要有选择地让你给念。她把书拿过来,翻开目录,指头顺着往下指,指头一停。"这篇。"你就念这篇。念着念着,她闭住了眼。可你要是念错了一个字,她马上把眼睁开说:"错了。"然后就给你纠正哪儿错了,也告诉你正确的是什么。你去对照书,她说的一点儿也没错。

昨天晚上念《外国童话经典100篇》时,滴滴又给姥爷纠正了几处。倒不是姥爷认不得字,也不是走思瞎念。是姥爷不会发普通话的音,该三

滴滴到了下马峪，大姥爷的果园是她最喜欢的去处。坐在看园房的顶子上，她一定是觉得那很好玩儿

声的念成了四声，该卷舌的没卷，让她给纠正了一气。

姥爷发现，给滴滴念书不是给她念书，是在接受她的考查和检验。

姥爷真佩服滴滴的记忆，她好像是把人民文学出版社出的那本《外国童话经典100篇》里的童话都给背会了。她又不是专门背，她是听的听的就背会了。

### 2004年2月9日

今天安妮到了新幼儿园，市妇联幼儿园的中班。

安妮自己背着小书包，在爸爸、妈妈、姥姥、姥爷的陪同下，进了教室。她也像其他小朋友一样，把书包挂在自己坐的小椅背上，又从书包里掏出一本自己从家里带的《婴儿画报》，神情泰然地看起书来，一点儿也不像一个插班的新生。

晚上爸爸妈妈去接她，老师说安妮很成熟。

安妮长大了。

**2004年2月20日**

今天又是周末,姥爷到妇联幼儿园接滴滴。

姥爷为了接滴滴,早就在自行车前面的车梁上安了个座儿。滴滴喜欢这个"专椅",能一路看前面的风景。

走到大东街时,滴滴问姥爷咱们现在到哪儿了。姥爷没听清滴滴说的是什么,便"噢"了一声。滴滴又问咱们现在到哪儿了。姥爷又没听清,又是"噢"了一声,算作对滴滴的回答。这下安妮有意见了,大声说:"我问你咱们这是骑到哪儿了?你咋就回答说:'噢,噢'。'噢,噢'是个啥意思?"

**2004年2月21日**

滴滴在姥姥家霸住电视不让别人看。晚上七点半姥姥想看看天气预报,滴滴就是不让。姥姥生气了,硬是抢过滴滴手中的遥控器,换了台。滴滴也生气了,站起来走到门口穿上皮鞋,披上外衣说:"我走呀,不在你们家了。我回家呀,我想我妈妈啦。"

**2004年3月16日**

今天安妮说留作业了。在妈妈接姥爷的电话时,安妮自己去了她的屋,拧开台灯,翻开田字格本,像模像样地做起作业来。等妈妈接完电话,到安妮屋时,安妮已经写了一行顿号点点。妈妈说:"安妮写得真好,现在抓笔也抓得非常好。"

安妮边笑边写她的点点,边说:"让你说得我都不好意思了,怕写不好。"

妈妈觉得安妮真的是长大了、成熟了。

**2004年3月17日**

幼儿园下午吃橘子,安妮又给妈妈留了半个,拿纸包着放进书包里带回家。妈妈说:"你以后别这样,自己就在班里吃了,别给妈妈留。"安妮说:"我一想起你吃不上我们发的橘子,我就可伤心呢,有种想哭的感觉。"

安妮以前不会说"感觉",以前是说"味道"。差一个月就四岁了,到底是长大了。

**2004年4月14日**
滴滴今天过四周岁生日。
爸爸给滴滴量了身高:一百一十二公分。体重十九公斤。
看外貌,滴滴属于瘦孩子。

**2004年6月2日**
今天滴滴回来告诉妈妈,在幼儿园中午睡觉时盖不上被子。她说她是跟一个叫龙龙的男孩儿盖一床被子,龙龙揪走自己盖,不给她盖。龙龙比她矮一头,走路还走不稳,可她也不跟他硬争。妈妈问她为啥不往过拉。她说我一拉,龙龙就叫,老师不让小朋友睡觉的时候说话,我怕老师过来骂他。

滴滴太善良了。

记得滴滴两岁两个月时,有一天保姆带她上街玩,花店的一位阿姨夸滴滴长得真漂亮,就送给滴滴一朵黄色的玫瑰花。滴滴高兴极了,一路走一路闻。回到楼下碰到在院玩的妞妞。妞妞比她大两个月,但个子比她低半头。妞妞说:"滴滴给我玩玩你的花儿。"滴滴就给了她。一会儿滴滴要上楼回家,跟妞妞要花儿。妞妞说:"不给,就是不给。"滴滴抬头问姨姥姥:"那花是谁的花儿?"姨姥姥说:"是滴滴的。"滴滴说:"那妞妞为啥不给滴滴花儿?"姨姥姥说:"你跟她要去。"滴滴上前走了两步说:"妞妞给滴滴花儿。"妞妞拿着花跑开了,滴滴没追。妞妞就跑就回头看滴滴,同时把花儿撕得粉碎,扔在地下。姨姥姥说:"那是滴滴的花儿,你为啥不过去跟她抢。"滴滴说:"妈妈不让我跟小朋友打架。"滴滴当时没哭,跟姨姥姥上楼了,回了家也没哭,但一晚上都很不愉快。半夜的睡梦中,她突然哭醒了,哽咽着说:"妈妈,滴滴要滴滴的花儿。"妈妈看滴滴那伤心的样子,也跟着流下了泪。

第二天,爸爸给滴滴买了一朵黄玫瑰,姥爷给滴滴买了两盆盛开着的月季花。

**2004年8月6日**

昨天妈妈和爸爸因为点儿家务事吵起来，吵得把滴滴都吓哭了。

今天滴滴下了学，老是跟在妈妈后面。妈妈说："你做作业去吧。"滴滴说："我想跟妈妈说话。"妈妈说："那你说。"滴滴站在那里，先是想了想，后就正色地说："妈妈，咱们家三个人在一起，多好。咱们家又不穷，你和爸爸以后别再吵架了。你们一吵架，滴滴就想哭。"

妈妈听了后很受感动，把滴滴拉在怀里说："以后不吵了。"

妈妈后来问爸爸是不是他教给的滴滴说这话。爸爸说不是，爸爸还说滴滴还劝过他，说："爸爸，我不想让你和妈妈吵架。"

这事滴滴跟姥爷也说过。姥爷送滴滴上学的时候，滴滴跟姥爷说："姥爷，你跟爸爸说说，别让他跟妈妈吵架。你跟妈妈说说，别让她跟爸爸吵架。"

这事让大人们都知道，四岁四个月的滴滴，不仅是个善良的讲仁义的孩子，还是个做事有谋有略的孩子。

**2004年8月7日**

姥爷在五医院做胆囊摘除手术有八天了。大夫建议，在第二天就下地行走，不要老是在病床上躺着。这几天，滴滴从幼儿园一放学，就要妈妈领着直接到医院看姥爷，每次都说："姥爷，下地，我搀您到走廊走三圈儿。"

姥爷猫着腰，捂着伤口，滴滴侧着身子，慢慢拉着姥爷，在走廊绕三圈。护士们、大夫们都夸滴滴。再一问，才知道这个可爱的女孩儿还不到四岁半。

大夫还建议姥爷，两个月之内，不要吃凉食。姥姥把桃削了皮，又把桃削成一片片的，放在碗里，倒进开水往热泡。滴滴看见了说："姥姥，我也要吃水煮桃。"

滴滴又给这种吃法取了个名，叫：水煮桃。

**2004年10月27日**

安妮在班里的三十多个孩子当中，唱歌最好。连很严厉的武老师都表

2006年夏，外孙女滴滴六岁

扬安妮，说她最有音乐天赋，唱得最好，学得最快。同时教新歌，安妮两段都会唱了，有的小朋友连一句还没学会。

### 2004年10月28日

今天妈妈向班主任高老师询问安妮的学习情况。高老师说安妮在班里属于中等偏上的学生。高老师看安妮家长好像是有点儿失望，就安慰说："不过，安妮有一点在班里是第一。大多数的那些独生子女，都很霸道、自私。可安妮这孩子心眼儿特别好，特喜欢帮助别人，非常善良，品质非常好。"

### 2004年10月30日

滴滴和爸爸、妈妈来姥姥家过周末，姥姥一开门，滴滴说："一个星期不见姥姥，姥姥长高了。"

滴滴的幽默，总是出人意料的。

### 2004年11月1日

幼儿园规定，早晨来得最早的两个小朋友，可以挎着红绸子绶带当值日生，站在班门口对刚来的小朋友打招呼说："××好！"再和送小朋友来上学的家长说："叔叔好！""阿姨好！""爷爷好！""奶奶好！"家长们走的时候再打招呼说："××再见！"

安妮为了当值日生，让姥爷早早送她，到了班是第二名。她很高兴地挎上红绶带，认认真真地站立在班门口右侧，笑笑地高声问每一位同学和家长好。家长们都夸安妮，有的还摸摸她的脸蛋儿。

### 2004年11月4日

安妮一连三天都是挎着红绶带的值日生。

今天安妮起来有点儿咳嗽，妈妈说今天别当值日生了，也让别的小朋友当当吧，安妮同意了。妈妈和安妮不紧不慢地到了幼儿园。一进班，昝老师见安妮来了，对门口的那个女孩儿说："把你的绶带取下来，给陈安妮，你看看人家是怎么当的。"说着把绶带给安妮挎在肩上。安妮本来有点儿感冒，可这一下子来了精神，笔直地站在门口，很自豪的样子。

让妈妈没有想到的是，她离开班时，安妮对她挥挥手说："阿姨再见！"这一幽默，把她妈妈逗笑了。

### 2005年1月20日

滴滴虚岁已经五岁了，可她手不巧，至今不会系鞋带，也不会用筷子。

### 2005年2月20日

过了大年，滴滴比以前更懂事了。

滴滴在姥姥家住了好几天，今天回来，跟妈妈一起睡午觉。睡醒后，滴滴坐起来的第一句话是："妈妈，要是我做了什么不好的事，你就告诉我，我就再也不那么做了，这样你就不用生气了。我不想让你生气，医生说你有甲亢，不能生气。"

### 2005年4月14日

今天滴滴过五周岁生日。

一个星期前，妈妈、姥姥领着滴滴到北京玩去了，晚上准时回家过生日。

姥爷和爸爸在家里给滴滴准备好了过生日的晚宴，摆了满桌滴滴爱吃的各种菜。当中是爸爸给买的生日蛋糕，上面有条奶油做的小龙，还用色糖写了"祝安妮生日快乐"。五支生日蜡烛插在上面，就等滴滴回来往着点。

姥爷给买了四个在水上能漂起来的那种蜡烛，家里正好有四个透明的宽口玻璃缸。往里添半缸水，放进蜡烛，点着，好像四盏水晶灯。摆在餐桌的四角，拉灭电灯，也能把家照得亮堂堂的。给人一种置身于宫殿的感觉。

滴滴早就用手机给家里打来了电话，报告她尽到哪儿玩，说来说去，她说最数看升国旗好。说长大想在军官学院上大学，大学毕业当一名女护旗手。

门铃一响，滴滴回来了。

欢迎，欢迎，热烈欢迎！

戴上生日皇冠。

哇，好高贵。哇，真漂亮。

爸爸、妈妈、姥姥、姥爷四个人，拍着手唱着"祝你生日快乐"，祝贺滴滴生日快乐。大家看到，这时的滴滴，在大家的祝福声中显得有点儿不好意思，眼睛不知道该看谁，该看哪儿，手也不知道是该放哪儿，不知道是该和大家一起唱呢，还是也把手拍起来呢，扭捏中有种妩媚，羞涩中有种娇娆。好一个小精灵，这时候要是录下像来……

姥爷决定，明年要给滴滴买数码相机。

**2005年6月1日**

安妮昨天在幼儿园跳舞的照片，今天登在《大同日报》上了。是和妈妈一个办公室的谷阿姨先发现的。

**2005年7月17日**

滴滴指着姥爷家的书柜说："姥爷，你可说过，这些书都是我的。"姥爷说："说过，永不反悔。"

滴滴说："有多少书啦？我忘了。"姥爷说："五千册。"

滴滴说："我家是没这么多书柜。等叫爸爸给做这么多书柜，我就拿回我家。"姥爷说："行。"

滴滴说："先摆你这儿，你可不要给了别人。"姥爷说："哪会呢。"

滴滴说："姥姥说那天你就给了苗苗好几本。"姥爷想了想，说："那是你看过的不要的书，是你妈让拿来给苗苗的，不是姥爷的这些书。"

滴滴也想了想，说："对，我妈说过。"

**2005年8月23日**

7月15日前，滴滴跟着姥姥、姥爷回到姥爷的老家——应县下马峪村。住在大姥爷家，住了五天。

2007年，滴滴和王美兰的孙女小薇。王美兰初中时与我妻子是同班好友，高中时又跟我同班。滴滴小时候不宜送幼儿园的那两年，就是由王美兰给看护。每天一大早她就来到我们家，我们这才能去上班

大姥爷的院儿很大，种着好多的花。滴滴说："大姥爷，你的家就像是个人民公园。"

洋绣绣长得比人高，花儿开得比滴滴的脸盘儿都大。滴滴最喜欢粉色的洋绣绣花，每走过去就拿手摸摸。但不是直接接触住，是空着摸。大姥姥看她这么喜欢，就给她摘了一朵。她首先向姥爷报告，然后再向姥姥报告，说这是大姥姥给我摘的。她这么报告一是出自喜欢，你看我有这么好的一朵大粉花。二是告诉你，不是我自己摘的，是大姥姥给摘的。

在大姥爷的果园里，滴滴第一次见到还挂在藤上的葡萄，还结在树上的苹果。滴滴在村里还交了两个小朋友，是金梅姨姨的孩子。她跟他们玩得高兴得不想回大同了。

## 2005年9月2日

在幼儿园，所有的学生都可以选修一门专业课，安妮自己选的是舞

蹈。舞蹈卢老师是外聘的，对学生的要求很严。安妮腰硬，练下软腰时经常碰头。姥爷说，看把孩子的腰扭了或是把头碰坏，建议把专业课改成书法。经过说服，安妮勉强同意。

今天放学回来，安妮对妈妈说："我上午在楼道碰到卢老师，我走过去对卢老师说：'卢老师，我以后不学跳舞了。'卢老师说：'为什么，你不是跳得很好吗？'我说：'我怕碰头。'卢老师说：'那就别学了。'说完就上楼去了。"

安妮在叙述这一段的时候，语调里能听出她对舞蹈充满着留恋，也能听出她因为不能再跳舞而有一种失望。

过了一会儿，安妮又对妈妈说："今天刘畅跟我说，卢老师教她们跳孔雀舞了，可好了。还说明天她们还要学新疆舞呢。卢老师明天给她们每人戴一顶新疆帽。妈妈，我也想学新疆舞，学会了新疆舞，以后到新疆就可以跳了。"妈妈听出安妮是在做妈妈的思想工作，还想去舞蹈班。为了让她彻底放弃再去跳舞的念头，长痛不如短痛，妈妈便厉声地对安妮说："不要再想着跳舞的事了，舞蹈班跟你没关系了，知道了吧？"这些话还没说完，安妮的眼泪已经吧嗒吧嗒往下掉了。

妈妈强忍着泪水，离开安妮的房间。可她想到安妮这样一个小小的孩子就要感受到伤心和失落，坐到餐桌旁的时候，也禁不住哭了。

### 2005年9月25日

爸爸今天好不容易休息，他就带着滴滴到公园去玩儿。回家的路上，滴滴对爸爸说："咱们家挨骂的人是我、爸爸和姥姥。骂人的人是妈妈和姥爷。你说这公平不公平？长得漂亮的是我，挨骂的、哭的人还是我。你说这公平不公平？"

### 2005年9月27日

现在老师都反映，安妮在三十七八个孩子当中学习比较突出。

教室门外有个公示栏，谁的作业写得好就贴在上面，让学生家长看。这一周学的三门主课——语文、数学、拼音，贴的都是安妮的。

安妮最喜欢幼儿园发的语言书，每天回来写完作业后，明知道动画片已经开始了，可还要拿着语言书给妈妈讲讲今天学了什么。古诗、儿歌、故事等，讲得非常好，几乎是全背下来了。讲完之后，才高高兴兴地去看演了一半的动画片。

### 2005年10月14日

滴滴今天整五岁半。姥爷给她量了身高：一百二十五公分。

放学时姥爷从幼儿园接着滴滴先到单位办公室取东西，她看见公安局大院里停着好多的小卧车，问说："姥爷，院里这么多车，你为啥没有？你骑自行车。"

"姥爷不是领导。"

"你这么老了，为啥不是领导。"

"姥爷老了，就不能当领导了。"

"那你年轻时候是不是领导？"

问得姥爷没的说。

### 2005年12月16日

姥爷到香港走了一个月，今天回来了。一进门，滴滴就扑向了姥爷的怀里。

姥爷给滴滴在香港买了一套衣服，里面是黑红色的格格裙子，外面是一个白色的毛茸茸的小坎肩，还有个白色的毛茸茸的小挎包。

在电话里她就让姥爷到北京买福娃晶晶，可是姥爷转了一天没买到，只买到了上面印着福娃晶晶的兔绒帽子、围脖儿、手套。打开包装，滴滴一看就说："姥爷你是给我买的，还是给我的洋娃娃买的？"姥爷问："啥意思？"滴滴说："没啥意思，小了。"一戴，果然小了。

姥爷在香港还买了架数码相机，还有录像功能，能录十分钟的像。

### 2006年2月15日

滴滴学会了用拼音查字典了。

再有两个月，滴滴就整六岁了。

2006年4月15日

昨天是滴滴六周岁生日，在对面的佳瑀大酒店订的宴席。服务员给拍了个全家福，今天洗出来一看，效果不太好，有点儿模糊。

2006年5月30日

安妮还没有梳辫儿。她前面的头发长了，一低头写字，头发就垂下来，挡眼睛。妈妈就给安妮买了两个小红卡子，并排别在了安妮额前的头发上，漂亮极了。早晨妈妈把安妮送到班里，安妮的小朋友任玉看见了，脸上马上露出了十分忌妒的表情，对安妮说："安妮你真丑，全班就数你丑了。"安妮本来戴着这两个卡子很高兴，可让她说得一下子不愉快了。妈妈走后，任玉又说安妮真丑，快取下来吧。说得安妮把卡子取下来，放在了桌子上。到饮水桶去打水，打回来就不见桌子上的卡子了。任玉的座位在安妮的正对面。安妮问："任玉，看见我的卡子了吗？"任玉说："你卡子掉地下了。"安妮趴在地下找了半天没找见。任玉又说："反正我没拿，但我看见有人拿走了。"安妮问她谁，她说："是一个穿红毛衣的拿走了。"当时班里来的人还不多。安妮一看，穿红毛衣的只有一个小朋友。这个孩子本来就很调皮捣蛋，而安妮又冤枉他拿了卡子。就和安妮吵，如果不是老师给拉开，差点儿打起来。

安妮没有找到自己心爱的卡子，又想起回了家怎么跟妈妈说，就伤心地哭了。

回了家，安妮一进门就主动承认把卡子丢了。妈妈问她怎么回事，她又说不清楚。一会儿说是掉在地下找不见了，一会儿又说是让穿红毛衣的男孩儿捡走了，一会儿又说不是捡走的，是他从桌子上拿走的。妈妈一听安妮一会儿一个样，肯定是在撒谎、瞎编。妈妈早就跟安妮说过不许撒谎，撒谎就要挨打，就把安妮打了一顿。安妮就哭，就说没撒谎，都是任玉告诉她的。当妈妈问清"掉在地下""让红毛衣的小朋友从地下捡走""红毛衣小朋友直接从桌上拿走"这都是任玉说的，妈妈一下子就明白冤枉了安妮。妈妈说："肯定是任玉拿走了。"安妮赶快说："不是任玉，不是任玉，任玉跟我说她没拿。"

第二天妈妈去送安妮，见了任玉就很严肃地说："是你拿安妮的卡子了吧?"任玉先是愣了一下,后马上说:"不是我要拿的,是安妮放进我的文具盒的。"安妮妈妈跟她要,她说在家放着呢。

第三天,姥爷领着安妮早早去了班里,等任玉。姥爷和任玉的爸爸是一个单位,而且任玉每天都是由爸爸接送。任玉的爸爸看见他们,主动把卡子掏出来给了安妮,还跟安妮姥爷说:"我这个孩子就好借着玩儿别人的东西。可玩完了就忘了还人家,现在的孩子,都是马大哈。家里她还有一鞋盒别人的乱七八糟的东西。"姥爷不知道该怎么跟任玉爸爸说这件事,想了想,说:"现在的孩子,你可真的不能小瞧她。"

下面再补记发生在5月26日的一件事。

幼儿园提前就让小朋友通知家长,在这一天去幼儿园听公开课。妈妈跟单位请了一天假,去了。在上最后一堂英语课前,有一个姓郜的男孩儿走来跟妈妈说:"阿姨,安妮偷我的手掌本儿,就是这个本儿。"边说边指着他另一个手拿的那种记作业的很漂亮的小本本。安妮哭着腔说:"妈妈,这不是我偷的,我没偷。"这时正好上课了。听完英语课,孩子们洗手吃饭去了。

妈妈回家后,心里一直不是滋味。晚上等安妮回来后,爸爸和妈妈平静地问她,让她把实话说出来。安妮又哭了,就哭就说,上个星期,任玉不知道什么时候偷偷地拿了郜威的小本本,郜威去问她(小朋友们都知道她好拿别人的东西,谁找不见东西,都要先问问她),她说没拿。过后,任玉悄悄地把那个小本本给了安妮,让安妮去还给郜威。还教给安妮:"还的时候不许说是我给你让你还的,你就说'给你的本儿'就行了。"安妮答应了,就拿着那个小本本去送给了郜威,说:"给你的本儿。"就这样,在任玉的设计下,安妮不明不白地成了"小偷"。

通过以上的两件事,全家商量,不能再让安妮和任玉交往。所幸的是,离放假时间不远了,再开学就是该正式上一年级了,不在幼儿园了。但有一条得特别的注意,那就是:上小学时,万一和她报到了一个学校,千万注意不能和任玉分在一个班。万一分一个班,无论费多大的劲儿,也必须得调开。

任玉的心眼儿太多了,善良的安妮不能跟她在一个班。

**2006年6月6日**

滴滴被确诊为过敏性紫癜。从今天起，滴滴将要"卧床休养"两个月时间。

又把马姨姥姥请回来照看滴滴。

为了让滴滴能安安静静地躺着，姥爷给买了二十六盘配乐故事磁带。

**2006年6月19日**

妈妈告诉马姨姥姥，必须限制滴滴看电视，白天只许看一个小时。上午、下午各半个小时，不能由着她。因为这，滴滴常跟马姨姥姥闹矛盾。昨天，她问姨姥姥打扰的扰怎么写，姨姥姥就告诉了她。今天她看电视的时候，姨姥姥去做别的，等返回来时，门关着，门上贴了个大纸条，上面写着："请勿！打扰！"

**2006年7月3日**

在故事磁带里，滴滴最喜欢的是根据长篇小说《绿野仙踪》改编的《OZ国历险记》了，共六盘，里面有好多的故事。她把这六盒磁带盒整整齐齐地排在枕头边，反复听。一听就能安安静静地躺在那里，非常专注地享受着童话故事中的每一个情节。

**2006年7月4日**

故事磁带《长袜子皮皮》里有这么一句话："学习学多了，会把小孩儿的脑子学坏。"滴滴听后跟姨姥姥说："这个磁带应该被扔掉，商店里也不许再卖，它会让小孩子们学坏，变得不再爱学习。"

**2006年7月8日**

幼儿园老师给妈妈打电话，让去取毕业证。老师跟妈妈说："安妮在班里总像个大姐姐似的，对小朋友忍忍让让的。实际上大多数同学都比她年龄大。"老师还把"爱帮助小朋友"这句话写在了陈安妮的操行评语上。

### 2006年8月12日

在这两个月的养病期间，滴滴每天上午按照妈妈给她制订的学习计划，认真地上好语文、数学和拼音三节课。

第一节是语文课。吃完早饭，学习《幼儿听读识字》中的一篇课文。先是有感情地给姨姥姥朗诵几遍，然后她自己再选出三四个她不熟悉的字，作为生字，在生字本上各写一行。之后，看二十分钟动画片。

第二节是数学课。做十分钟的幼儿园时发的"心脑算"题单。

最后是拼音课。滴滴给姨姥姥当老师。按贴在墙上的声母表、韵母表、整体认读音节表，给姨姥姥讲拼音课，还要给姨姥姥做示范，朗诵一首诗或者是一篇故事。

每天上午的学习时间，是滴滴在生病期间最快乐的时光，滴滴每一吃完早饭就喊："丁零零，姨姥姥，上课啦。"在这两个月期间，滴滴看着拼音，自学了课外儿童教材《幼儿听读识字》的第一、二册这两本书，背会了许多儿歌小诗。

### 2006年8月29日

前几天，妈妈给滴滴买了一本带拼音的《三字经》，还带着一盘磁带。磁带里，大人念一遍，小孩念一遍。滴滴听后，很感兴趣。三天里不听别的，只听这个带，听着听着就全背会了。

姥爷来看她，她就给姥爷表演。让姥爷看着书，她背，一字不差，把姥爷都惊呆了。

《三字经》一千二百多字，将近二百句古文。书里的百分之八十的字她不认识，更也不懂得说的是什么意思，但她在三天内通过耳听就能够背会。

再想起两岁多的时候你给她念童话书，她能发现你读错字，通过这，我们都一致认为，滴滴记忆力非常好，应该说是超常。

### 2006年9月3日

滴滴打来电话说："姥姥我想你。"

好长时间没见滴滴了，姥姥也是挺想她。知道她好吃腊肉炒苦瓜，就买了腊肉和苦瓜去看她。滴滴见了姥姥的面,却没有表示出高兴的样子,只是叫了一声"姥姥"就又低头看她的书。吃饭的时候这才说:"我要挨姥姥坐。"

　　滴滴就是这么一个不好很热烈地表现自己感情的孩子。

### 2006年9月11日

　　从9月8日开始,安妮就是大同市城区第十八小学的学生了。

# 侍母日记一

**1998年7月13日**

我的老母亲不跟我们一起生活，自己住着圆通寺庙院的一间小平房。怕她感到孤单，每日的早饭和午饭我跟她在一起吃，晚上下了班也先到圆通寺跟她坐坐，说说话，然后才回我家。她高龄八十二了，身子骨还算可以，只要我把柴炭和水米安顿好，她老人家还能生火煮饭，洗锅刷碗。还能上街买菜买馒头，还日日不变地到一个固定的商店给我打生啤酒。

这些日，我发现老母有些反常，说话声音压得很低，而且也不许我高声讲话。只要我的声音稍微一高些，她就指点着隔壁说："看让听着！"我说隔壁又没住人，寺院的和尚只在那里放着些杂七杂八的东西，再说咱们又没说什么怕人听着的话，您老这是怎么了。她又指着隔壁用生硬的语调低声说："他们给安了电报！偷听呢！"

真好笑。但看她老人家那认真的样子，我就依顺着她，也压着嗓音说话。

**1998年7月17日**

今天中午我才真正地想到，老母亲的脑神经有了问题。

十二点多，我从单位回到圆通寺。在窗前停放自行车时，我看见老母的眼神有点儿反常。她在屋里扒着门玻璃用一种怪怪的目光盯着我。我拉门时她往后退退，但还是那样地盯着我。一进家门她抓住我胳膊就往起撸袖子，嘴里连声说："妈看把俺娃捆的，妈看把俺娃捆的。"察看完右胳膊，又要看左胳膊，我甩开不让她看，问她："您这是干啥？"她说："我知道，他们捆了俺娃，俺娃也不跟妈说。"对她这种异样的行为，我没有半点儿思想准备，只觉出她这是有了病，别的就不知道该说些什么，该问些什么，该怎么解释。在下意识里，我有一种不愿承认这是事实的想法。

后灶台有一只碗，上面又翻扣着一只碗，里面是她给我温着的韭菜炒鸡蛋。水瓮旮旯有一只军用水壶，装的是生啤酒。军用水壶是日本货，是我父亲在抗战时打鬼子得的战利品，他没按纪律规定的那样往上交，而是带回家给了自己的老婆，让她锄田的时候装水喝。五十多年过去了，父亲也去世有二十多年了，可这只水壶仍派着用场，只是背带已经没有了，绿漆也已经磨没了，光亮光亮的好像不锈钢做的。

灶火的锅里是大烩菜，上面的笼里馏着馒头。这是我们母子俩永远不愿意变换的、永远也吃不厌的美餐。可今天的菜特别咸，她一定放了两次盐。盘里的白馒头，每个上面都留有很清晰的黑指印。她抓过煤块的手没有洗，指头黑黑的。

不管我愿不愿意，我都得承认，她这是真的有病了。

下午问过大夫，让我观察两天再说。

### 1998年7月18日

听说奶奶有了病，我的女儿来看她。一进屋，老母就急急地说："丁丁，快！快！快把你爸爸抱在被垛后。"丁丁不明白奶奶的意思，问："您说什么？"老母说："有人来抢他呀，快把你爸爸抱在被垛后藏盖好。"丁丁说："我哪能抱动我爸爸。"老母说："能，能，他统共七个月大，统共十来斤重。"丁丁问说："谁来抢我爸爸？"老母说："老和尚用电报联络了下马峪的人。"

下马峪是我的应县老家。1949年的农历正月十五，我出生在那里。

### 1998年7月19日

二虎是我一块儿耍大的朋友，两家的大人也相处得很好，他的家和我家相距一百多米。上午九点多，老母急忙忙地来到二虎家，跟他妈说：

"高大娘快点儿,有灰人在西门外的广场正打我招人呢。"高大娘一听也急了,从街上叫了几个邻居,和我老母相跟着赶到西门外。可是,广场平平静静的,哪有个打架的场面。高大娘问我老母:"您咋知道招人在广场碰到灰人了。"老母说:"我在家看见的。"

邻居们这才知道,曹大妈这是疯了。

### 1998年7月20日

今天的上午十点多,老母又拄着拐杖到了二虎家,又跟高大娘说:"灰人们正在西门外打我招人呢。"高大娘哪还会再相信有这事,说她瞎说呢。老母很生气地走了。别人不相信,她相信,因为老人家又看见了。老母返回家取了菜刀,就"噔,噔,噔"地拄着拐杖往街外走,要到广场去解救她的儿子。

庙门外有两个要饭的,其中一个叫三三的问说:"曹大妈您老这是做啥去呀。"

这两个要饭的经常就守在庙门外,跟进庙上布施的香客们讨钱。老母很关照他们,常给他们买糖饼,还特意准备着一个缸子,从家端出开水给他们喝。三三有回跟人打架,对手拿硫酸把他脸给烧了。老母让我给开烫伤药,她还应时按候地亲手给他搽抹。

他俩问明白了是怎么回事就说:"这还了得,走,曹大妈,我们跟您去。"一个左手拄着拐杖右手提着菜刀的白发苍苍的小老人,一左一右跟着两个衣衫破烂手握半头砖的讨吃子,其中一个的脸上是明光光的红伤疤,像鬼。三个人气恨恨、怒冲冲地向广场进发。他们的身后跟着看红火的人们。队伍越来越大,越来越浩荡。过来两个交警,企图驱散已经妨碍

*母亲和姑姥姥,小孩儿是表弟忠义*

了交通的人伙，但作用不大，只好向"110"报警。

十一点半，我在办公室接到电话，让到巡警大队的盘问室，说那里有三个闹事的人，让我去认领。他们说的是三个闹事的人，所以当时我根本就没想到里面会有我的老母亲。

我在大门拦了一辆"夏利"，三三看出司机有点儿不愿意让他俩上车，就很识相地招呼另一个说："走哇。"我说："没事没事上吧。"他说："看您说的，我们是啥人。"

### 1998年7月21日

大夫说我老母得的是幻视幻听幻觉症，主要的病根在我身上，而且跟我的婴孩儿时期有关。他说："要不是这样，那为什么她要把七个月大小的你藏起来呢？这里面一定有原因，你心里有数吗？"我说我没有，我说有谁能记住他七个月时候的事呢？

回家的路上，我经过琢磨才决定该把所知道的一些事告诉大夫，于是又返回医院。

我的老母是我的养母，人们都叫她换梅。二十二岁时她从钗锂村嫁到十二里外的下马峪，可过了十多年仍没生养。她很喜爱西隔壁院那一家人的孩子们，最喜爱的是那个最小的招人。招人是我的小名儿。她太看好我了，成天抱我玩儿，从地里受完苦后也得先进西隔壁院抱抱我，这才回自己家做饭。我七个月的时候，有一天傍晚，她跟我生母说："今儿黑夜我搂招人睡呀。"生母说："你不怕他给你尿褥子上，你就抱去哇。"她就把我抱到自己家。她一夜没睡觉，先是熬小米稀粥，晾凉后把米汤灌在男人留给她的那只日本军用水壶里。后又把洋面布袋拆开，四角缝上带子，做成个吊床。然后又不住气地做这儿做那儿，其中最重要的就是出院给毛驴添草料。这毛驴是她事先就和村人借好的。鸡叫三遍天快亮的时候，她用吊床把还在熟睡中的我吊在驴肚下，锁好门骑着毛驴离开了村庄。天尽管还黑着，但毛驴能看见路，她不住地拿树枝抽打驴屁股，催着毛驴向北一路跑去。来到应县城外时，天已经大亮。按原计划她要一直骑着毛驴到大同，可想了再想后觉得不合适，就用石头把毛驴打向返回村的路，她知道毛驴认得路，准能回了家。

她抱着我继续向北赶路，步走着来到了一百八十里外的大同城。她这是来找她男人。她男人叫曹敦善，1944年参加工作，在大同跟日本鬼子打游击。她不知道大同有多大，心想着挨门逐户地打问，准能找到她男人。可她哪里知道，她男人一参加工作就起了化名叫楚修德，再说，他并不在大同城里，而是在城北八十里外的北三区。一个月又一个月过去了，她没有找到个叫曹敦善的人。带着的当盘缠用的洋烟和银圆花完了，旅店不让我们住了，她把城门内的岗房清理了出来，当成个家。白天给人打杂工，没工可打就讨饭。她横下一条心，绝不回村。

1949年底，曹敦善从北三区调到大同市肃反委员会工作。他请了几天探亲假，回了村才知道发生了什么事。他到钗锂村跟岳母一家人商量后，认为换梅一准是抱着孩子找他去了。他带着小舅子返到大同，一家旅店一家旅店地查问，一条街巷一条街巷地寻找，终于在一天的中午，找到了抱着孩子正在要饭的女人。从那以后我们就在大同市安家落了户。

听完我的讲述，大夫问说："那你生母呢？"我说："因为丢了孩子而伤心成疾，两年后死了。"大夫说："问题就出在这里，你老母亲的心里常年有种内疚感和负罪感，积压了几十年后，在年老体弱心理压力承受不了的时候精神崩溃了，就是这么回事。"

## 1998年7月22日

我跟单位请了十天假，我决定夜里也不走了，成天陪着她老人家。我发觉，只要我在她的面前，她的情绪就平稳些。可我总得出去，我得上街买菜买饭。怕她又乱跑，出门的时候我把她锁在屋里。每当我不在家，她就像个小孩似的扒在窗玻璃里向外张望。当看见我下了庙门的台阶进院了，她那焦急又紧张的神情才放松下来。

**1998年7月23日**

我给舅舅打了个电话。当年我父亲和他找到我们后，就给他在大同安排了个工作。

舅舅和妗妗都来了。舅舅同意大夫的建议，那就是，因为她老人家年纪大了，不适合到神经病医院治疗，只在家里吃药疗理。

我和他们正说着话，老母指着窗外说："听！"我们听了听，除了和尚在庙里敲着木鱼念经外，别的没有什么特别的声音。可她又说："听！和尚说：'打死招人，打死招人。'"我们又静静地听了听，原来她是把"噔噔噔噔"敲木鱼的声音幻听成了"打死招人"。妗妗说："您好好听听是啥声音。"老母听听说："这阵儿不是了，那阵儿是，成天都是。打死招人，打死招人，毒呢。"

妗妗说："这一准是跟上啥了，最好是问个大仙给镇镇。"我说："那没用。"舅舅说："我看给老人换换环境吧。"我赞同。

要换环境离开庙院，我们一致认为，最理想的地方是她的娘家钗锂村。

**1998年8月7日**

我们从下马峪回来了。按原来的计划我们是回钗锂村，可到了应县城老母就改变了主意，要回下马峪。我怕在下马峪她会触景生情地回想起五十年前的事，但无论怎么哄劝都说服不了她，只好依着她，指引着朋友把"桑塔纳"开到了下马峪。

我们住在我老母的表弟家，老母叫他喜娃，我叫他喜舅舅。我没跟他说我们为什么回来，老母也没说什么，她好像是根本就记不得自己幻觉过什么事情。

吃过午饭老母说想到坟地看看，我领她去了。进了坟地她就坐倒在坟前哭开了。"老的唉——老的，老的唉——老的。"她在哭我爹。她不会述说，就这么一句，哭了足有半个钟头。怕她哭坏身体，我劝她别伤心了，可我劝不住，只好也站在一边流泪。

村里人听说她回来了，都来看她，有叫她换梅的，有叫五大妈的，有叫五奶奶的。除了头一天，其余的中午饭我们都没在喜舅舅家吃，这家请完那家唤,早早就都排好了。老母很高兴,很觉得有面子。

我的同胞大哥也请了我们,他也姓曹,叫曹甫谦。在他家吃完饭,老母居然给躺在毡子上睡着了。我和他在另一个屋说话,他告诉我,他母亲在1951年去世后,他父亲一直没有再娶,在四年前也离开了人世。他问我孩子干啥,我说大学毕业了,当英语教师。他说他的三个孩子还有他弟弟妹妹的那些孩子都是大学毕业,都在外地工作。他说:"咱们这一支的人天生聪明,都是继承了母亲的灵气,可惜你记不住她。"我没言语。正在这时,兄嫂过来说五大妈醒了,我们就过去了。老母跟他们说:"我梦见你爹了,挎着筐子拾粪呢。"我们都笑了。

每天早晨我都和老母到村外散步,她从不用我搀扶,自己拄着拐杖走。我就走就吹着箫陪伴着她。走得乏了,我们在路边的水泥防渗渠坐下歇缓。因为是早晨,天空不是很蓝,但很干净。天底下,到处是绿绿的。村里,家家户户的屋顶都飘着白色的炊烟。除了嘹亮的鸡鸣,还不时地有牛羊驴马的叫声远远地传过来。一个俊俏的小媳妇提着篮篮过来了,走到我们跟前站住说:"你们回啦。"我妈说:"你出地呀。"她又看着我的箫说:"你吹得真好听,我就做饭还就听呢。"她走后老母说:"你看,认也认不得咱们就问候咱们呢,认也认不得你就夸你呢。"有人夸她儿子她高兴。

可能是下马峪明朗的阳光,皎洁的月色,清除了老母心头的烦躁,也可能是下马峪清新的空气,和谐的色彩净化了她的头脑,也可能是下马峪浓浓的乡情,纯纯的乡土稳定了她情绪,还可能是来下马峪的头一天她在坟地的号哭,把堵在胸口的郁闷都吐出去了。反正是,这半个月里她老人家的言谈和行动一直很正常,没有出什么差错,更没有出现幻觉。

**1998年8月9日**

怕再有个什么反复,我和舅舅商量,没让我老母回圆通寺,直接把她送到舅舅家。妗妗不上班,整天能陪她说话,这样她就不感到孤独。她没表示出不愿意,顺顺当当地听从着我们的安排。

好几个月前我们家就集资了新房,从六月份开始装修,自老母有了病,停了下来。这次从应县回来我又请了匠人,开始动工。

### 1998年8月29日

无论多忙，我每天总要去舅舅家一趟，让老母看看我，知道我还好好地活着，没出什么事。我跟老母说："新家里面也有您的一间，以后您就跟我们住一起吧。"她说："噢。"

### 1998年10月6日

昨日把老母从舅舅那里接回我家过了个中秋节。夜里，我跟女儿和妻子三个人挤在一起，腾出女儿的床让给老母。

今天，我把老母送到了我们的新房。屋里有股油漆味儿，她不嫌。她像个验收人员似的这里看看，那里看看，不住口地说："行了，行了。招人，行了。"我把二十四平方米的客厅装修成书房，除了一面是采光大玻璃外，其余的三堵墙全是屋顶高的书柜，把我的四千多册书都码了进去。她说："啧啧，看这书多的。啧啧，尽把钱买了这。"验收到她的屋我说："妈，您看这是您的房，您看这是您的床。"她的嘴一扁一扁的但又控制着没哭出来，后来变成了笑模样说："过去的老财他也没住过这么好的房。"怕老母夜里摸不到按钮，我给她的床头安装的是拉盒开关。我让她试试好拉不，她说大天白日的费那电干啥。嘴里虽这么说，但还是"咯吧咯吧"地试了两下说："好拉，真好拉。"

### 1998年11月22日

老母自从八月十六住进新房，我就一直没让她离开过，我不想让她再回庙院住了。我从圆通寺把她的衣物被褥和洗漱用具拿了过来，哄她说："佛教会给了咱们五千块钱，把圆通寺的房收回去了。"她问："家里的东西呢？"我说："烂箱烂柜这里用不着，全给了高大娘。"她说："管它，给给去哇。"可一下子又惊惊乍乍地问："啤酒壶呢？"我说那当然拿回了。她说："我就说。"

我还像在圆通寺那时候，每天早早地就提着牛奶和糖饼过来了，午饭、晚饭也是跟她在一起吃。不同的是，她再也用不着挖灰生火了。

煤气灶还在旧房没搬来，我用电炒锅做饭，但都是从饭店往回端现成的菜。嫌麻烦，我不打生啤酒了，一捆一捆的买瓶儿装的云冈牌啤酒。老

2001年夏，我和妻子与母亲在表妹丽丽家。

母问："生的好还是熟的好？"我说："还是您给打的生啤好。"她说："要不我还每日给你打去哇？"我说："那可做不得，小心走丢的。"她说："噢，走丢就灰了，就回不了家了，见不着你了。"

### 1998年11月30日

老母自己在我们的新居住了五十多天。上个星期日，我们全家都搬来了。

老母最奇怪电饭煲做出的米饭咋就半点儿也不焦糊，我告诉她快糊的时候就自动断电了，她说看那好的。她叫电饭煲的那两个指示灯叫"人儿"，一煮米她就守在桌子旁给看着，等到指示灯一变换就大声地向我们报告说："'人儿'跳过去了，'人儿'跳过去了。"好像她不守在那里，"人儿"就跳不过去似的。

晚上我让老母跟我们一起看电视，她问："咋老也没山西梆子？"我说："我们不好看那。"她说："我可好看，你死鬼爹也可好看。"我妻子跟我说："要不咱们再买上个大电视，省得你一看踢足球我们就啥也看不成了。"我说："那太好了。"

### 1998年12月3日

大电视买回了，我先给老母找山西梆，没找见，找见了京剧。老母说："这就是，这就是。"我说："这是京剧。"她说："你们年轻人不懂得，这就是山西梆。"我说："那您就看吧。"

不管是什么剧种，只要是古装戏她都叫山西梆。古装戏也不是天天有，没戏了她就跟我妻子去看电视剧，可不管看啥，看着看着她就丢开盹了，让她去睡她说还看，看着看着她又睡着了，有时还打呼噜，但电视一关她就被"吵"醒了。

### 1999年1月4日

自老母有了病，我一直没动手搞过创作。看护老母和搞创作，这两样事都得全身心去投入，不能兼顾，否则的话哪样事也做不好。我当然得先顾恩重如山的老母，我要先当孝子后当作家。现在她老人家的病好了，我又能动手写了，已经写了十多天。

我的习惯是在后半夜起来写，怕电脑的嗒嗒声影响别人睡觉，我把书房的两扇门都关住。可在第一天老母就推门过来了，我压低着声音说："把您吵醒了。"她也压低着声音说我："原来在后半夜也睡不着。"她从没见过我打电脑，说要看看，我就给她搬了把椅子。这要是换个别人看着，我肯定写不在心上，可老母坐在我身旁就没关系，影响不了我的思路。一连几天，或迟或早老母总要进来。我知道在我们白天上班的时候她睡好了，就没往走劝她，我还知道她心里在想，儿子不睡觉，那我就也过来陪着他。她说："招人你写字写得真好。"她是个文盲，半个字也认不得，却夸我写得好，我觉得挺好笑。她又说："你看你写得一溜一溜的。"我指指门，意思是怕她影响妻子和孩子睡觉，不让她说话。她明白了，点点头。可她隔一会儿又说："你打乏了，缓缓。"我说："不乏，您想睡，睡去吧。"她说："不想睡。"隔一会儿她又说："我看你缓缓哇，乏的。"我说："不乏，您想睡，睡去吧。"她说："不想睡。"

### 1999年1月5日

早晨不到五点，老母就推开我们门喊："招人。"我正睡得香，没听着。她又"四子四子"地喊我妻子小名儿，妻子问："做啥？"她哭丧着声音说："我当招人死了，那两天他早就起了，可今儿还没起，我当他是死了。"

既然老母把我吵醒了，那我就干脆起来打电脑。打着打着听见老母又推开了孙女的门叫丁丁："丁子起哇，丁子起哇。"丁丁没好气地问说："干啥？"她说："奶奶知道你渴了，你起来喝口水哇。"

老人家今天这是怎么了？该不是又要犯病？我不敢往下想，看看她的神情，好像没事。

### 1999年1月7日

昨天上午十点多，接住楼道对门邻居老葛的电话，告给我："你妈说电脑着了。"我吓了一跳，赶快回家。原来是我没关显示屏开关，老母看见屏幕亮着，就在屋里狠死地拍着门喊人。

今天又是在上午的十点多，又接住了老葛的电话，说："你妈又拍门大声喊叫，说家里着了火。是不是煤气忘关火？烧了什么东西？"我来不及骑车，打了个"的"就往回赶。

虽是一场虚惊，并没有发生什么火灾。但有更大的不幸发生了，那就是，老母的幻觉症又重犯了。

### 1999年1月14日

我又请了假，整天陪着老母。白天她还好些，眼睛痴痴地不说话，可每到半夜就大声吵嚷，无论我和妻子怎么喊她都清醒不了，用冰凉的湿毛巾擦着她的脸时，她还在不管不顾地叫骂。

"来！给爷上，不捅死你是假的。""招人俺娃不哭，俺娃不吓，有妈呢。""叫你扑，给爷扑。""不捅死你是假的。"

妻子说："她这是在跟人打架。"我说："不是跟人，是跟狼。"她这是又回到了五十年前的那个日子。

当年过桑干河的时候，她用吊床布把我紧紧地缠绕在背后，这样她就能把两只手都腾出来，一只手划水另一只手拄树棍。蹚过河，她没有往下解我，她发现这种背法省力，走起来轻松，能多赶些路程。

走着走着，她听见背后传过一种嚎叫声。狼？回头看，就是。距离她三丈远的当路上，坐着一只土灰色的狼在看她。那狼已经悄悄地跟了她好长时间。狼的习惯是不偷袭人，在进攻前总要有一声吼叫，试探一下对手的反应，对手一惊慌，它立马就扑了过来。我母亲很清楚狼的这种习惯，她的心里虽然"咯噔"了一下，但马上就镇静下来。她盼的是，背后的孩子在这个时候千万千万别给啼哭。

她像举旗杆似的，把挂在左手的树棍高高地冲天竖起，紧接着她又用右手把插在腰带上的六棱钢杵猛地抽出来。她这两个动作把那狼吓得转身就跑。钢杵三尺长，一头是牛皮绳缠的手柄，另一头磨得很锋利，这是那些年村里人对付狼的最好的武器。我母亲早有准备，把它带在身上以防万一。

那狼并没有走开，一直跟着她。她心里很清楚，狼在等着天黑。眼看着日头要落山了，她有点儿发急。她盼着能看见附近有一个村子，她盼着对面能过来个人，村子和人都没看见一个，却望见在前边不远处有个看瓜房。

看瓜房里没有人，地里也没种着瓜，但她进了这处废弃的瓜房就大大地松了一口气。那狼却有点儿后悔没早动手，先是围着瓜房急急地转圈圈，后来又伏在门外用尾巴"叭叭"地摔打地面，当它听到孩子的号哭声，认为进攻的时候到了，就张着大嘴向门里扑来，可是迎接它的却是那锋利的钢杵。杵尖从它的嘴里捅进去，又从它的脊背穿出来，它带着钢杵跑了没两丈远，便倒在了地下。

我跟老母说："妈您醒醒，狼让您给捅死了。"她说："谁让它要吃我招人。"妻子问："招人是谁？"她说："招人是我娃娃。"妻子又问:"他现在在哪儿呢?"她说:"到学校上学去了。"妻子指着我问:"您说这个人是个谁?"老母巴眨巴眨眼,想了想说:"是个招人。"

**1999年1月20日**

大夫批评我,说老母的病重犯是因为我给停了药的过,这回再往好治可不容易了。舅舅说:"我看主要是因为你们两个白天上班家里没人,老人孤独地过,我看给老人雇个人聊聊天说说话会好的。"我们一致的看法是,雇生人不行,要雇就得雇个熟人。我回下马峪雇来了我父亲的侄孙女,一个月三百块钱,人家挺愿意,可我老母不让她接近,她一到跟前就"呸呸"地往人家脸上唾。没办法,我只好又把她送回了村。

舅舅说:"要不再来我这里住些日子,看看能不能调理过来。"

在舅舅家住了几天,老母的疯说疯闹没什么好转,却又发生了另外的事故。舅舅家床高,老母在夜里给摔倒在地下,不能走路了。第二天舅舅把老人送回我家说:"没事没事骨头没断,过些日就好了。"

舅舅说他姐姐没事,可我不放心。我家就住在地区医院旁边,舅舅走后我把我的警察皮帽给老母按在头上,把她背到医院,拍了片子做了检查,骨科大夫也说骨头没事,我这才背着老母回家。外面正飘着大片大片的雪花。路上有熟人说:"你这是背着老母奔梁山去呀?"他这是在跟我开玩笑,可我却笑不起来。

老母左边的坐骨软组织受到了严重的损伤,大夫说因为她年老,要想恢复到能坐的程度得三个月,要想行走得五个月后。要么说,在这三五个月内她老人家的脸得人给洗,饭得人给喂,大小便也得人侍候,大夫说还得勤给她翻身,要不得了褥疮像她这个年龄就好不了了。那怎么办,要不我请长假?正想到这里,老母在我背上喊叫说:"发山水了,发山水了!"

回了家才发现,我的警帽和她的一只棉鞋不知道在啥时候给丢了。我说:"鞋和帽子掉了您咋不言语?"她说:"桑干河发大水呢,桑干河发大水呢。"

当初那个英雄的小妇人,现在竟然成了这个样子。我"唉"地叹了口气,同时禁不住落下了伤心的泪。

**1999年3月2日**

今天是农历的正月十五，是我的生日。老母叫过生日叫过生儿。每年的这一天她总说："招人俺娃的生儿好，一世界的人今天都吃好的，穿好的，又放炮子又点灯笼，又拢旺火又闹红火，为给你过生儿。"按她的说法，好像在我出生前人们不闹元宵似的。

中午妻子跟老母说："一会儿吃饭时把您扶起坐在椅子上，看能坐不？"老母说："能，我今儿觉得不疼了。"妻子说："招人生日您高兴得过。"老母说："不用说也是，一世界的人能有几个是正月十五的生儿，我活了八十多岁了就知道还有个汪老也是今儿的生儿，再没听说过还有别人。"妻子说："您还知道汪老？"老母说："常听招人说。"又说："老汉尔娃好人，尔娃教招人写呢。"

我们把老母扶在了椅子上，她果然能坐了。吃完饭她说还想坐会儿，可怕她坐不稳摔倒，我们就找出一条围脖儿拦腰兜紧，后面和椅背挽住。老母说："你俩把我当成小娃娃了。"

**1999年3月14日**

听说姐姐能坐了，舅舅在电话里说我早就跟你们说没跌着。他说的没跌着是指骨头没断，因为是在他家摔的，他怕担责任，落埋怨。实际上谁也没说他什么，是他自己要多心。

这些日，我和妻子一有空儿就搀扶着老母练走路。老母像个小孩子似的就走就说："走一走，转一转，出野地，看一看。"

**1999年4月14日**

算计着老母今天要大便，我在单位把手头的工作忙完后就回了家。一进门，躺在床上的老母跟我说："我刚才圪蹴了。"老母叫大便叫圪蹴，这是她一贯的说法。她说："是我自个儿去的，可咋冲也冲不下去。"我赶快跑进卫生间，原来她把我们给她裆里衬的纸尿巾掉进了便池里。那要是真冲下去可糟糕了。

老母自己能走了，能到卫生间送屎尿了，这太是一件大好事了。我和妻子真高兴。

# 伺母日记二

2000年4月1日

这些日老母精神状态很好。我把老母送到了北小巷八号玉玉家。一是这些日她常常读念玉玉，二是女儿丁丁快坐月子了呀。

2000年4月16日

丁丁在一医院做了剖腹产，两天了。生下一个漂亮的女孩儿。丁丁给取的大名叫安妮，小名叫滴滴。

滴滴出生的第二天就能睁眼看人。我给拍了照片，当天洗出来，我就拿着到玉玉家让老母看。老母说："呀呀呀，就像是出了满月的孩子。"还问我叫个啥？我说叫个滴滴。老母说："好记。笛笛笛。好记。取名字就要取那好记的。"隔了一会儿，玉玉问："姨姨，您说丁丁的孩子叫个啥？"老母想想说："叫个啥来？叫个啥来？可好记呢，就是一下蒙住了。"人们都笑。老母一下想起了，说："笛笛笛。"

2000年5月14日

滴滴过满月呢，我把老母跟玉玉家接回来了。满月就在我们家过的。我把滴滴跟四楼抱下来了，卧在床上。老母趴在滴滴跟前直是个看，看看后说："想抱抱笛笛笛。"丁丁说："奶奶别价，您看抱不动给摔了呀。"老母说："噢。不抱不抱。看把娃娃摔了呀。"

### 2000年6月22日

老母说:"招娃子,妈想看看笛笛笛。"我说:"我给您抱去。"我跟楼上抱下来,让她看。她又说:"妈也想抱抱笛笛笛。"我说:"您别把人家给摔着。"老母说:"我坐在炕上抱。"老母叫床叫炕。

老母上床坐好,我就让她老人家把滴滴抱在怀里,我还拿出相机给她们拍了一张照片。

### 2000年6月24日

我把老母抱着"笛笛笛"的相片洗出来了,给老母看。老母笑着看呀看,看不够。看了一会儿又说:"招人妈还想戴着老花镜看。"我把眼镜帮她戴好,她继续看,笑呀笑的。

我问:"妈,您说滴滴叫您啥?"老母想想,想不出叫啥。

我媳妇说:"叫祖祖嘛。"

老母说相片里的滴滴:"笛笛笛,你叫我祖祖嘛。"

### 2000年8月13日

自七姈姈去世后,是玉玉来给老母亲洗淋浴。洗出来,玉玉跟我说:"姨姨问,你七姈姈回村快有一年了哇?"

老母心里啥也清楚,嘴里不说。

### 2000年11月15日

我媳妇昨天给老母买了个硬质的塑料碗。

老母好吃一种我在积德玉买的面包,那种面包表面上沾有椰子末儿。每天的早点,她都是要吃这种面包,吃完,嘴周围都沾着是白色的椰子末儿。我们要是不给她擦,她自己想不起来擦。

### 2001年3月22日

我一入家,老母跟我说:"我前晌给打死个蝇子。"我说:"您真行。"我媳妇回来了,她又说:"四子,我前晌打死个蝇子。"我媳妇说:"您真不简单,能打死个蝇子。"又跟我说:"咱家这个时候了咋会有蝇子？"老母说："它就在我眼跟前绕，绕绕绕，绕得我麻烦了，一拍巴掌把它打死了。"

### 2001年5月1日

表弟一世和表妹妙妙姐弟俩来家探望姑姑。老母说："楼下有个'法轮功'。四蛋，你是不是进了'法轮功'？"

表弟说："姑姑您咋说我是'法轮功'？"老母说："姑姑是怕你入了那儿。那是个'一贯道'。"妙妙说："'一贯道'是做啥呢？"老母说："'一贯道'割蛋呢，割小孩子蛋做原子弹呢。"一家人都笑。老母也笑，说："你们到是不信？"一世说："姑姑您放心。我不入那。"老母说："俺娃多会也要做那仁恭礼法的。"

老母每天看电视，也知道"法轮功"是坏的。她还记得刚解放时的"一贯道"。

### 2001年7月1日

丁丁姨姐青青，把一百二十平方米的三屋一厅的房，转让给了她。

今天丁丁搬家。

我跟老母说："以后咱们住四楼，把二楼让玉玉来住。"老母说："对着呢。"想想又说："以后我四楼住两天，二楼住两天。"我说："我就是这个意思。"老母说："以后我自己就能开开门上四楼，开开门下二楼。"我媳妇说："还想自己上下楼？您本事可大呢。"我说："妈，那可做不得。您小心摔倒从楼梯上滚下去。"老母说："滚下去就灰了，就跌死了，就见不着招人了。"

老母的话提醒了我，我跟我媳妇说咱们以后一定得把门锁好，不能让她自己开了门。

### 2001年7月8日

今天是星期日。我们搬上了四楼。

丁丁往走搬的时候，只搬了行李和锅笼等炊具，还有电视机。家里别的家具都没走搬。我们从二楼往上搬的时候，也只是搬了行李和锅笼等炊

这是2007年的弟兄七人照。从右起，依次是大姐、三哥、大哥、二哥、我、妹妹、妹夫

具，还有电视机。

都安顿好后，我把老母背上了楼。

换了环境，老母很觉得新鲜，这儿看看，那儿看看。最后分析说："丁丁这个家跟你们那个家一样是一样，就是反着呢。"

老母分析得对着呢。二楼和四楼这两个房面积一样大，结构也一样，就是进家的门的方向不一样。二楼是门朝西，四楼是门朝东。

### 2001年7月18日

玉玉跟北小巷八号搬到了二楼。

玉玉往二楼搬，也只搬行李和锅笼等炊具，还有电视。别的什么都是齐备的。

晚上，我们都下到了二楼吃饭。玉玉给炸了油糕。

老母说："搬家不吃糕，一年搬三遭。"玉玉说："姨姨您跟草帽巷往圆通寺搬的时候吃糕没？"老母说："记不得他了。"我给玉玉使眼色，意思是不叫她再提圆通寺。

2001年7月21日

我们下班回来,老母又说打蝇子的事,说是咋打打不走,就在眼跟前绕。我媳妇分析说:"是不是老人的眼睛有了问题,老说是有蝇子在眼前绕。"

2001年7月26日

老母说眼睛睁开跟没睁开一样,啥也看不见。

到五医院分院检查,说是白内障。楼下二楼邻居小葛是分院的,她提供信息说,香港年底前有医疗队来大同,义务给白内障患者做手术。她说先给我们留意着。

我打听了一下,说老年人做这种手术,不一定是能保证百分之百的有效果。

叫来七舅商量,说已经是八十四的老人了,别做手术了。现在是不疼不痒的,万一做手术做不好,白挨一刀不说,还受疼痛。

我同意舅舅的看法。最后决定是,白给做也不做。

2001年7月27日

想训练老母自己到厕所,可是不成功。最后我们想了两个办法:一是只好是再给她把纸尿巾衬在裤衩里;二是把楼上的钥匙给玉玉一套,让她估计着时间,勤上楼问着点"姨姨您尿呀不,想圪蹴呀不"。

我下班进家,听的玉玉在夸老母。她是刚领姨姨到厕所大便完,夸她说:"姨姨真是个好娃娃。"

2001年7月30日

自眼睛看不见,老母自己不敢下地走路,整天是躺在床上。本想让她锻炼着走走,可又怕她跌倒摔坏,就不强求她了。只有在我们下班回来后,一个做饭,一个扶着她下地活动活动。另外就是,告诉玉玉,扶她到厕所时,顺便也扶着她在屋子里转上几圈。玉玉说:"我每次都扶她转着呢,可姨姨有点儿懒,走两圈就不给好好儿走了。"

我说:"中午我搀扶她锻炼时,她没有表示说不想走。"玉玉说:

"她跟你不耍赖，跟我耍赖呢。"

我笑。

### 2001年8月5日

夜里我和我媳妇下地小便的时候，就叫醒老母问尿不尿。要尿的话，就给她垫上接尿盆，让她尿。可大部分的情况是，她已经在半夜里给尿在床上了。那只好得给她换尿褯、换裤衩、换秋裤、换床单。

床单下，我们早就给铺了一张大的塑料布。

换尿褯是我媳妇的事，洗裤衩、洗尿褯、洗秋裤、洗尿单，都是我早晨上班前必须做的事。

我媳妇跟老母开玩笑说："您不怕把您儿子累坏您就跟床上尿吧。"老母不回答。我说："妈，我不怕。我小时候您给我洗尿褯，您老了我给您洗尿褯。"老母笑。

### 2001年8月21日

我媳妇今天中午回家时，给老母带回个医院里常见的那种给女性使用的塑料接尿器。她说夜里给妈装在裤衩里，咱们就可以安心地睡觉。

### 2001年8月22日

早晨我媳妇说："又给尿床了。"我说："不是按了接尿器？"她说："早就给揪得扔一边儿了。"我说："看来那种接尿器是给不会动弹的病人发明的。"

怕她尿湿秋裤，我们干脆就不给她穿秋裤了，只给她身上盖着薄被。

### 2001年9月30日

农历八月十四，明天就是八月十五。

忠义给家打来电话，说五舅去世了。我半天说不出话。

放下电话，老母问说："谁来电话了？你咋不作声？"我说："是单位让我出差呢。"

### 2001年10月2日

我得跟忠义表弟他们一起安葬五舅。我把老母抱到楼下玉玉家。我跟老母说我出差走几天。

### 2001年10月9日

我下楼看老母，说："妈我出差回来了。"老母说："你五舅也回村养病去了？"我一下子不知道该怎么回答，假装没听着她的问话，走开了。

玉玉悄悄跟我说："姨姨知道五舅去世了。"我问说谁给说漏了。玉玉说："是人家自己猜着了。"玉玉说："姨姨问我，你五舅过八月十五也不来看我，莫非也是回村养病去了？"我问："你咋说？"玉玉说："我说您养您的病哇，甭管他别人。"姨姨说："我知道他就是回村养病去了。"

七妗妗去世，我们跟老母说是回村养病去了。可她已经猜着是怎么回事了，但从来没把这个事说破，两年过去了，她在嘴里一直是没再提七妗妗。

我想，老母以后也一定是不再提到五舅了。

我不知道老母采取这种不表示悲伤，也不表示关心的态度，是不是她真的就不悲伤？不关心？我真的不知道这种"假装不知道"的方法，她在心里是怎么想的。当然了，老母不挑明，我更不会说，万一引起她的病症来，那就麻烦大了。

### 2001年10月12日

今天我发现，老母眼睛虽然是看不见了，可她在用嘴唇试着手里拿的是什么。是纸？手绢？

### 2001年10月19日

下着雨。中午赶快回来收拾担在外面的尿褯，但已经都湿了。

外面不能晾东西。只好是在家里到处拉着绳子晾尿褯。

饭后我媳妇翻找出好多估计不穿的内衣，又加工出了好多的尿褯。

看着这么多的干尿褯，我先是很高兴。哇，这么多！但马上又苦笑地摇摇头。

### 2001年11月4日

早晨我媳妇把我叫醒，指着老母的屋子，让过去看。

老母夜里乱滚，不知道在啥时候连同被子一块儿滚在了地下，但她还呼呼地睡着。

她以前就掉过两次地，但都没摔着。

但不能这样了，不能再让她掉地了。万一摔坏就麻烦大了。

我们决定给她打地铺。

家里有两张山羊皮褥子，两块羊毛毡子，都摞在了一起，上面再加上两张棉褥子，厚厚的一个地铺。

正好丽丽提着香蕉来看姑姑了。看见姑姑躺在这么厚的地铺上，丽丽也跟老母并排躺在了一起，跟姑姑说话。

丽丽跟我媳妇说："表嫂，姑姑一天尿床，身上没有一点儿尿臊味。"我媳妇说："是你表哥给洗得勤。"

老母有七个亲侄女，也就是说，我有七个表妹。实话实说，也只有丽丽才能跟姑姑这么亲热地躺在一起。别的表妹是不会这样子的。

### 2002年1月4日

早晨发现，放在老母枕头边儿的少半卷卫生纸，都让老母撕了，成了碎长条。

我媳妇给老母洗脸时发现，老母的袖筒儿里，填了好多的卫生纸的纸团儿。

问她把卫生纸撕碎做什么，她不言语。

我说："老母是不是又犯病了。"我媳妇说："千万别再犯成以前的那种胡说乱道的，要犯就犯成这样的，自己瞎玩儿，不影响咱们休息。"

### 2002年1月9日

下班回家，看见老母用牙使劲儿地咬床单儿，咬衣服。

我媳妇说她，她不理，不松口。眼睛还痴痴地。

我大声喊着说："妈，妈，吃饭啦。"她这才回转过神来。我又低声说："妈，吃饭呀。"

她这才"噢"地答应了一声，好像是恢复正常了。

### 2002年1月14日

老母的行为正常了几天。今天又不正常了。

早晨我媳妇给她洗脸，她说："你这是跟哪儿端来的水？我锄了一后晌，正还渴的。"

我媳妇说："洗完脸，咱们就喝奶子。"

老母说："我喝水。我渴得想喝水。"

### 2002年1月18日

问大夫，说老母这种行为属于老年痴呆。对于一个八十五六岁的老人来说，属于正常现象。

大夫提醒我说："像这样的情况，只要别再受到外界刺激，不会有严重的发展。"

### 2002年1月20日

玉玉给老母喂饭，老母说："你看，庄稼都熟了。这新玉茭倒撇上了。"

玉玉说："您吃哇。新玉茭。"

老母说："新玉茭。"

我媳妇说："像这样也很可爱。"

### 2002年2月26日

外边整夜的放爆竹，有声响，使得老母受了惊吓。

我给她喂饭时，她一把把我推开说："哎呀！倒了。"我问："啥倒了？"她说："崖头。"说着又猛地一推，差点儿把我推到。我把她的塑料碗也掉地上了。我说："妈你干啥推我？"她说："不推你，你就叫崖头给捂住了。"

### 2002年3月20日

夜里睡梦中，突然听到老母在大声地喊："曹乃谦！曹乃谦！"声音大得吓人，我赶快过去，可她还呼呼地睡着。

她这是梦着啥了。

我这是头一次听到她在梦里喊我的大名。

### 2002年3月29日

夜里让老母吵得睡不好，中午我们抓紧着休息。

可又让老母的"招人，招人"的喊叫声给叫醒。我赶快跟过去说："妈，您甭叫喊，让我睡会儿。"她听着有人说话，问我："你是招人？"我说："妈，您要啥？"她说："妈寻不着你家了，你往回送送妈。"

老母患幻听幻觉病期间，我和七舅舅陪她回她的出生地钗锂村休养。她说想到我姥爷种瓜的地方看看，我们就去了。他俩坐的这个地点，就是当年的看瓜房。七舅舅跟我说，你妈小时候在这个地点捅死过狼

### 2002年4月11日

早晨我媳妇开门看见地铺上没有老母，哪儿去了？

我媳妇喊我。

原来老母是在墙拐角，上半个身子在椅子底下钻着，头冲着墙，面朝天。问她："干啥呢？"她说："妈钻进鸡窝取蛋，贵贱够不着。"

地铺距离着椅子有四米远，她咋就给滚到了那里了。

### 2002年4月14日

老母半夜号叫，拿手拍墙的木裙，那音响楼上楼下都应该是能听着。

果然早晨有邻居问说："老人又折腾呢？给她喂点儿安眠药。"

2002年4月15日

听了邻居的，黑夜喂了老母半颗安眠药，可是该吃饭的时候怎么也叫不醒她。以后不能再用这种办法了。

2002年4月17日

玉玉说："把老人送我家。我给看上半个月。"

把老母抱下楼。

这下我和我媳妇能好好地睡个安稳觉了。

2002年5月2日

我每天都下楼看老母，玉玉说姨姨真失笑。

玉玉不上班，在老母睡着的时候，她也能睡觉。

下面是玉玉讲的老母在这半个月的故事。

一是，老母说："等等等等，我先跟他下下木头。"

二是，老母说："找找锹把子。"

三是，老母说："把那厢的小山药蛋擦上丝子烩上，那可不麻。小是小点儿，不麻。"

四是，老母说："你还拿手巾着呢？我见你给我洗脸。"

五是，老母说："你后响不出地受去啦？"

六是，老母说："四子四子，是不是做饭呢？"

七是，老母说："楞了一块糕。""楞"是应县村里的话，吃的意思。但必须是吃了很多才使用这"楞"。

八是，玉玉问老母："您咋把盖窝扔一边了？"老母说："我能抱动个盖窝？"

2002年5月7日

该大便了，我把她抱到卫生间，抱上马桶让她坐好。怕她迷迷糊糊地跌倒，我就一直扶着她。怕她后背不舒服，给她垫着枕头。

老母说："小车是咱的，你推过来。"

**2002年6月1日**

她有时好像也清楚。今天给她喂早点时说："给我围上哈拉，要不会把奶子流脯子上了。"

"哈拉"是应县土话，怕小孩子流口水流在衣服上，围着的没有袖子的东西，也叫"牌牌"。

**2002年6月20日**

她老躺着不行，怕她起褥疮。中午我从单位一回家就把她抱起，让她坐在椅子上，我们做饭。可又怕她从椅子上摔下来，用一根带子从当腰拦住，后边挽在椅背上。

**2002年6月22日**

老母又是喊叫了一夜，喊得我们睡不着，可第二天还得上班。

我跟我媳妇商量，让她躲到丁丁家。我熬不行再让她回来换我，轮着休息。

**2002年6月23日**

我媳妇躲在丁丁家了。

连着三天的半夜里，老母都要喊叫。

我脑子里一闪，想自杀。

**2002年7月3日**

中午我回来，老母说："招人，妈跟你说个话。"我说："说吧。您说啥？"

老母说："你看，尽苦菜。看尔这好苦菜，挑！沤上三六斗瓮。"

**2002年7月4日**

老母说："乃谦，我才刚去你家，可贵贱寻不着你家。"

**2002年7月5日**

中午回家找不见老母，是玉玉又上来把老母接走了。

有玉玉的帮助，我和我媳妇才能好好地歇缓了歇缓。

**2002年7月25日**

老母说："你别往死捂我孩子。我让你来，让你来扑，不摋死你是假的。"

**2002年7月27日**

老母说："招人。"

我说："噢。"

老母说："来。"

我说："做啥？妈。"

老母说："来，你给往醒叫叫妈。"

我说："妈，你醒醒。"

老母说："招人，你给捎个话。"

我说："噢，捎啥话。"

老母说："你说给招人，叫他来搬搬她妈。"这个"搬"是搬兵的搬。

**2002年7月28日**

睡觉前，我把尿盆垫好说："妈，尿哇。"

老母说："妈尿完了，你就把妈从毛驴上放下来。"

我说："噢，您尿哇。"

老母说："快！把毛驴给断住。""断"是应县村里的土话，意思是追。

我说："您先尿哇。尿完再说。"

老母很生气的样子，说："你就喊'嘚儿嘚儿'，它就站住了。"

为了让她安静下来，我不住气地"嘚儿嘚儿"。

我媳妇听着了以为干啥，也过来了。她后来也跟着"嘚儿嘚儿"地喊。

### 2002年7月29日

我实在是瞌睡得不行了。在办公室睡了一下午，晚上七点我媳妇打电话才把我叫醒。

### 2002年8月1日

我媳妇跟中医开了些安神的药。吃饭时，把安神药弄成米粒大小，放在稀粥里。可是老母把米都喝了，就是把药留在了碗底。

### 2002年8月7日

换了一种安神的药。

老母把药的糖衣抿过后，把苦药给偷偷地塞在了床铺底下。刚才整理床铺，才发现底下有好多的没了糖衣的黑色药粒。

### 2002年8月23日

这些时日，老母很安静，不乱说了。问话也能正常地回答。

我跟我媳妇因为老母的正常而高兴。这样，我们也能够正常地作息了。

### 2002年9月4日

七舅说："让姐姐到我家住上些日子哇。"

### 2002年10月4日

在七舅家一个月，七舅说老母一个月里没有说瞎话。

看来，老母在白天得有个人跟她陪伴着才行。

### 2002年10月6日

我跟玉玉说："你没事了就上来跟姨姨说话。一个是陪伴她，二个是跟她说话，她就不睡觉。要不的话，她白天睡足了，黑夜里就会大喊大叫。"

2002年11月2日

午饭熟了,我推开门大声叫说:"妈,开饭呀。"她不理我,可刚才我见她在动,知道她是在装睡。我冲着门外说:"媳妇,咱们先吃哇,我妈睡着了。"她突然大声地说:"我也要吃呢。"

2002年11月24日

老母有八天没拉了,我们光是喂她菜和香蕉,还是不拉。

高大娘的二虎和小郝来看老母了。正好他们也给买来香蕉。小郝喂老人香蕉。二虎带来高大娘的问候,老人高兴,也问候高大娘。就说话就把一根香蕉吃了了。

老母的脑子里还有我要吃,要喝,要坚决地活下去的欲望。

2002年11月27日

今天老母终于说想圪蹴呀。我们早就给准备好了开塞露,可用不着,我把老母抱到卫生间,放在马桶上,不一会儿就大便了。

我们真高兴。

2002年12月7日

老母早晨流鼻涕,早饭也明显的少了,只把奶子喝了,椰味儿面包吃了几口。

我给喂了感冒药。

这天是星期六,我在家。

午饭熟了,叫她,她不答应。我跟我媳妇说:"她感冒了,叫醒也不想吃,要不叫她睡吧。一了儿等睡醒,我专门给她做熘鸡蛋拌疙瘩汤。"

老母安静地睡了,我们也抓紧时间午休。平时休息不好,这一觉睡醒来,一看,已经是下午四点了。可老母还睡着。

我觉得有点儿不对,我就大声地叫她,可咋叫,都不答应。我着急了,说:"媳妇,你赶快下楼叫玉玉。"

玉玉上来,也"姨姨姨姨"地叫,也不理。我媳妇捉住老母手腕,说摸不住脉,再看胸脯好像也没有起伏。玉玉说:"姨哥快换衣裳吧。"

1973年，我与舅舅、表哥、姨妹合影

玉玉说的换衣裳是换装老寿衣。我媳妇赶快给跟衣柜里够出来，她们两个给换的时候，老母仍然是没有半点儿反应，任由她们摆布。

我就哭就"妈！妈！"地大声地呼喊。

穿的当中，屋子一下子黑了，是停电了。赶快又忙着找蜡烛，可一着急了又一下子找不到。玉玉赶快下楼，到她家去取。

点着蜡烛，这才把寿衣换好。

我趴在穿着寿衣的老母身上，大声地号哭。

我媳妇一把把我推开。

她说她看见老母的嘴唇在微微张合。

我媳妇把耳朵贴在老母的嘴上听听说："快，妈答应你呢。快，再叫。"

我又大声"妈！妈"地叫。

"妈！妈——"我大声喊。

老母睁开了眼。这时，屋子一下子亮了，来电了。

我赶快趴下身叫"妈"，老母嘴张了一下，很微弱地"哎"了一声，回答我。

我们高兴得又是笑又是哭。

### 2002年12月8日

昨晚，老母又活转了过来。我们喂她奶子，还喝了有半碗。玉玉说："看把寿衣弄脏。"我们就给她又把装老衣脱掉，换上了平常的衣裤。

今天是星期日。

早晨玉玉早早地上来了，帮着我媳妇给老母洗脸洗身。喂面包不吃，又喝了半碗奶子。

老母说话声音很弱，但很清晰。我媳妇还问她说："妈，您昨天梦见阎王爷没？"老母笑。

老母听到我媳妇逗她，笑。这说明老母的脑子清醒。

中午又喂她面包，还不吃。我说："您不吃东西不行啊，妈。"

老母摇头。

我媳妇说："咱们把奶粉调进牛奶里，浓浓的。"

中午老母又喝了半碗浓奶子。

晚上八点多，看着老母嘴唇动，我赶快趴下问她说啥。

她用微弱的声音说："给妈拉一段。"

哇！老母让我拉二胡。她要听我拉二胡。

我赶快把二胡取出来，拉了一段《白毛女》里的《北风吹》。

老母想听我拉二胡，我很是感动，就拉就流泪。

反复地拉了几次，看着老母是闭上了眼，老母睡着了。

### 2002年12月9日

早晨我们又喂了老母半碗浓奶子。她一直是不睁眼。但奶子都咽进去了。

中午十一点，我媳妇跟单位回来，先进老母屋，轻轻地冲着老母叫了一声"妈"，老母"哎"得很响亮地答应了一声。

今天是星期一，我没去单位上班，一直守着老母。可我一上午都叫过没数儿回"妈"了，她都是在昏睡着，没回答我。

2002年12月11日

老母一直是昏睡着。

七舅来过，表哥跟表嫂来过，一世来过，都叫老母，可老母一直是没有回答。

我不住地"妈妈"地叫着，想叫醒她喝点儿水，可咋叫，她都不应答。一直是在昏睡，好像还能微微地听到打鼾的声音。

2002年12月12日

老母一直是在昏睡。

我回想起，四天了，她只是回答过我媳妇的那一声，而且是很响亮地"哎"地应答了一声。

下午，五舅家的丽丽来了，七舅家的妙妙、平平、改改、改存都来了。

丽丽躺在老母身旁，攥着姑姑的手，跟老母说话，她还想像那天，跟姑姑说话。可姑姑不理睬她。一会儿，丽丽说："姑姑身上有臭味，是不是拉出来了。"她揭开老母的被子，说真的拉了。

玉玉赶快帮着丽丽给打扫。可是，不一会儿，老母又拉了。每隔那么几分钟就拉一次，总共拉了四次，都是丽丽、玉玉跟打扫的。

妙妙说："这是在清肠呢。"她说："我妈那会儿也是这样。"

下午五点钟，老母脸上带着些笑容，静静地躺在丽丽的怀里，睡着了，永远地睡去，不会再醒来了。

我洗了一夜的东西，我就洗就号哭。

我把老母脱下的衣服，把老母的所有的，包括袜子、手绢在内，把老母的所有的东西都一件一件地清洗出来。

我就洗就号哭。

我把老母所有的尿褯，一块一块的都清洗了一遍。

我就洗就号哭。

半夜，把家里所有的绳子都担满了老母的东西。

玉玉没下楼回她家。她和我媳妇在那个屋睡了。

我左手握着老母的右手,躺在她的身旁。

　　突然,我听到老母在喊我"招人",在"招人招人"地喊我,我"哎哎"地就答应就赶紧爬起身。可是不能够了,再想伺候伺候老母,已经是不能够了。

　　老母就在我身旁,穿着装老寿衣,面朝着天,在那里躺着。

　　我摸摸她的手,她的手冰凉冰凉。

　　我的泪水,冰凉冰凉。

# 第四辑

## 你变成狐子我变成狼

我好唱，成天唱。经常有熟人问我说："见你就骑车就自言自语，一个人在说什么呢？"其实我那是在唱。距离远，他听不出声音，只见嘴动，以为是在说话。

我好唱，可我不是唱别的，我是在唱我们塞北的民歌。"你在圪梁梁上我在沟，亲不上嘴嘴招招手""红瓤西瓜撒白糖，不如妹妹的唾沫香"。我就是唱这一类的被叫作是"麻烦调"、《苦伶仃》"爬山调""山曲儿"的地方民歌。也有人把这种民歌叫作"要饭调"的。一点儿也不错。从古至今，这确实是要饭人唱的正宗的歌。有回我见一个老汉和一个女娃唱着这种歌要饭，唱得是不错，我掏出十块钱给了他们。为了听他们唱，后来我又跟着他们走了几处地方。那老汉误解了我，悄悄地又郑重其事地跟我说："我看你是个好人，叫我这个孩子到你家给你洗个锅，刷个碗去哇。"我一听，吓了一跳，忙说："别别别！我有，我有。"说完赶快逃走了。自那以后，要饭的里头只要有女娃，我就不敢再跟着听了，要听也是远远地听。

我实在是太喜欢"要饭调"也太好唱"要饭调"了。要知道，这是奶功。我没学会走路就学会了唱。当时我一听见隔壁院换换姐喂鸡喂羊或是做别的营生，我就冲着窗户大声唱：

哥哥在山上嗖喽嗖喽割莜麦

沈从文先生说：照我思索，能理解我；照我思索，能认识人

这是换换姐教我的山曲儿。唱完我才大声喊："换换姐——抱抱我——"可她老假装没听见，让我重唱。为了让她过来抱我出去玩，我只好又扯开嗓子用更大的音量唱给她听。当时我是三岁（真不好意思，我四岁才会走的），根本不懂得这首山曲儿里的情爱，也不理解歌词所包容的生活情趣。我只知道唱这首歌能放得开声，能给远处的人唱。我还知道我唱这首山曲儿能唱得很好，能得到人们的夸赞。

八岁时我到了大同市上学，可寒暑假期我总要回村，而大部分时间是在姥姥村度过的。姥姥村有个叫疤存金的放羊倌，他会唱很多很多的山曲儿。我哄姥姥说到野地背书，就瞒着家里人跟他去放羊。河弯那清清的泉水，树荫那悠悠的凉风，山梁那碎小的野花，蓝天那飘游的白云，大自然的这一切一切都使得我无比的快乐。可我更喜欢的是听疤存金唱山曲儿。他唱的时候眼睛老是痴痴地盯着山下的村庄，好像是唱给村里的哪个人听似的。"对坝坝圪梁上那是个谁，那是个要命鬼干妹妹。崖头上的杨树不一般高，人里头挑人数干妹妹好。"唱完，他坐在那里半天不作声，随手摸住身边的土圪垃或石头蛋往坡梁下狠狠地扔。有老鹰在蓝天下盘旋，看羊狗汪汪叫着去追赶鹰投下的影子。我拿起书本，可怎么也看不进去。他那哀伤凄楚的山曲儿感染了我，虽说程度不同，可也使得我跟着他进入了那种情绪那种氛围。

　　初三毕业的那个暑假，我又回到姥姥村，听说疤存金死了。他骑奸母羊让人给看见了，他羞得把自个儿吊在山里的一棵歪脖树上。人们找见他时，他的尸体仍完整地吊在树上，没被鹰啄过。人们说鹰嫌他的肉苦。他身上的肌肉已经枯干，躯体让风吹得悠悠飘晃，像面旗（我的《温家窑风景·天日》就是以他为原型写出来的）。我认准他在临死前一定是冲着村庄的方向大声吼唱过：

　　　　羊羔羔吃奶前腿腿跪
　　　　没老婆的羊倌活受罪

　　　　羊羔羔吃奶后蹄蹄蹬
　　　　没老婆的羊倌谁心疼

　　这是他常唱的两段山曲儿。当时他准定是把这两段唱了又唱，向荒山向苍天，向他心中的要命鬼干妹妹，倾诉着自己的焦渴与无奈。以后，每当我唱起这两段山曲儿就想起了他，想起了他那眼睛痴痴地盯着村庄的样子，想起了他那一下一下狠狠扔石头蛋的样子，还想起了他那吊在树上的枯干身躯，像面旗似的在风中一悠一晃的样子。如果说是换换姐启蒙我爱上了山曲儿，那么疤存金就是我的第一位唱山曲儿的老师。他那一段又一段高亢粗犷朴实淳厚的山曲儿永远留在我的记忆中。

　　我们这地区的山曲儿实际上和内蒙古的"爬山调"、陕西的"信天游"是一回事，而且曲调相互雷同、词句相互混杂。就拿《掰白菜》来说，这在我们地区是广为流传的"要饭调"，可这首歌的曲调却同陕北的"大生产呀么嗨咳，齐动员呀么嗨咳"几乎是一样的。我想想这并不奇怪，同在一角蓝天，同属一方厚土，"爬山调"也好，"信天游"也好，以及我们这地区的"要饭调"，都在表现着黄土高坡的民俗文化和地域风情。

*在香港举办的文学交流会上，我站在台上给大家唱了《杜丘之歌》*

我七岁学会吹口琴，之后又依次学会了横笛、二胡、竖箫、三弦、管笙、唢呐、扬琴。我妈骂我说："成天价吱吱扭扭哼哼呀呀，一满是要饭呀。"我相信如果真要饭的话，我准定是个好要饭的，准定能够要得多。

"文革"当中的一年，我被派到边远的北温窑村给插队知识青年带队。这是一个穷村。人们的穿戴破破烂烂，全家人盖一张烂羊皮被窝，炕上铺不起席子，裱着从矿上拾回的牛皮纸洋灰袋。尽管他们穷，可他们很喜欢唱。山高皇帝远，他们不是唱样板戏也不是唱语录歌，是唱"要饭调"。他们把"要饭调"又叫作"挖莜面"。唱得最好的、味道最浓的是一个叫二明的后生。"白天想你墙头上爬，黑夜想你没办法。"二明一唱，我就能想起姥姥村里的疤存金。他俩唱民歌有个相同之处，那就是，能把全部的感情投入进去。因此，也就特别地感人。我往往是眼泪汪汪地在听他唱，有时候泪蛋蛋竟会控制不住地流淌下来。我总感觉到他们不是在唱歌，而是在哭诉。一吃完夜饭，人们都吹灭灯睡觉了。有时候年轻的光棍们就聚在一起打平花（大伙儿一块儿聚餐），他们打平花没酒没肉，他们的力量达不到，也根本不奢望这些。他们左不过是你从家拿点儿山药蛋，我拿点儿莜面他拿点儿麻油，凑在一起饱饱吃一顿夜饭，吃完，他们

2007年瑞典电视台一行三人专程来大同采访我，还到了温家窑。这是电视台的记者（右四）站进人伙里体验"晒阳窝"。右五是我，右一是好友张幼博，右七是好友陈和泰

就开始唱。有这样的机会我尽量不误过。我供应他们香烟，我也给他们唱。他们惊奇地说："曹队长原来也会来咱们的'挖莜面'。"我还把二胡带到村里给他们伴奏。我学着要饭人的做法，把两根弦儿并在一起拉，发出一种很特别的和声。经过这样的处理，拉出的音色才最接近"挖莜面"的味道。凡这样的场合二明当然是主角。

　　白天想你拿不动针
　　黑夜想你吹不灭灯

　　白天想你盼到黄昏
　　黑夜想你盼到天明

　　二明唱完，往往就沉默起来，可有时候就猛猛地来一句"我日死你

妈",摔门走了。有人告诉我,他并不是骂谁也不是跟谁生气,说他就是这么一个愣人。有次打平花我除了供应他们香烟外,还下公社灌回三斤白酒。那次究竟有几个喝醉的,我忘了。可我清楚地记得,有个光棍把一根整整的香烟放进嘴里,嚼呀嚼呀的,最后都给咽进肚里。另有两个光棍儿竟给紧紧地搂抱住,没完没了地亲嘴。见他们这种样子,我先是觉得很无聊很恶心,后来就觉出有一阵一阵的悲哀袭上心头,又凉到心底。

我在北温窑待了一年。这一年给我的感受实在是太深刻了,给我的震动也实在是太强烈了。这深刻的感受这强烈的震动,首先是来自他们那使人镂骨铭心、撕肝裂肺的"要饭调"。十二年后,我突然想起该写写他们,写写那里,写写我的《温家窑风景》,并决定用二明唱过的"到黑夜想你没办法"这句呼叹,作为情感基调,来统摄我的这组系列小说。在这三十三题系列小说中,我大量地引用了"山曲儿""麻烦调"《苦伶仃》"伤心调""要饭调""挖莜面""烂席片",只有这些民歌才能表达出人们对食欲性欲得不到应有的满足时的渴望和寻求。也唯有这些民歌才能表达出我对他们的思情和苦念,才能表达出我对那片黄土地的热恋和倾心。

现在我除了经常吹吹箫和偶尔拉拉二胡外,别的乐器都不动了。但对"要饭调"这类的民歌却是更加喜爱了。和这类的民歌相比,别的歌曲在我的心目中或是没有地位或是屈居其后。最使我心烦的是那些换了一茬又一茬的所谓流行歌曲,词儿虽是花里胡哨得可以,但一满是无病呻吟强说愁。我认为《光棍哭妻》们比《我爱你》们不知要好几十倍,我认为后者左不过是在伤心地掉泪,而前者却是在痛苦地滴血。

我太喜欢我们的地方民歌了,我真想拖起打狗棒,操起四弦琴,唱起我们的"要饭调",沿街乞讨,浪迹天涯。试问,可有知音愿意与我同往?"你变成狐子我变成狼,一溜溜山弯弯相跟上",可有依人的小鸟愿意落在我的肩头?和我一同来歌唱,和我一起去流浪。最后我们再回到山的怀抱,爬上山的巅峰,在美丽的晚霞中像两面旗,迎风飘扬。

# 学书六十年　而今才知砚

## ——《砚的魅惑》读后

　　湖南美术出版社出版的《砚的魅惑》这本书,让我拿起就放不下了。首先是这个书名就引起了我的兴趣,《砚的魅惑》,砚,会有什么魅惑呢?

　　再一个是,我喜欢写毛笔字,文房四宝笔、墨、纸、砚,而这就是本说"砚"的书,我自然也是想看看。

　　一翻,哇! 有图片。

　　没文化人的特点,有图片总是先看图片。

　　隔个一两页,就有一幅图片,都是砚台,各种各样。

　　所有的砚台图片下,都还有文字说明。

　　如:"一凡堂制洞子沟宋坑老洞淄砚",可这个说明是什么意思呢? 想想,想不明白。

　　再翻,"晋人最爱——砚大、堂广、池深,右文堂制洮砚。色砚楼藏",这句好像是有一小点点明白,但仅仅是靠着猜想出来的,好像是说,图上的这块砚台是在有色的砚台楼上收藏。我知道,砚,除了黑色的,还有别种的色。

　　再翻,"一砚居士卫绍泉制端坑仔烟云养德砚"。这句就又全不懂了。

　　我有点儿懵。

我看出来了，我手里拿着的，是专门研究学问的专门的书，我这是门外汉碰到专门家了。

我又有点儿不死心，何至于连个图片说明也看不懂。于是，我不看图了，我正式开始看文章，看看作者唯阿写的这本《砚的魅惑》究竟是在说什么。

我先找序言，没有，又翻到书后，找见了"代跋"，一看，笑了起来。先头看图片说明时，把"色砚楼藏"误解成了"有色的砚台在楼上收藏"。原来"色砚楼"是作者的堂号、网名。我再次地"哈哈哈"。

应县钗锂村的大庙书房，那是我永远梦怀的地方。我常常能想起刘老师、陈老师坐在大火炕黑板前摇晃着身子讲课的样子，和表哥、面换、七斤，闭着眼、大张着嘴，高声地背书的样子

作者在代跋里说，这本书是关于砚的文化随笔，也可以当作是砚学论文。

全书一百四十页，三十二章，分作四辑。

我返回头看第一辑：《访砚·论砚》。

看着看着，我才知道，原来中国的砚台竟有一百多种，这可是我在以前万万也没想到的。

访也好，论也好，作者最先提的是"淄砚"。

他说的淄砚就是淄博产的砚台。他有点儿后悔地说，到了山东没去淄博。我心想我去过，去晋见过文学大师蒲松龄。我去是去过，可当时我不知道那里生产名砚。作者还说，山东的临朐，有江北最大的砚台市场。临朐我也知道，我还知道"朐"的读音，念"qú"。临朐检察院还有我个朋友，叫王乐成。乐成也没跟我说过他们那里有砚台市场的事。想想，我从来没问过人家这事，人家咋能想起跟我说这呢？

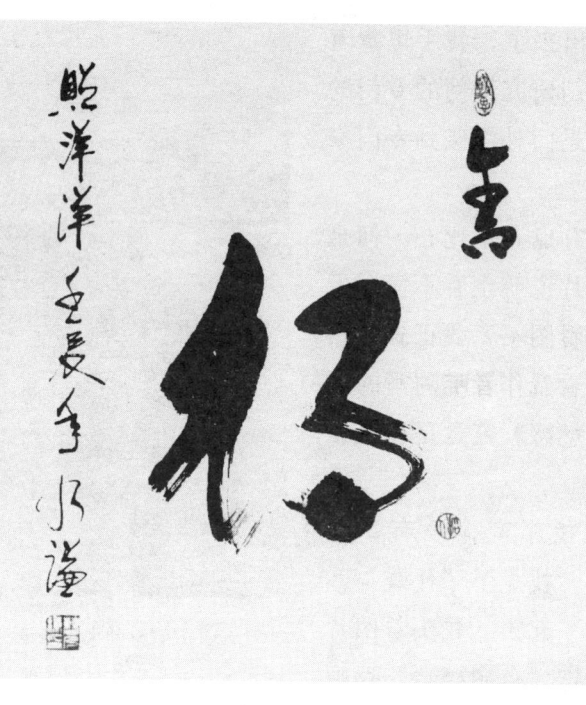

舍得

又往下看，作者说，"从出身论，淄砚'祖上也曾阔过'"。读到这里，我又不由得笑出了声，佩服语言的风趣。

又看，他说淄砚"且不输任何名砚，比如端、歙、洮、澄"。

这"端、歙、洮、澄"里面有两个字认不得，查过字典，知道咋读音。

要这么说，这"端、歙、洮、澄"都该是名砚了？索性放下手中的书，打开电脑上网查查，一查，查出来了。几种说法，排行不一，但总有这四家，称作"四大名砚"。

再多看看，网上还有"十大名砚"的说法。嗨呀呀，写了几十年毛笔字的我，居然连这也不知道。

我得承认，我这是白白地喜欢写毛笔字了。

从四五岁时，我就开始写毛笔字。那是在姥姥村里。比我大三岁的表哥在村里的大庙书房读书，他不好写仿，让我替他写。先是描红模，后来拓仿影，再后来还吊小楷。

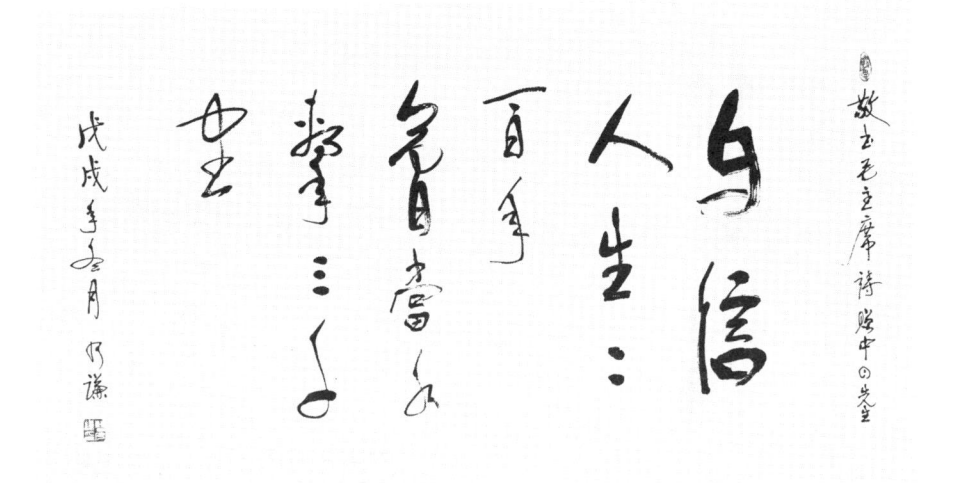

自信人生二百年，会当击水三千里

高中"文革"时，我是学校资料组的，我的任务是没完没了、没明没黑地替红卫兵干将们抄写大字报。

上班当了警察后，我喜欢用小楷抄写刑事侦破案例，抄了十多本稿纸。

再后来，单位让学政治理论，还要求做笔记，我又是用小楷毛笔来做。现在家里还保存着一本，是1984年那时的学习马列主义哲学的小楷笔记。

除此之外，我还不间断地给人写条幅，横的竖的，大的小的。最大的写过六尺宣纸对开的。加起来，少说有百十多幅吧。

我写了这几十年毛笔字了，可从来没有认真地想到过文房四宝的里面的砚，更没有想到"砚文化"这样的事。

我意识到了自己的浅薄与无知。

往下看，往下看。

又有好多的名词术语，"砚体""砚堂""墨池"，都一一查过，长了不少知识。可书上说"圆头门子，下沿有一点儿残损"，这个"圆头门子"是哪个部位，网上查不到。

看着看着，又明白了"老坑新坑"，也就是，老矿新矿。于是也就理解了开头说的图片说明，"一凡堂制洞子沟宋坑老洞淄砚"是什么意思

腹有诗书气自华

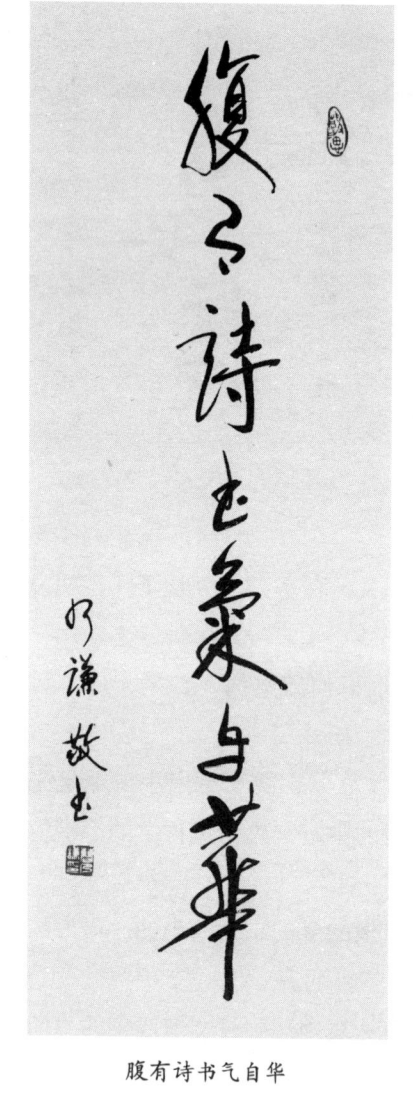

了。

思砚也是十大名砚的一种，又称金星石砚。这让我想起，我家有一块不小的砚。这里，不该叫"一块"。看了《砚的魅惑》，我应该是也称作"一方"才对。

我的这一方有金星的砚，是有人让我写毛笔字后，送我的。当时他也没说是什么砚，大概是他也不懂，可我更不懂这是什么砚。但我记得这方砚上有金星，当时我心想，这金星一定很坚硬，如果磨墨的话，那一定是很让人感到牙碜的了。我也没用它，就放起来了。现在我专门又把这方砚找出来，看看，有十多处金星亮点。这大概就是思砚了。我赶快又上网查，思砚价格多钱。五百元到一万元不等。这么说，我这方砚至少是值五百元了，我很高兴。

看看看的，书里又出现了"紫袍玉带"。

紫袍玉带，这我可真熟悉。也是有人让写字后，给我的一方砚。这方砚还有四条小短腿儿。这次人家明说是"紫袍玉带"，我就记住了。磨墨的地方，对了，叫砚堂。砚堂是绿色的，像玉。我也没用过它，放起来了。

作者说，紫袍玉带早已经在"去砚之用"的道路上越行越远了，尽都是打造成了摆件。我这不是摆，我这是藏。

除了小楷，写大些的字，我使用的所谓的"砚"，那就不叫砚，是个水果罐头缸。里面倒了半缸墨汁，拿起毛笔，伸进缸里，蘸了墨汁，在缸的里面边沿上把笔膏膏后，写就行了。哪用得着正经的砚。

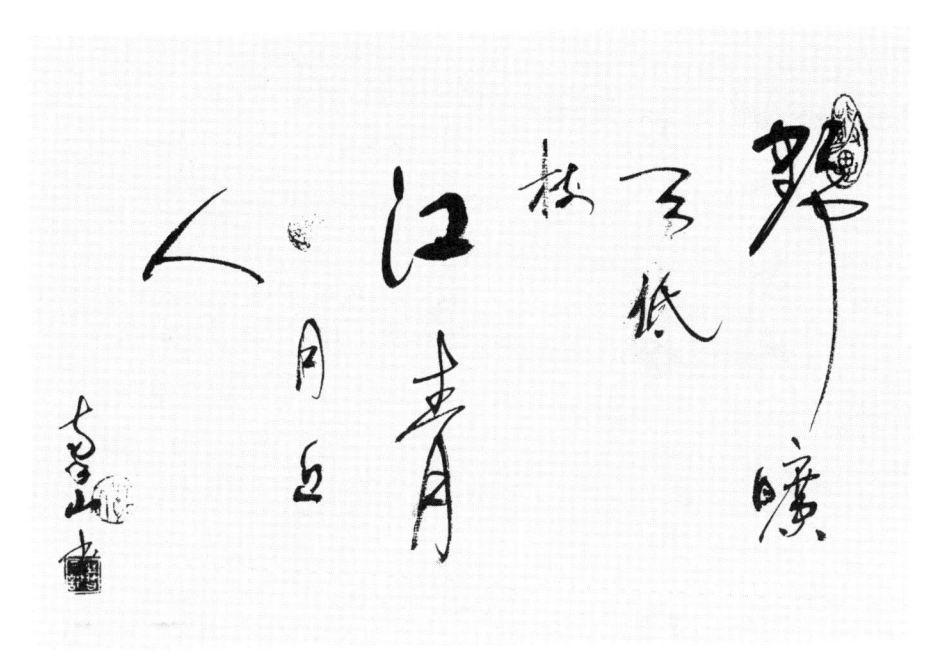

野旷天低树，江清月近人。

不过，要是写小楷字，我也是用砚的。写小楷字，也必须是得有砚。要不的话，没法子把笔膏得尖尖的。

文章谈到"石末砚"，题名是《复兴或借尸还魂青州石末砚略说》，看了这个题名，由不得读者你不想往下看，究竟是"复兴"还是"借尸还魂"，你得细细往下读才能知道。勾引着人往下读他的书，足见作者的高明。

石末砚也就是澄泥砚。书里说："澄泥砚，始创于唐，曾列贡砚，至清代工艺失传。1980年版画家蔺永茂成功复活了绛州澄泥砚。"我家有块……又说块。重说。我家有方澄泥砚，是妻子到晋南出差时给我买的，说是绛州澄泥砚。她说："你老是用个罐头缸，给你个正经砚瓦。"

《砚的魅惑》里说，除了石头砚，还有瓷砚、砂砚、陶砚、瓦砚。这我就明白了，我们雁北地区的人叫砚台不叫砚台，都叫砚瓦。原来这也是有出处的。

我妻子给我买的这方砚瓦，本属四大名砚，但当时我有眼不识金镶玉，不知道它的名贵。它的砚堂不大，虽也有盖儿，但盖不严实，头天倒上墨汁，第二天就干了。不如我的罐头缸用得省事而方便，我就把名砚放一边，还用我的罐头缸。

我想了想妻子给我买这方砚的时间，是一九八几年。反正是在1980年之后，这得感谢版画家蔺永茂。同时，也感谢"右文堂石民"。复兴也好，借尸还魂也好，是他复活了青州石末砚。

书的二十五页最下面一段文字，看后，很觉得答辩巧妙。我不由得为"右文堂石民"先生拍手叫好。这里就不累笔复述原文了。

《砚的魅惑》里多次提到"砚以用为上"，并专门开辟《砚本体论："砚以用为上"浅说》独立为一章。无疑，这一章不是随笔了，是一篇关于砚文化的论文了。

文章分为八节：

一、"砚以用为上"，自古而来"；

二、几个说文解字；

三、"文房四宝"都在器文化范畴之内"；

四、砚的美学附加值是存在的；

五、在美学的背后；

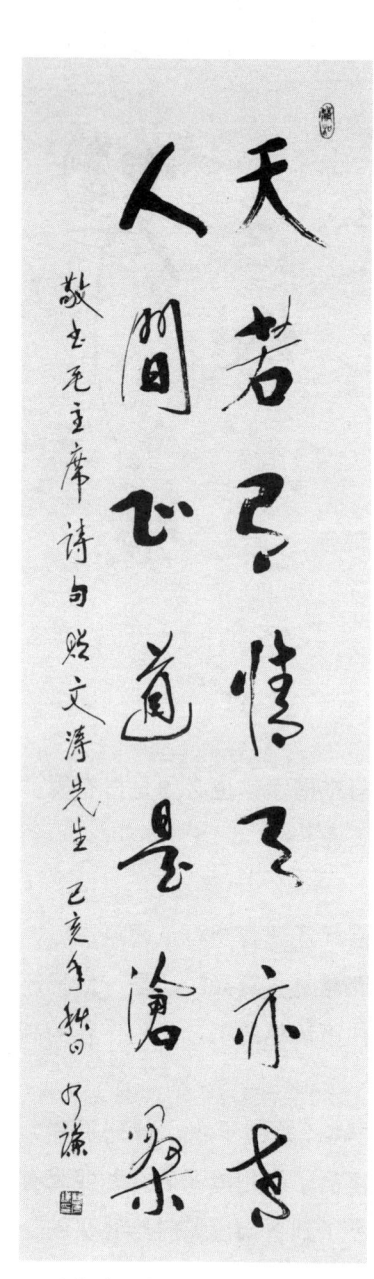

天若有情天亦老，人间正道是沧桑

六、再次说文解字；

七、反对"砚心用为上"是伪命题；

八、捍卫"砚之为砚"之道。

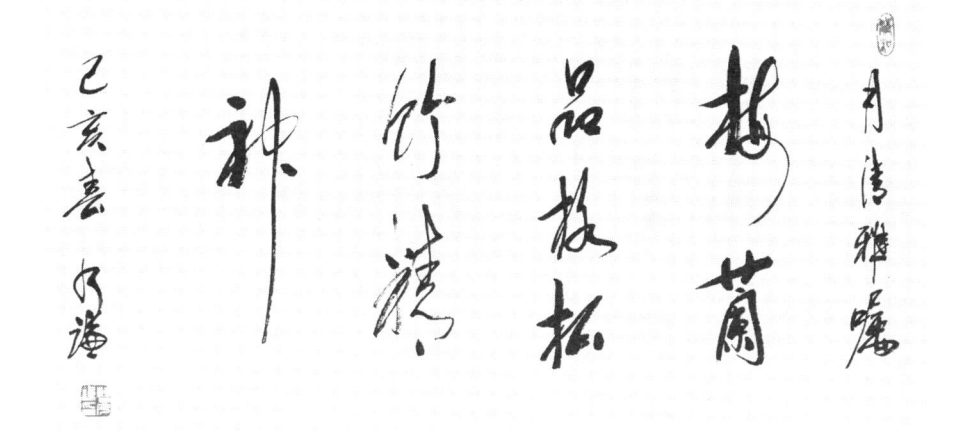

*梅兰品格，松竹精神*

从这八节的选题上，就能看出，作者是要坚决地捍卫"砚以用为上"这一观点的正确性。作者认为，"假如'砚以用为上'的观点被所有人抛弃，那砚文化的消亡就将是一个无可奈何花落去的现实。现在，强调'砚以用为上'，仍是捍卫'砚之为砚'的正道。"

作为读者的我呢？同意他这个说法吗？想想，同意。

作为一个喜好书写毛笔字的我，同意他的这个说法吗？想想，不仅同意，而且是要举双手赞成。

作者的《咏砚六绝句·其五》："怕见龙蛇砚上蟠，竹梅如戟怯毫端。箕形抄手素池味，古调虽高人不弹。"能看出作者对于"砚不为砚"现象的那种痛恨和无奈来。

看了作者的《谒南华寺四首》后，再回头看前面的《咏砚六绝句》。

这十首绝句，整个是，大有启功绝句之风。读后，真真地佩服，叹为观止。

又看几页，后面又有诗了，是书法家喜欢的、也常有书法家写过的诗：

　　桃花尽日随流水
　　洞在清溪何处边

纵使晴明无雨色
入云深处亦沾衣

须倩东风吹散雨
明朝却待入华园

诗里有画，美啊美。如果再有人让我写条幅的话，那我就把上面的佳句写给他。遵作者嘱，落款写为"宋蔡襄诗"。

作者在书里提到了一个人，还说他是个书法家、收藏家。

人从宋后羞名桧，我到坟前愧姓秦。

非礼勿言。不提他最好。

第十八章是《色砚楼改制砚手记》，作者说，有些砚，看了不顺眼。于是，我也购来凿、锉、铲、锥、磨、尺等制砚工具，闲暇时动手改制、修正自家藏砚，并且还上了瘾，并且还称作是"对'砚以用为上'这一宗旨的身体力行"。

五篇手记的最后，还发出"砚都不成立，那些名贵、美丽、石品、文化传统，只能是皮之不存，毛将焉附"的感叹。

他对砚的修正，让我想到了我的一块砚。

我说过，我写小楷是用砚的。

我这方写小楷的砚很好看，也就是我的巴掌大小，只是比巴掌略微窄点，形状是条卧着的牛，牛身上还有个牧童。牧童是爬着的，两手里还牵

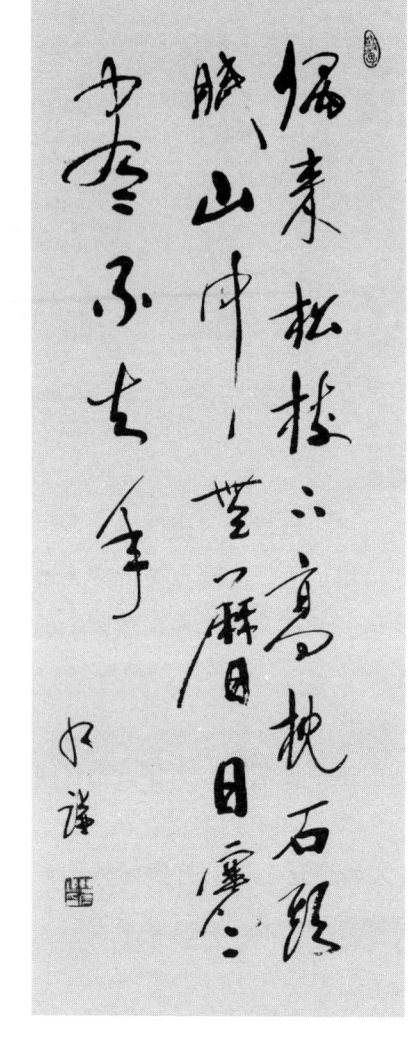

偶来松树下，高枕石头眠
山中无历日，寒尽不知年

桃之夭夭，灼灼其华。之子于归，宜其室家。桃之夭夭，有蕡其实。之子于归，宜其家室。桃之夭夭，其叶蓁蓁。之子于归，宜其家人

着从牛耳拖出的缰绳。那是"文革"时在北京的天桥旧货市场里买的。我是属牛的，又喜欢写毛笔字，一看好玩儿，就买了。才花了五块钱，现在我五千块也不卖。

这方牛砚，整体颜色是黑的，但牧童的头顶和牛角的突出部分，有点儿发暗红。不过，这得注意观看才能看出，不专门看，一眼是看不出来的。

买的时候，它的外面就是光光溜溜的，现在用了五十多年了，更光溜了。看了《砚的魅惑》后，我才知道，这种光溜，是该称作"包浆"才对。可惜我不懂得，这是哪种砚石。这要是叫作者看了，一定知道。

我这里要说的是，我的这块砚，让我给破坏过。那是因为倒的墨水干了，我用小刀往起刮干墨，干墨被刮起了，可我发现，本来是平平的砚堂留下了一道道的沟痕。

好不心疼！

我决定学习色砚楼主，去买砂纸，把这沟痕磨平。

作者在辑三专门写端砚的魅与惑。再次呼吁说，只有经由"用"而产生的"爱"，才是对砚的真爱。人和砚，不用而爱，就好比是无性婚姻；用而爱，就好比婚姻中的性生活的和谐。"砚以用为上"，既是人欲，也是天理。

吾心匪席，不可卷也。这是我写过的第二幅篆书，以后再没写过，觉得不如写行草来得利落

作者也写书法，这是肯定的，要不的话，怎么能一而再、再而三，再三、再四地说"用"呢？作者自谦说，谈论书法有点儿心虚。功夫本来就不够，自从玩砚以来，练习的时间更见少了。还是应该回归到下功夫的正路上来，大量练习，舍此无途。

《砚的魅惑》里也提到了墨，说好的砚台下墨快。开始我不知道"下墨快"是什么意思，后来懂了。

他说的下墨快主要是说砚，而不是说墨。可这让我想起小时候。

小时候，磨墨那是表哥的事。他求我给写仿，他还不给磨磨墨？小时候的墨，都是到乡里的供销社买的，牌子就一种，叫"金不换"，小的一毛一块，大的五毛的。不管是小的大的，磨出的墨汁那才叫香，墨香。

大庙书房的陈先生骂我表哥和一个叫张灵世的表弟，说他们两个是肚里没有墨水的笨柴头。他们两个后来为了不当笨柴头，每人大大地喝了一口现磨出来的浓浓的墨汁，喝得嘴里黑乎乎的。巧的是，第二天正好表哥答对一道问题，他高兴地说顶事。可后来就不灵验了，又喝了几次都白喝。

作者说他过目的砚台，数十万方，藏砚上百。说这还称不上是藏家。可我，想了想，统共只有六方。这里面有四方还是人让写毛笔字给我的。

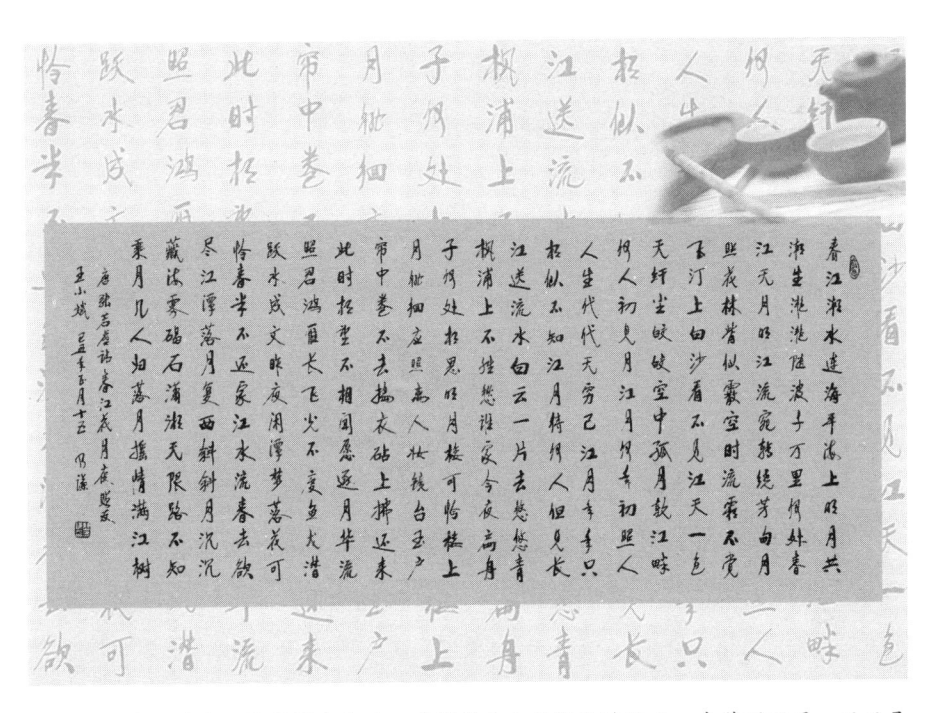

己丑年正月十五是我的出生日，我的此生也只能是过这么一个花甲日了，而正是这一日，我为小斌写了这个《春江花月夜》，缘分，缘分

这时，我倒想起个好主意，以后谁要是想叫我写毛笔字，那好，给我买砚瓦去。至于贵贱好赖，我不管，你看着办。

我觉得这也公道。

作者在书的最后说："砚石是有生命的，而客寓人世的我写下的文字，更是如同水鸟在水面上划过的痕迹。世界丰饶，而《砚的魅惑》微妙，向永恒和丰饶致敬，我也只能是如此而已。"

这里，我却要向《砚的魅惑》致敬！

因为，是这本书，让我想起了砚。让我这个写了六十多年毛笔字的人，从头开始来认识砚。

# 快乐围棋

那年春天，上海市公安局邀请公安作家们到他们那儿开笔会，把我也叫去了。回返的时候，他们没给我买到直接到大同的卧铺，只买到了回北京的。到了北京，正赶上"五一"客运高峰，在火车站我排了足足有两个小时的队，才买到了一张回大同的站票，没座儿。晚上十一点半开车，早晨七点多到。

没座儿就没座儿吧。从家出发的时候我妈有点儿感冒，还带点儿发烧，已经出来十多天了，不知道她老人家吃了我给留的药，好了没有。我急着回家，站就站吧。

我是在车厢口站着的。我的挎包里装着报，准备着哪时候站不行了，也可以把报铺在地板上，坐下来。

我站着的位置距离一、二、三号座位近，听着她们的谈话，知道那几个年轻姑娘都是在天津读书的大学生。她们都说着大同话，也都是想妈妈，急着要回家。

这一车人都说着大同话。我想这肯定是专为回大同的人而开设的一趟车。

这次我在上海买了一根紫竹箫。为了保持身体的平衡，也为了缓解疲劳，在车上我就一直拿这根箫当拐杖，拄着它。那个姑娘老看我的这根箫，最后终于向我提问说："这么多孔，您这不是拐杖吧？"我说："是箫。"

"哇，这就是箫？那您给吹一曲。"她说。

"好。"我说。

我忘了我吹了一支什么曲子，当我吹完，周围的乘客都给热烈地鼓起了掌。

"来，您坐，您坐。您坐着吹。"她说。

"谢谢，谢谢，谢谢。"我说。

我相信那个时候，无论是谁，都不会谢绝而不坐。

那个好女孩儿，与她的另两个同学挤在了我的对面。

为了感谢她的座儿，为了消磨时间，我一直吹了下去。一次一次的掌声，鼓励着我一曲一曲地吹了下去。

站着的乘客都围过来了，听我吹。

"你在哪儿工作？"一个小伙子问我。

"市公安局。"

"你贵姓？"

"曹。"

"那你是，曹乃谦？"

"是，我是。"

他说"幸会幸会"的同时，和我热烈地握起了手。

他说他叫李逸民，在市检察院工作。他解释他是哪个"逸"时说："兔子坐车。"

一个"兔子坐车"，把大家逗得哈哈笑，那三个女大学生还笑个没完，笑完，想起还要再笑。

相互问过年龄，原来逸民才比我小十一岁。我们又谈起了别的爱好时，都说喜欢喝啤酒，还喜欢下围棋。

一说围棋，我发现，他的眼里在放光。

回了大同的第三天，逸民就把我请到他家，又喝啤酒，又下围棋。他还拿出他发表的散文让我看。他那次去北京，就是《中国检察报》（1996年1月1日更名为《检察日报》）约他去改稿。当时没有宽带网，为快，改个稿子还得作者本人亲自去。

我俩交上了朋友。

逸民的棋力不如我，但他的精力比我强，他从来没有主动说"乏了，缓缓哇"这样的话。他连着下一天一夜，还是那么的精神十足。我可不行，我往往是下到最后就眼皮发涩，脑子也糊涂了。这时候他就能赢我，不管开始他输多少局，这时候他就很响地一拍巴掌，然后两臂一举，高呼说："最后的胜利是人民的！"他说这是毛主席的持久战。

"咋的？不服再来一局。"他说。

"来就来。"我说。

可下着下着，我又迷糊了，又输了。

他说："还不服？再来一局？"我说："服了服了。"我真的是服了，毛主席的持久战，就是厉害。

逸民说他还有个围棋朋友，叫顾晓，在市委宣传部工作。也是个一下围棋就忘了吃饭的爱好者。

在李逸民的儿子李小白过圆锁儿的那个酒席上，我和顾晓见面了。逸民邀我俩，吃完饭就到他家。

那是我们三个人头一次下棋。那以后，隔个三天五日的就要聚在一起，先下棋，后喝酒，喝酒的时候谈文学、谈写作，不是事前商定好的谈，而是谈着谈着，就谈到了这个话题。

顾晓是市委宣传部理论科的科长，也经常在报上发表个散文呀，诗歌呀什么的。

也不知道是在哪一天，喝完酒后，三个人定下来一件事，那就是：每一个星期聚一次面，但必须得每个人往出交一篇稿子。见面后，两个人下棋，另一个人给看稿子。中午喝酒时，交流对稿子的看法，提出修改意见。

时间是定在每个星期六，地点就定在我的办公室。我在单位负责编一份儿内部读物，一个人占着一个办公室。

中午吃饭就到十八校门口的包子铺，距离公安局不到三百米，步行去就行了。这个包子铺干净，饭菜好吃，价格也合理。还有一个是，老板娘年轻又漂亮，也热情。有她在顾客面前绕来绕去，下次你肯定还想来。

参加山西省第六届业余围棋赛，图中是我，右边是继文。此相片是省报记者拍摄

老去老去，就连服务员我们都能叫来名字了，有的还想叫我们给她介绍个对象。

我们一直都是喝啤酒，一直都是每人三瓶。有时候喝得高兴了，每人再上一瓶。喝着喝着，再上一瓶。喝得别的顾客早走光了，还喝。喝得员工们都开了饭，还喝。最多一次，每人喝六瓶。喝得和晚饭连在了一起。但我们也不是醉得东倒西歪的样子，回了我办公室还要下棋。酒喝多了，都也发挥不出个正常水平了，可正这个时候，是越下越有火儿。下起了火儿，给家打个电话说不回了。继续下，下着下着天快亮了。顾晓说不行，得躺会儿，说着，往沙发上一窝，就打开了呼噜。我也说有点儿迷糊，想睡。逸民不让，他不下出个最后的胜利是人民的，是不会罢休的。

第二天是星期日，不下了，各回各家。说好的是一个星期下一天嘛。

我们的这个又下棋又写作的做法得到了各自家人的支持，家人包括妻子和孩子。我的独生女儿已经结婚，另过了。逸民和顾晓他们两个的孩子都在念初中。顾晓的女儿叫月月，她就说过她爸爸："这样好，你别成天就玩儿，也像人家曹大爷，就玩儿还就要写。"妻子们的说法是："想下下去哇，总比到歌厅到舞厅好，总比耍麻将赌钱好。"逸民和顾晓的老婆

1989年《人民公安》的唐楠编辑（左）和省公安厅的干部来大同采访我。我戴着的帽子是我爹爹的遗物，有人说这是本山帽，我说这是列宁帽

都说过"有曹老兄带着，出不了问题"这样的话。这种信任的言外之意我懂，因而也感到了责任的重大。

我们的这种做法，被我们称作是"驴儿也爱，马儿也爱"。

我们的这种"驴儿也爱，马儿也爱"的做法，最明显的效果是，逸民和顾晓他们两位不断地在报上发表文章，领了稿费，喝酒。

喝着喝着，话多了。

喝着喝着就自封三人是松、竹、梅岁寒三友了。

谁是松谁是竹谁是梅？三人一致主张用抓阄的方法来决定。

我和服务员要来笔，在三张餐巾纸上写下"松""竹""梅"三个字，团成蛋儿。因为是我做的阄儿，那就让他们先抓。他们两个人各抓了一个，给我剩一个。逸民打开一看，是"竹"。顾晓打开一看，是"梅"。留给我的，当然是"松"。

天意！

三个人里面，我的年龄最大，逸民为二，顾晓为三。抓的阄儿也正好依次是松、竹、梅这个顺序。

天意！

干杯！

从此，我们三人就称作是松、竹、梅了。每喝酒，就说："来！松、竹、梅，干！"当然也说："来！驴儿也爱，马儿也爱，干！"

大同的作家里，我老早就认识了王玉田，他在市委宣传部文艺科当过科长，跟顾晓也熟。后来他调到大同日报社当纪检书记。顾晓和逸民一有稿子就找他，这样稿子就能上得快些。

玉田也好下围棋。最初，玉田下棋好悔步，但他还不承认是悔步。"我看看，我看看。你走这一步的话，那我看看。"就说就把棋悔成原来的样子。"噢，如果这样，我看你咋应？"又不是赢房赢地，谁也不那么认真，悔就悔上几步。这盘棋他要是赢了，你如果说他是因为悔了步才赢的，他就说："那不叫悔棋，我是复复盘，我又没悔棋。"

玉田也好喝啤酒。我们经常在一块儿又下棋又喝酒。一喝酒就少不了为"松、竹、梅"干杯，于是，玉田就也想有个我们这样的雅号。这好说。不管他的年龄大与小了，我们把他列为四，称他作"兰"。这样，我们就不再是"岁寒三友"了，而是"松、竹、梅、兰四君子"了。

一晃，几年过去了。

我们单位的一把手犯了事，被人举报了，又换了个新的一把手。新的一把手和旧的一把手一样，上台先抓纪律。黑猫白猫他不管，逮住耗子逮不住他也不问，就让你乖乖地卧那儿。还左一条右一条，订些条条框框，其中有一条是：没正事，不许领外人到办公室，双休日也不行。谁要违反，扣你工资。

真扣假扣不知道，但五十多岁的老同志了，让人家说一顿不好看。我们就把活动改在了报社玉田的办公室。可他那儿，没个好吃饭的地儿。下完棋还得大老远的去找饭店，很不方便。

我建议说："咱们干脆就在家里下。我是松，我打头，然后往下轮着来。"大家都说这真是个好主意。我们于是都和老婆商量，老婆们都同意。她们大概是都想到：反正是羊毛出在羊身上，在家吃饭省钱。

一个星期玩一次，一个月四次，正好是一个月各家轮一次。各家的老

三友

婆好像是在比赛厨娘手艺似的，看谁给大家吃得好，吃得香。顾晓说有几个菜他做得拿手，让提前备好料，他要给展示厨艺，让主妇当他的下手。

铲子在哪儿，勺子在哪儿，各种的调料面又都在哪儿，他啥都不知道，都是在哼五喝六的喊叫声中让主妇来伺候。

"快！酱油！""来了，来了。"

"味精！""这儿，这儿。"

厨房烟腾雾罩、乒乒乓乓、呜嗷呐喊，好像是在打仗。

菜上来了，味道还真的是不错。

酱油土豆条这道菜，我就是跟他学的。

四君子的第一次正式比赛，也是在我家举行的。结果是，顾晓第一。喝酒的时候，我们共同举杯，为他祝贺。我们还为他发了个奖杯，在易拉罐上用刀刻上字，记录着时间和冠军名字。说好是下一届比赛还用这个杯，把时间和第二个冠军也刻在上面。可后来这个奖杯找不见了，一定是我的妻子把这个空易拉罐儿给当废品卖了。

顾晓很拿他的这个第一当回事，动不动就说："平时输赢无所谓，正式比赛我才跟你们认真呀。"实际上我们四个人的围棋水平相差不大。逸民的特点是：下得慢，考虑得周到。顾晓的特点是：收官早，好脱先。玉田悔棋的毛病后来硬是让我们给制止住了，他的特点是：数目快，也准，说你贴不出目，你就是贴不出目。我的特点是：行棋快，跟着感觉走。他们还叫我游击队，意思说我走棋不按棋谱来。

在以后的多次比赛中，大家都也得过第一。也说明，实力相差不大，如果相差太大，也不可能老在一块下棋。

大同地方不大，慢慢地，都知道有个松、竹、梅、兰四君子了。都知道这四君子有四爱：棋也爱，酒也爱，驴儿也爱，马儿也爱。于是，又有棋也爱，酒也爱，驴儿也爱，马儿也爱的人加入了进来。

这次又加了三个人，有工商局的罗欣、政协的志英、医药公司的小苏。他们一致请求给他们也排个雅号，我们就称罗欣为"菊"，志英为"莲"，永华为"桂"。这样排下来就是，"松、竹、梅、兰、菊、莲、桂"，号称"快乐围棋七贤人"。

在罗欣的引介下，我们又认识了刘老。刘老快八十了，但很精神。他个头不高，体态不胖，看背影就像个小伙子。刘老可是个老棋迷，为下棋，专门买了电脑，上网下。可又让网上的无赖棋手们，把老汉气得快要往烂砸电脑。自从认识了我们，他就成天给我们打电话，盼望我们到他家下棋。最后我们定下来，还是星期六，全体到他家。

刘老家就成了我们的快乐围棋社。

在大家的提议下，我还专门为我们的快乐围棋社写了个条幅。当中是"快乐围棋"四个大字，右面提的小字是"乐在其中"。广州的《南都周刊》记者甘丹，那次来采访我时，正赶上是星期六，我就把她领到了快乐围棋社，她还给我们在"快乐围棋"条幅下拍了好几张相片。

快乐围棋七贤人加上刘老，八个人。我们没有什么纪律约束，有人来早，有人来迟，有人家有事来不了就来不了了，但每次总能开三盘棋。

刘老家不大，只有五十多平方米，我们占一间大屋耍。圆桌上一盘，床上两盘。床上的两盘距离近，棋手们就下自己的还就给另一盘的人支着儿。

下棋应该是安安静静地动着脑筋思考，我们下棋可不安静。逸民好说个"算你厉害"，但往往是走得顺手了才这么说，他要是静静地不言语，

由我带队的大同市云中十二子代表队，2014年参加了山西省第六届业余围棋赛。这是我在大厅宣传栏前的留影

那他就是快输了。志英好说个"到底年轻"。他也不说谁"到底年轻"，是自己还是对手。另外，输了可以理解是因为"到底年轻"而输了，赢了也可以理解是因为"到底年轻"而赢了。要斗起火了，大家都好说个"就不让你活"，另一方则说"我就要活"。再说下去就是：

"这盘就是棋输了，我也不让你这片活。"

"我这盘棋就是不赢，我也要活这块儿。"

于是别的棋手们也都停下了自己的棋，围过来观战，插嘴，最后的形势是，全体人马形成两党，战成一团。

玉田走了好棋，好哼个歌儿，哼得哼得不哼了，他发现刚才是估错了形势。小苏走了错棋好给自己一个小耳光，还不住口地骂自己"真臭"。顾晓输了棋能麻烦得一黑夜睡不着觉，就连吃饭喝酒时也在说"好好的一盘棋，就是那步。唉，好好的一盘棋"。

我最怕跟小苏下棋了，怕的是他的那种磨。他的拇指和食指捏着一个棋子儿——他的这个持子的方法叫人看着别扭——在棋盘上好像工兵扫描似的移来移去，可这个子儿他就是不往下放。好不容易等得他放下了，你正考虑着落你的子儿,他又"噌"地拿起来。你说"不许悔棋",他说"我棋还没搁稳呢"。他这一拿起来,就又是半天不往下放。有时候我就催他:"轮谁走了?"他头也不抬,就考虑就说:"我,我。"有时候我又说:"你再不下子我可睡觉呀。"他说:"睡哇,轮你走我肯定叫你。"

刘老的楼下不远的地方有个挺大的小饭店,吃饭的人还挺多。我们每次是中午一点半去,这时候吃头派儿的人才往下撤,我们才能有位子坐。

最初在刘老家下棋,每次都是刘老请客,刘老说是表示"对大家来家的"谢意。可不能老是这样,最后定下是每次来个积分儿赛,分儿最低的人请客。后来发现这也不行,因为分儿低的人老也就是那两三个人,不能老叫他们请。于是在刘老的建议下,又改成轮着来。大家都很自觉,轮到他请客的时候,家有再大的事也都要以下棋为主。

刘老上年纪了,我们不主张他喝酒,别人一律是每人三瓶。因为还要下棋,谁也不许再加。

爱好归爱好,但实话实说,我们的围棋水平一般,顶好也就是个业余二三段的实力。在大同市来说,只是属于中等。大同有证书的业余五段就有好几个。

后来又有人想参加进我们的快乐围棋社,我们不要了。我们开玩笑说:"武大郎开店,比我们高的不要。"实际上我们不能要的人再多了,再多刘老家也放不下。还有一个问题是:我们每次总想用大循环的方法决出个名次来,人多了就循环不过了。

我们只把裴永康请为教练,把刘英请为顾问。裴永康是大同围棋界的二流水平,刘英是一流水平,跟他们下棋人家就得让我们子儿,这就没意思了。他们各有各的事,也不常光顾我们,即使是来了,我们也并不真的就让他们教练什么和顾问什么,我们也不跟他们下棋,我们只让他们跟我们喝酒。

大同市的围棋协会把我和玉田推举为副主席,把逸民和顾晓吸收为常任理事。松、竹、梅、兰四君子都进入了大同市的围棋协会,这让我们的

"快乐围棋七贤人"都很高兴,高兴得决定参加一下在大同市举办的全省"云水杯"围棋比赛。

参赛人一百多,太原来的棋手全是些小朋友。跟小朋友比赛,我们觉得有点儿欺负人家,没想到,比赛的结果是:我们全让人家给"欺负"了。不仅是我们七贤人让人家欺负了,大同市的高手们都让人家欺负了。那次的冠军是太原市的一个十六岁的少年。原来人家早已经是业余五段,这次就要晋升成六段了。

这次比赛,让我们认识到:赛场,那不是我们去的地方,我们有我们自己的天堂,何必要到那个地方让人去宰割。

我们下围棋只图快乐,何必要到那个地方去体会"头上直冒汗"的感觉。

我们决定再不参加什么比赛了。那是棋界里鹰们的事,我们这些麻雀们,还是钻在蒿蓬窝里自娱自乐的好,还是来我们的快乐围棋好。

# 年龄大　棋龄长

大同要出一本关于围棋的书了，书名叫《棋闻弈事——大同围棋风云录》。这实在是个大好事。这个大好事是由张眉平和王玉田二位有识之士发起，并且亲手主编。我说"亲手"是指，现在常常有某某大人物主编了什么什么大著，实际上是挂了个名儿。眉平和玉田不是挂名，他俩真的是从头至尾事事操心，具体操劳，亲手操作。

张王二主编跟我约稿，说书里有个辑目是"作家与围棋"，想把我的收集在《你变成狐子我变成儿狼》和《安妮的礼物》两本散文集里的四篇文章收进去。我的这四篇文章是《快乐围棋》《快乐十君子》《云中十二子》《快乐棋社》，都跟玩围棋有关。

我当然同意。就把这四篇文章的电子版，发给了眉平。

过了些时，眉平又跟我联系，说让我给这本书写个序言。我说："这我可不会写，再说我的围棋实在是太差劲儿，没资格来写这么重要的文字。"他却说："曹老您最有资格了。"我说："我能有啥资格？"他说："大同还在继续下围棋的棋手们，最数您年龄大，最数您棋龄长，所以说，最数您有资格。"

哦，年龄大、棋龄长，而且是"还在继续下"。想想，那就只有是我了。

论年龄，用现时的说法，我属于40后。而我棋龄也确实是不短，至于"还在继续下"，那是肯定的，只要我有口儿气能拿得动棋子儿，那我就

2013年，南岳很不容易下了一场雪，让我给赶上了

要"还在继续下"。

我最初见到围棋是在小学时。几年级记不住了，反正是大同人民公园东湖的西岸刚修建起长廊后，我们一伙小孩子们就常常到那里去耍。长廊是南北方向的，足有二百米。中央有个大房子，叫歌舞厅。有个星期天我又和小朋友们去那里耍的时候，见到有两个人，盘腿坐在歌舞厅外的南边台阶上，下围棋。

当时我又不知道人家那是在做什么，只是觉得好奇，就站在旁边观看。看着看着，我觉得那俩人很像是在玩我们小朋友玩的那种"羊吃狼"游戏。羊又吃不了狼，可好多羊把狼围得没路可走时，羊就算是把狼吃了。

玩"羊吃狼"一方是狼一方是羊，可他们好像都是羊，一方是白羊一方是黑羊。

狼吃羊的棋盘是在地上画着的，他们这也是画着的，但不是在地上，是画在一张黄色的布上。每个人跟前有个小布袋，一个人的布袋里装着黑色的子儿，另一个人装的是白色的。不管是黑色的还是白色的，那子儿还都是鼓肚儿，放在棋盘上时，还有点儿摇晃。

又看着看着，我看出了些门道，我看出，只要一搁哪个子儿时，中间的一伙子儿就要被吃掉。

有意思，有意思。

我问那两个人说："叔叔，你们这是耍啥呢？"用白子儿的人回答说："围棋。"

见他们不讨厌我，我试着跟装白子儿的那个口袋里捏出一个棋子，感觉是沉沉的。可又感觉不出这是什么东西做的。狼吃羊是孩子们捡的石头子儿，这难道也是石头的？我想再多捏几个棋子在手里，好试试它的重量，可一伸手，黑子儿人说"别动"，吓得我不敢动了。

那以后，连着好几次去公园时，我都要去歌舞厅南面找那两个人，可一直再没有见到。

当我在九岁时也学会下围棋时，常常能想起那两个人。那是谁跟谁呢？一直也不知道。

我是跟我们圆通寺的慈法师父学的围棋，师父在"文革"中被三中的红卫兵逼得上了吊，他家的棋也被作为是封建社会的四旧给没收了。可我还想耍围棋，想跟我们街坊的小朋友耍。我们就到商店去买，售货员不知道围棋是什么东西，我说像扣子，售货员说想买扣子到那头去。我想这倒是个好主意。主意是个好主意，可实际上没闹成。我先买了一百八十一颗黑扣子，可无论怎么转都配不上和黑扣子一样大的白扣子。我只好把那一盒黑扣子全给了我妈，我妈骂我说"你一满是疯了，买这么多扣子做啥"。

后来我们又想起个好主意，买了三斤木匠用的那种泥子，又跟本院儿刘叔叔要了白油漆黑油漆，动手做围棋，很顺利，很成功。棋子的手感也好。既然展开摊子，干脆就一鼓作气做了两副。

老王是我们街坊十多个朋友里唯一的一个有工作的，在大同日报印刷厂上班。他比我大五岁，还是个独身，家里没别人，就他自己。老王的家就是我们的围棋俱乐部。我是当然的教练。我把我知道的都教给了他们。

过年了，我给老王的门外写了一副春联：自信对弈三千局，我被你输四万子。横联是：其乐融融。

我们判断输赢不是数目，是数棋盘上的"十"字儿，我们叫数子儿。当时我们不知道有数目这样的说法，所以我在春联里说的是"我被你输

与棋友、同事向东对弈。巧的是退休后我们成了住一栋楼的邻居

四万子"。

可就在大年初一的夜里，我们正其乐融融的时候，老王家的门被踹开了。闯进一伙端着步枪的人，叫我们不许动。然后用绳子把我们像拴牲口似的拴连起来，带到了街道的群众专政委员会，也就是"文革"前称作派出所的那种地方。

我们做的两副泥子围棋也被带走了。

群专的怀疑我们是一个反革命集团，说我们的围棋是炸药，说我们预谋炸平旺电厂。

群专的问："对联是谁写的？是什么意思？为什么不写革命的新春联？你们想和谁对着干？"

秀才遇见兵，有理说不清。我说不出为什么没写革命的新春联，也说不清要和谁对着干。

后来，经过化验，棋子不是炸药。经过分析，那副对联和反革命宣言也不怎么能挂上钩。我们被关押了三天放了出来。出来之前每个人都写了保证书，保证再不私结社团。还勒令我们换上革命的新春联。我负责换对联。换成了：春风杨柳万千条，六亿神州尽舜尧。横联是：造反有理。

放出来后，我们继续玩儿。

玩着玩着，有一个小伙子来找上门了。他说听说你们这里有伙儿下围棋的，想跟你们学学。

想学那就教教你。老王先教，我二教，可最后的结果是，我们一盘没赢，让人家给把我们教了，教得还不轻，都是不到中盘就败下阵来。老王谦卑地说："请问高手贵姓大名？"高手说："免贵姓裴，叫裴永康。"他临走时留下句话："你们学学吴清源吧。"从那以后我们才知道大同下围棋的人很多，也才知道地球上有个围棋大师叫吴清源。

我们不去学谁，我们这些"不知有汉，无论魏晋"的桃花源中人，继续瞎玩儿我们的。尽管是瞎玩儿，但我们也有很严格的规则，一是"落子生根不悔棋"，二是"观棋不语真君子"。如果谁憋不住想支着儿，下棋的人就说"身边无青草"，下话是"不要多嘴驴"。

我们就这么瞎玩儿瞎玩儿的，瞎玩儿了三十多年后，进入了我在《快乐围棋》里叙述的时间段，开始了"松、竹、梅、兰四君子""快乐围棋七贤人""云中十二子"时代，继续瞎玩儿。一直玩到了退休八年后的今天。这样算算的话，眨眼工夫，我的围棋已经是瞎玩儿了五十多年了。

十多年前，我也闹了一个业余三段的证书。是真的通过比赛得来的，不是托关系走门子得来的。因为我最痛恨虚假，我绝对不会用不正当的手段来损坏自己清白的名声，玷污围棋纯洁的黑白。

但因为自己从来没看过棋书，没打过棋谱，更没拜过师学过艺。玩的时候全凭跟着感觉走，所以棋艺一直没什么长进，将永远要停留在业余三段的水平那是肯定的。

张眉平、王玉田二位主编，他们不计较我的棋艺差，让我来给这本书写序。在感激他们错爱的同时，我又觉得有点儿很不好意思。答应吧，心中有愧。推却吧，又觉得有点儿不识人敬。我就跟眉平建议说："我看这本书就不要上序言了。"他说："不行曹老，已经给您空好了，三千字。"

哎呀呀，这是非要打着鸭子上架。他又在电话里说了些别的理由来，最后说是"非曹老您莫属"了。我这个人耳朵根软，吃不住人硬劝，只好是说:"好吧,那把书稿拿来我看看。"

过了些日,他让志强把书稿送来了。

志强送来的其实不是书稿,已经是书的大样。看看目录,确实是给我空着序言。这下死心了,硬着头皮写吧。

这本大样四百六十多页,厚重是足够了。

内容如何呢?翻开看看。

一看,放不下了。

本书的正文是章回样式的,总共是十章。每题的章目都由上下两句联成,虽不刻意追求对仗工整,但也诗意盎然。如,"北京知青棋坛播火种,大同古城弈苑结硕果""名城纹枰风云起,弈林好汉排座次""云中弈苑双十二,擂台对抗各称雄""世上颜色何为贵,唯有黑白最纯真"。看过这十个章目后,你非得想知道知道内容是怎么回事不可。

让我拍案叫绝的是,正文每章的前边,都选七言古诗一首。就形式来说,极像是章回小说的"有诗为证";就内容来说,所选用的古诗,或赞颂或咏叹都是对弈围棋的作品。足见编者的独具匠心和博学才情。

这十章是由不同的作者编写,风格虽不统一,但各有各的好看。在每章的后边注明是由谁谁执笔,我的看法是,用"执笔"不如用"撰稿"。或者是,"执笔""撰稿"都不提,括号里写着作者的姓名就行了。

第十章里的"花絮集锦",个个都把我笑得肚儿疼。顶数"烧塌锅底"逗人而且不可思议。电炉就在身边,上面的水锅早开了,下棋人不知道。一锅水熬干了,下棋人还不知道。锅底红了,下棋人还不知道。等一盘棋下完了想起喝水,转身一看,电炉早把锅底烧塌了,烧塌了的铝锅,就在电炉上套着。这两个下棋人,一个叫张眉平,一个叫刘大庆。

正文后面是附录,《作家与围棋》和《棋人棋事》,都是署名文章。读后使我有种顿开茅塞,胜读十年书的感觉。

他们咋知道的那么多,就连老薛,也是一套一套的。他说:"想下好围棋,提高修养,还要参透棋理。"他列举了几点:一是……二是……三是……,条条都头头是道。读了老薛的文章,我明白了,为啥老薛棋力大长,看来是有原因的。

哇!围棋原来还叫手谈,还叫坐隐,还叫烂柯还叫别的啥啥啥的,居

受香港浸会大学文学院邀请，2005年12月，作为访问作家的我（前右一）在那里驻校一个月。同时受邀的还有七位外国作家和一位台湾的作家

然有二十多种叫法。这我可是头一次听说。我最喜欢的是"木野狐"，意思是说围棋就像是迷人的狐狸精。太对了。我在本书的《快乐棋社》里就说过，这辈子能使我陶醉的是音乐，而最使我着迷的就是围棋。有人问我说："那爱情呢？不陶醉不迷人吗？"我回答说："所谓有爱情和围棋比起来，快快地让她站一边儿去吧。"

看着看着，我笑了起来。王玉田《我与棋友们》讲的"北插"白菊生，当年因为跟朋友下围棋，把订婚的事居然"忘得一干二净，女方请了一堆亲属朋友，终不见新郎出场"。看来，这个白先生跟我一样，也是个被木野狐迷得让爱情站远靠后的人。

我越看越想看，越看越上瘾。

真好，这本书真好。

谢谢眉平，谢谢玉田，谢谢各位撰稿人。

# 第五辑

## 《三市家的故事》序

女儿曹丁小时候，比一般的孩子说话早，而且吐字也清晰。有一次住院输液，同病房的另三个比她大的小孩儿，都不会发"姥姥"的音，一个发"rǎo rao"，一个发"wǎo wao"，另一个是"gǎo gao"，只有曹丁会发"lǎo lao"。

曹丁不仅是语音清晰，她说起话来，表述还清楚。甚至是还会跟你"搅"辩。我在给她做的日记里，1979年9月20日记着的是：

> 丁丁对爸爸说："我也不知道你一天忙什么，老不回家看孩子，也不管他孩子有病没病。"爸爸说："你说什么？"她说："我不是说您，我是说别人。"爸爸说："说别人也不行。"她说："我是说我做了个梦。"

当时她是三岁半多点儿。那年我在忻州窑派出所上班，单位离家四十多里，工作忙起来常不回家。如果说头一句是因为她听了妈妈或是姥姥对我的埋怨，而记在了脑子里，那后两句可就是她自己在"搅"辩当中的即兴语言了。

1979年12月2日我给她记的日记是："丁丁近日来常好说些自编的顺口溜。看完电视《三凤求凰》后，睡觉时又信口拈来四句：'三凤求凰，刘鬼寻张，梅花飘香，电灯亮堂'。"曹丁姥姥有文化，新中国成立前在

女儿曹丁近照

浑源县的教会学校里当老师。在姥姥的启蒙下，曹丁能背好多好多唐诗。人们说"熟读唐诗三百首，不会作诗也会诌"，曹丁的这首《三凤求凰》四言诗，诌得好。细细想来，还有创作的成分在里头。

再长大了些，我们常领她去看电影，看回来她就给姥姥讲，大概的意思都能讲出来。最让我吃惊和赞叹的是，看完印度电影《大篷车》，她能从头到尾，都把故事讲下来，当中还模仿着里面的舞蹈，给姥姥表演，还学着用电影里的印度语歌唱。

再以后，她放学回家给我们讲学校里的事，老师的事，同学的事，一件事接着一件，把我和她妈笑得肚子疼，她停下不讲了，可我们还想听。

小学时，语文老师布置家庭作业，让写日记。别的学生发愁，不知道该写什么。可曹丁捉起笔就写，或者是三百或者是五百字，不停顿不修改，一口气写完，有的能上了一千字。我说："来，我检查检查。"可我常常是看着看着就看进去了。她的情节叙述或者是细节描写，常常使我动容。她这样的日记本，写了好几本。我拿到单位，同志们都争着传看。

她大学毕业后的那个假期，我工作很忙，可又想听听她讲学校的事，她说："爸爸，我给你写，写出来你多会儿有时间多会儿看。"就这样，没用一个月时间，她把她上大学的事给我写出了厚厚的一百多页稿纸。我算了算，三万多字。哇，这根本就是一部中篇小说嘛。

女儿曹丁的这本长篇小说《三木家的故事》，是湖南文艺出版社于2017年出版发行的

所以说，我从来就不怀疑曹丁的写作能力。

2000年曹丁得了甲亢。一般人得甲亢两年左右都会治好，可曹丁的甲亢十五年都没有治好。这期间，女婿陪她跑北京跑太原，找了不少名医，可治疗结果都是一样：只要一停药，她的甲亢就会犯。医生分析说这可能与她先天心脏不好有关系。而长期的甲亢又会增加她心脏的负担，医生怕引起房颤，就建议她避免运动，多静养。于是曹丁就向学校请了病假，在家静养。

可总待在家里又过于无聊，她便出于兴趣试着写剧本来消磨时光。她先是把我的几篇小说改写成了剧本，又用了将近一年的时间，写出了一部她自己原创的剧本《三木家的故事》。剧本里面的人物，三木就是五岁前的她妈妈。但也算不上是原型，仅仅是个影子。剧本中故事发生的时间是从1948年到1953年间。我看了以后，觉得不错，认为整个故事是很好的小说题材，要是能写成一部小说就好了。曹丁说她试试。几个月后，她便把打印好的长篇小说《三木家的故事》拿到了我家。

我说过，我从来不怀疑曹丁的写作能力，而且从她当初把我的小说改编成剧本，我就能看出，她要写小说的话，也会是把好手。

2016年10月于槐花书屋

# 《祈祷》序

赵心瑞是我表弟的表弟媳妇。也就是说，她丈夫的姑姑，我叫妗妗。我的舅舅是她丈夫的姑夫。我计算不出该怎么称呼她才正确，于是我就截近道儿，叫她表妹。反正我的表妹数不清，多她一个也无所谓。她也不在乎我叫她什么，顺着我的板往下唱，叫我招人表哥。

招人是我的小名儿。

她要出书了，让我帮忙。我说："尽力尽力。"她说："到时你还得帮我个忙。"我说："没问题没问题，你说吧。"她说："你先答应我，我再说。"我说："答应答应，你说吧。"她说："给我这本书写个序。"我"啊！"的一声，倒吸一口冷气。

我是吓了一跳。

这可怎么办，我可不会来这个。写序该说些什么，我真的半点儿也不知道。但既然答应了人家（实际是让她给绕住了），那就得说话算话。

我把她的全部书稿要过来，一篇一篇，从头看起。看着看着，看进去了。五十多篇，十六万言，一字不落，一口气看完。

说老实话，有些名家的作品，我也不会看得这么顺溜。比如，托老的那些夹着长篇大论的小说，我看不进去；莎老书里的厨娘和皇后说话是一个腔调，也让我看不上眼。还有那些打死也不想往下看的名著，更是数不清。

但在这里，我得承认一个事实。那就是：我不好吃鲍鱼，不等于人家鲍鱼不好；我不好看的书，不等于人家这书不好。只能说明我短浅的目光看不懂人家的深奥罢了。

我喜欢心瑞表妹的这本书。

这本叫《祈祷》的书，对我的阅读口味。我喜欢写实的作品，这本书里全是写实的，不是写虚的。我反感那些玩儿虚的文章，空棱扡架没东西不说，还往往是那种雾雾罩罩的装腔作势，让人心烦。

为人是实实在在的好，写文章也该是实实在在的好。

我说的"实在"，在这里是指两个意思。一个是作品里的内容，一个是写作的手法。

就作品的样式来说，在《祈祷》里分三种：小说、散文、游记。但不管是小说，也不管是散文，还是游记。我认为赵心瑞写的都是真的。写人，是真有过那个人；写事，是真有过那件事；写游记，她也是真的去过那个地方；写感受，也真的是发自她内心的想法。一句话，不是胡编乱造，都是她经历过的，是她的成长痕迹，也是她的心路历程，是她在写她自己。

我的看法是，那些好的作家的好的作品，大都是在写自己。

《简·爱》，人人都说这是部好书。实际上，夏洛蒂·勃朗特还写过别的书，但有几个人知道呢？人们只知道她的《简·爱》，而这本书，作者写的正是她自己的事。她当过家庭教师，她心里头爱着那家的男主人。

读者们一提杰克·伦敦，首先想到的是他的《热爱生命》，而作者真的淘过金，至于极度饥饿的感觉，作者体验得那是最深刻不过的了。再拿歌德的小薄本《少年维特的烦恼》和他的鸿篇巨制《浮士德》做个比较。虽然后者是歌德用了毕生的精力写成的，而催人泪下让读者喜欢阅读的，还是前者。尽管《少年维特的烦恼》是作者年轻时的作品，但那毕竟是他自己有过的经历和感受。

我看好《祈祷》的另一个原因是：写法上的实在。书里所有的篇什，都是用朴实自然的语言和现实主义的手法，来写真实人和真实的事。

有的作者好用花里胡哨的语言来写作，看似华丽艳美，实际上并不如他自己认为的那么神采飞扬。我一看这样的东西就头晕。我在一篇《创作谈》里说过这么一个观点：小姑娘喜欢花花绿绿的衣裳，随着年龄的增

2018年农历正月，在姨姨的女儿二子家。二子女婿三娃是那顿饭的主厨，比饭店做得香。从左到右是：小贾、丁丁、碧华、军娃、姨妹、我、妹夫、三娃、二子

长，她慢慢地就朴实些了。所以说，看作品就能看出谁还是个小姑娘。

心瑞用朴素的语言、朴素的方法，讲述朴素的人、朴素的事。这会让读者感到亲切、可信，从而也就会如我这样，一篇一篇地往下看的同时，或者是联想起了周围的哪个人，或者是回想起了自己过去的哪件事。这本书的可读性也就在这里。

所有的好作品还有个共同的特点，那就是细节写得好。

再好的情节也会让人淡忘，而最后让人记住的，往往都是那些感人的细节。《祈祷》里不缺的就是这种使人难以忘记的细节。我不想大量地举例，那没必要，让人家读者自己去看就行了。

这里，我只说说《老实人老张》。我认为，这真的是篇好小说。有点儿契诃夫小说的味道。故事是说，住在六层的老张，雇人修理楼顶。工匠们把楼顶上的太阳能热水器取掉，楼顶修完后又给重新安装好了。故事就是个这，简单得很。可里面通过一个又一个的细节描写，把个老张刻画活了，就像他在你的面前站着，你一伸手就能把他摸住。最后，你还不由得会发出一声感叹：唉——这个老张，也太老实了。

这时我想起我岳母讲过的一个真事：邻居求我岳母给他独生子介绍个对象。我岳母说："你那真是个好孩子，真老实。"邻居一听生气了，

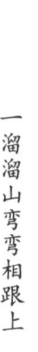

2006年我五十七岁，正在吹箫

说："你一天说我孩子老实老实，我孩子咋老实了。就叫你说我孩子老实老实，说得没人给介绍对象了。"

这个邻居把"老实"误解成"窝囊"，所以不想让人说他孩子老实。可我们面前的这个老张，他可是真的有点儿窝囊，窝囊得你真想上去打他一顿才解气。读者又为什么会有这种恨铁不成钢的联想？这，就是那一个又一个的细节描写，使得你不得不得出这么一个结论：细节描写好了，就能产生出这种效果。

"一串串迷人的语言，是一碟碟可口的酒菜；一个个感人的细节，是一杯杯醇香的啤酒。小说里面如果没有这两样，那你就别想把人给灌醉。"这是我在《我的创作观》里的一句话，当时我说的是小说。而在这本《祈祷》里面，迷人的语言和感人的细节到处都是，小说里头有，散文里头有，就连她的游记里头也有。

我还认为，这三种文学样式里，心瑞表妹最数游记写得好。有情有景，情景交融一体；有诗有画，画在字里行间。看完她的游记，我真想去去她说的那些地方。

有的人写序，总要在最后提提作品的不足之处和存在的缺点，总要给作者指明一下今后努力的方向，以及如何改正、如何进步什么什么的。这种序作者有种居高临下的妄自尊大，以为自己就是祖师爷，别人就是孙子辈儿，得听他的教导今后才能有出息。我觉得这种序作者实在也是可笑得很。

我在火车上碰到这么个事。有个三十岁左右的少妇在织毛衣，看样子是个初手，手法不很熟练，动作慢慢地。但从上车开始到故事发生的时候，也打了有三十公分的进度了。这时，她对面有个五十多岁的妇人说："看你打毛衣真麻烦，你那叫什么针，你那不对着呢。哪有这样的花样儿，应该是这样的。行了，我教你。拆了拆了，我教你。不就是十来分钟的点儿事嘛。"说着，老妇从少妇手里拉过那半截毛背心就拆。少妇以为碰到高手了，可以好好儿学学手艺了。就眼看着那个妇人"嚓，嚓，嚓"地把自己六七个钟头织的活儿拆成了毛线。正在这时，火车停了。那妇人往窗外一看说："呀！我到了。"说着站起来就往车外跑去。

我认为，想帮助人的话，批评是最差的选择，鼓励才是最好的方法。所以我在这里就不说《祈祷》的坏话了。要不，我也就成了那个拆人家毛衣的老妇人了。

2006年11月于槐花书屋

# 《泉水》序

　　三年前，戴老师送给我两本装帧精美的书，一本是由他牵头主编的《云中古代诗集注》，另一本是他的专著《紫砚集》。那时候，我经常跟戴老师在一起喝啤酒、谈文学，可从没听他说过要出书的事。这正是应了那句"真人不露相"的老话。

　　《紫砚集》二十多万字，收集着戴老师的六十多篇散文。其中有部分篇章我以前读过，这次我一并儿从头看起。我这样做并不仅仅是出于对戴老师的尊重，更主要的是我看了头一行就想往下看第二行，看了头一篇就想往下看第二篇。就这样，一鼓作气把这本书给看完了。

　　那时候我的老母还健在，记得她老人家问我说："你看书呢，咋就笑？"一会儿又说："你感冒了，鼻子忽吸忽吸的。"我不是感冒，是感动。我是叫《紫砚集》里的那些人和那些事给感动了。书里好多的细节使我忍俊不禁，又有好多的情节让我泪流不止。

　　还记得有个文友给我打电话说："嗨！我在'文萃精品书屋'发现一本书，叫《紫砚集》，作者戴绍敏是咱们大同人。"他还跟我说这本书写得好，比某某（原话不是"某某"，原话有名有姓）的那些书好多了。好家伙，这评价真够可以的。可惜我没读过他说的那位某某的作品，要不，我就会知道这位文友的说法是否正确。我只知道和那些轻飘飘看完就忘的书相比，《紫砚集》有玉石般沉甸甸的东西在里头。

　　戴老师在我念初中时教过我们语文。我特别地喜欢上作文课，因为戴老师每次给我的作文分都打得很高，不是第一就是第二，第三的时候很少。他在云中大学任教时，听说我被吸收为中国作家协会会员，向我表示祝贺，我说："没有您的培育，中国作家里头没有个叫曹乃谦的人。"

虽说是教语文，可戴老师对俄语也很通，新年联欢他就给我们唱俄语歌。有一次俄语期末考试，正好是戴老师给我们班监考。他每次走到我跟前，就用手指头点一下我的卷子。我发现凡是他点过的地方，都因为自己粗心而做错了。要不是有他的"指点"，那次我就有可能不及格，得补考。后来我跟戴老师谈起这件事，他连连地摇头，笑笑地说："不会吧，我哪能那样。"

除了文学，我和戴老师还有好多的共同爱好，比如书法、品箫、养花、喝啤酒、熬着夜也要看洲际级以上的足球赛等，还有一个是：酒喝多了就唱歌。放声唱，不怕吵了左邻右舍。霍师母轻叩着饭桌为我们的歌声打着拍子，师妹、师妹夫们为我们拍手叫着好。

戴老师一唱《苏武牧羊》就流泪，我一唱"想你想你真想你，抱住枕头亲个嘴"就伤感。我们不是那种瞎红火，我们都很投入。我们也合作，戴老师用俄语唱《小路》和《山楂树》，我用口琴当风琴给他伴奏。一家人都夸赞我们的这个表演很精彩，应当作为一个保留节目。

有个星期六，我在戴老师家又喝多了，吼唱乏了就躺在三人大皮沙发上睡着了。醒来后才知道，为了让我躺得舒服，戴老师给我把

1993年我在圆明园遗址留影

鞋也脱掉了。他还紧靠沙发并排摆了两把椅子,把我挡住。他是怕我给滚到地下,摔着。顿时,我感受到了一种久已没有感受过的慈父般的温暖。同时也感悟到,戴老师的《紫砚集》为什么写得那么感人,因为他原来就有着一颗金子般的心。

戴老师又要出书了,书名叫《泉水》。他让我在书的前头给"说上两句"。我说:"我可不会写序。"他说:"咱们这不叫序,叫放在前头的话。"我说:"放在前头的话那该说些什么?"他说:"文无定法,想说什么说什么,想起哪句说哪句,随便说。"

遵照戴老师的指示,我就随便说了上面的这些话,放在前面顶是个代序吧。关于《泉水》的内容,我就不说什么了,请尊敬的读者朋友们自己去看吧。

我相信,只要读者您把书打开,那甘甜的泉水就会汩汩地、汩汩地流进您那焦渴的心田。

2006年8月于槐花书屋

# 《流水四韵》后记

我是母亲抱养的。母亲在八十岁的时候，得了疯魔病，就怕离开我。成天幻觉着我被人活埋了，叫汽车撞死了，或者是有一伙人正在殴打我。我不忍心把她送精神病医院，而是在家里伺服她老人家。我在上班时，也得在当中回趟家，叫她看着我还活着。我跟记者们说过，搞创作需要全身心地投入，而照顾老母也必须得全身心地来奉献，我认为二者不可兼顾。我决定先当孝子，后当作家。

当时汪老还健在，我把我的这个情况跟汪老说了，汪老说不能写完整的，积累些素材也行。听了汪老的，在这五年当中，我积累了大量的素材，为长篇《母亲》的写作做好了准备。

2002年年底母亲去世了，料理完丧事已经是2003年的年初。在不尽的思念中，我动手写《母亲》，可我一写就伤心就流泪，痛苦得写不下去。人们都劝我说，母亲刚去世，你还没有跟悲伤的情绪中走出来，放放再写吧。于是我就把长篇《母亲》的创作放了下来，写别的。

就在2004年的夏天，我又得了急性胆囊炎，疼得我死去活来，住院后大夫给我做了剖腹手术，把胆囊摘除了。伤口一拃长，元气大损。这以后，我原本也不健康的身体，一下子给拖垮了。

在创作出版了长篇小说《到黑夜想你没办法》、中篇小说选《佛的孤独》、短篇小说选《最后的村庄》三本书后，我于2008年年初，又打开了长篇《母亲》的素材库，重新动手写《母亲》。

这是在西城墙上拍的。城墙里面右边，就是让我常梦见的圆通寺。1958年我九岁时，我们家搬进这里，直到2000年因母亲年迈，才最终离开这里住在我家

我有个毛病是，一写作就进去了，进入到了写作内容的时空里。老伴儿喊我吃饭，她还得大声些我才能听着，才能把我的魂儿，跟另一个境界喊回到现实。

因了这个毛病，我在写作《母亲》中，经常是悲伤痛苦，泪流满面。老伴儿经常笑话我说："呀，又哭了。"

我在悲伤痛苦中，含着泪，往下写。写着写着，在2008年的夏天，又不幸得了脑血栓。

大夫说，我的脑血管里有四个地方有血栓。栓块虽然都不是很大，但也不是小到能够很容易地就把它溶化掉。大夫让我注意这注意那，提了很多的建议。可我紧注意慢注意，这个病还是经常发作。每次发作的程度不等。大部分是一过性的，一分钟半分钟就过去了，就正常了，只是给我提个醒，看看是哪方面又不注意了。可有时候就不是那么容易地给过去，这就得到医院。

几次大的发作里，其中有两次是我正处在写作长篇《母亲》的状态中。我先是感觉到敲键盘的右手指麻木，紧接着右脚趾麻，右腿麻。心想，坏了，发作了。试着说话，舌头僵硬，发不出正常的语音。来势汹汹，不像是一过性。一分钟过去了，两分钟过去了，势头不减，只好到医

院。

大夫帮我分析说:"这是因为写作时情绪太过激动而引起的。"

写别的题材,我倒也能平平静静地来写,可一写《母亲》,无论怎样地努力,总是平静不下来。

大夫建议我:"想写写点儿别的吧,把《母亲》的写作搁一搁,要不的话,你小心瘫痪。"

我不怕死,我怕瘫痪。

听了大夫的,我把长篇《母亲》的写作,再次搁了下来。

几年当中,我又出版了三本书,两本散文集和一本中篇小说选。

2013年年初,云南的《大家》跟我约稿。我又尝试着写《母亲》,但这次我是一小篇一小篇地来写。写出一篇来,隔一段时间再动手写下一篇。我就用这种断断续续的方法,写出九篇散文,冠名为《初小九题》,给了他们。没想到这个《初小九题》受到了我国著名的评论家王干先生、瑞典马悦然先生和他的夫人陈文芬女士的好评。他们都写了评论文章,与我的《初小九题》同时刊登在《大家》2014年的第一期。

在他们的鼓励下,我又以这种散文的样式,断断续续地于去年的夏天,写出了《高小九题》。

正打算停下笔来,多歇缓缓些时日再动手,上海的生活·读书·新知三联书店的编辑关雪莹跟我联系,她说看过我的作品,很喜欢我作品的那种充满着生活气息的语言和韵味,问我手跟前有书稿没有。我回复说:"有一半,另一半还在继续写。"她问:"写的是什么题材?"我说:"我只会写生活,永远都是在写生活。"她说:"那好哇,那我们三联书店跟您正式约稿了,希望有机会能做您的责任编辑。"我说:"那太好了。"

能在三联书店出书,我很高兴。

能让懂我作品的编辑来为我编书,我很高兴。

但我怕犯了病,仍然是不敢往快写,仍然是慢慢腾腾地循序渐进着。于是,又花了半年的时间,断断续续地写出了《初中九题》和《高中九题》。

四个九题加起来,是三十六题。

2016年12月参加全国作家代表大会时与中国作家协会李锦琦先生在北京饭店大厅

  这三十六题散文,都是跟长篇《母亲》的素材库里整理出来的。因此,每篇看上去好像是在说我,实际上都是在写我的母亲。

  今后,我打算继续用这种方式,一节一节地,九题九题地制作下去,最后再加工整理出一部完整的长篇小说,把她献给我恩重重如山、恩深深似海的,自私又高尚、眇小又伟大的母亲。

  这个散文集子,最初的书名是《流水四章》,三联书店他们建议改成《流水四韵》。

  想想,韵好。更像是一个散文集的书名。

  那就《流水四韵》了。

  这里我要特别地谢谢关雪莹!

  是她,使得我有了这本《流水四韵》。

2015年3月于槐花书屋

# 《清风三叹》后记

当《清风三叹》书稿的最后一题收尾后,我长出了一口气,我放心了。最起码,我的散文版的《母亲》应该是完成了。

这下好了,即使我因了身体的情况不能再写,那也不怕了,因为我总算是有一个完整的散文版《母亲》版本,可以呈献给我仙逝十五年的母亲了。

散文版的《母亲》,还包括去年出的《流水四韵》和《同声四调》,加上刚完成的《清风三叹》,这就是三本书。

这三本书,我都不是一气呵成地写成的,而是一题一题地、断断续续地写出来的,总共写了九十九题。再加上早以前就写出的、后来编辑进《伺母日记》书中的前九题,那就是一百〇八题。

我这一百〇八题,都是从长篇小说《母亲》的素材库整理出来的。

当《清风三叹》完成后,我发现,这一百〇八题仅仅是使用了素材库里的一多半。也就是说,还有几乎是五分之二的素材没有用到。比如,我母亲关于与狼"斗争"的事例,"库"里还有好几个,最起码还有三起,很是精彩,但我没有用在散文版里。

还有好多我记忆中有趣的事也没写进来,如:我小时候早晨没起床时,见过我母亲偷偷梳辫角,照镜子,怕我醒来看见,后来又赶快解开。还记着母亲蹬着凳子刷房,把手里的白浆小瓷盆摔地上打烂了,她气得自己打了自己一个嘴巴,见我笑,她说:"你个哈货啥时候能给妈刷房?"

妞妞小朋友十六岁了，比我长得高。她要跟我学吹埙，我说你先学陶笛吧，比埙好学，可她说喜欢埙的那种古远的音色

记忆中，我的母亲经常是大打出手，打过警察，打过老师，打过……凡是欺负过我的人，她都打，而且还是从来都没有输过，有打必胜。后来我才知道其中的秘密，那就是出手狠，一下就把对手制服住，让对手感觉到自己不是对手。再一个是，必须得占着理。但不管是有理没理，她从来是只许她打不许我打。她说："谁打你，你跟妈说，你不许跟人打架。"我四岁才会站，她知道我软弱，谁也打不过。她怕我吃亏，不让我跟人打架。

我像是一只小鸡，躲藏在母亲张开着的翅膀下。因为有她的保护、保佑，我在不知不觉中，轻松地就度过了童年、少年，直到成年。

但在我母亲的眼里，我永远是孩子，永远得有人保护才行。可她也要老，后来又得了幻视幻觉症，她一定是意识到自己没能力来保护孩子了，她就把我嘱托给了慈法师父。照她的说法是，慈法师父去世后就上天了成佛了,能保佑我。她疯疯癫癫地从野坟地里抱回来一块石块,说是慈法菩萨,供养在家里。烧香磕头,祈求慈法保佑她的儿子。

这一百〇八题,每一题都能独立成文,总的连贯起来,也可以说是一个长篇架子。

我为什么不是直接把长篇小说《母亲》一气呵成地写出来,而是用这种方式,一题一题地来写散文,而且还是拖拖拉拉地写了五年多的时间?这个,我在《流水四韵》的后记里说明过,那就是,因为我的身体状况不好。最主要的病症是脑血栓。

可是,就在我写这个后记的时候,没想到我的这个脑血栓病却是又给发作了。

3月4日下午四点多,我和老伴儿正喝茶说着话。突然,我感觉到右脚发麻。紧接着,右手也麻木了。和以前我犯病的时候一样,来势汹汹。我说:"坏了,要犯病。"我老伴儿说:"你说啥?"可因为当时我的舌头已经僵硬,说话语音已经不清晰,老伴儿没听清我在说啥。我急急地向外摆摆手说:"快快!医院!"

我脑血栓每次的发作,头脑都很清醒。在出租车上,我用左手,从手机里找到了闫莉的号码,给她打电话说:"我又犯了脑血栓,正往你们医院赶。"她听不清我说啥,我赶快把手机给了老伴儿让她说。闫莉听明白后说,让曹大哥别急,我给联系一下。不一会儿,她来了电话,说:"联系好了,赶快到急诊找彭大夫。"

这个闫莉,就是我在《清风三叹》这本书里写到的闫老师的女儿,她现在是大同市第三人民医院的专家,院办主任。平时我一有个头疼脑热不舒服,就向她咨询,该怎么办。

这次,从发病开始算起,不到一个钟头,我就住进了大同市第三人民医院,躺在了神经内科的病床上,输液。

巧的是,晚上九点前,我输液当中,接二连三地接电话、接短信。

我在《清风三叹》这本书里写到了,七舅有六个孩子,四女二男。妙妙是我的大表妹,平平是二表妹,改改是三的,改存是四的。就在我刚躺在病床上输液的时候,妙妙给我打电话,问我:"在大同吗?"我说:

"在。"她说:"那我们四个人明天上午到你家看看表哥去。"我不想告诉她说我住院,这样她们还得来探视我,还得花钱,破费。可我舌头不好使,一说话她就会听出我不正常,我当下把手机挂断后,给她发短信说:这两天表哥有事顾不得接待你们,咱们以后再联系。妙妙回短信说:噢,我明白了。

妙妙很明显的是生气了,认为表哥是怕她们到家打扰。

不一会儿,丽丽又发来短信,说星期六想请我到家吃饺子。丽丽是我五舅的孩子,也是我的表妹。这本书里还专门有一章,写她。这次我干脆回短信说:我在外地,谢谢表妹了。丽丽说:那表哥回来就告诉我。我说:好的。

我不由得笑起来。自从我母亲和两个舅舅、两个妗妗都去世后,近几年我跟表妹、表弟们各忙各的,不多来往,可怎么偏偏是在我住院还不到半天的这段时间里,不住气地接到他们的电话和短信。真也是太巧了。

可是,还有比这更巧的。那就是,就在我住了院的第二天早晨八点前,我老伴儿推开病房门,冲我说:"招人你看巧不巧。"我一看,她身后跟着我的姨妹玉玉。我心想,玉玉咋就一大早就到医院来看视我,可我并没有告诉任何人我住了院。玉玉看到了在病床上坐着的我,一下子哭了,说:"哥呀,我脑梗死了。"

医院叫脑血栓病叫脑梗死。

原来是玉玉也得了脑血栓病,比我早半天住的院,而且就住在我的隔壁。我是一号病房,她是二号。我老伴儿说路过二号时往里看了一眼,一下子看到病床上坐着的病人像玉玉,推开门进房里一看,果然是玉玉。

从《清风三叹》里读者能看出,我和姨妹玉玉虽然是亲如亲兄妹,但却没有血缘关系,更不是有心灵感应的双胞胎。可这次两个人几乎是同时住院,而且是得着同一种病。天底下竟然有这么巧的事。

看着玉玉哭,我不由得为这个巧而笑了起来,连声说"真有意思,真有意思"。

玉玉的陪侍人当然是妹夫韩仁连了,那半个多月,我在输液当中想小便,都是让老伴儿把老韩叫过来,他高高地举着输液药袋,陪我去走廊的厕所。

奴奴跟我学葫芦丝，还说要跟我学二胡。有天赋的孩子不怕学得多，也不存在贪多嚼不烂的问题

后来我想，这难道是我的老母亲知道我有病住院了，在冥冥中安排她们来帮助我？

这次我在医院住了二十天后，我感觉头还有点儿晕，右手还有点儿抖，右嘴角还有点儿流口水。大夫说，可以出院了，给我开了好多的药，让吃一个月。并说一个月后，这些症状会有好转。另外还告诉我，有两种药必须是常年吃，这样，以后复发的可能性就小些。

回了家，尽管有点儿头晕，我还是打开电脑，接着写我的这个后记。

我在这本《清风三叹》里，写到了我在三十七岁时，怎么就想起了写小说。我还写到在写小说之前，我已经在政法机关的内部刊物上发表过了社科论文《浅论逻辑推理在刑事侦查中的运用》，后来我还写过刑事案例《迟了吗》，但投稿没被采用。我还试着写过一篇推理小说《第二者》，可是，让我妻子的二姐丝毫不客气地给否定了。

现在回想，我的案例和推理小说这两篇文章，即使不算是有意识地为写小说做准备，最起码算是一种在这方面的积累。于是我就把案例《迟了吗》和推理小说《第二者》，附录在这本书里，想让读者看看我的写作历程。

在二姐那里，我才知道文学有纯文学和通俗文学的区别，她说我最喜欢的《红楼梦》，就是纯文学的楷本。她还告诉我说，写自己，写生活，就能写出好的作品来。她还说，真实性，是纯文学的灵魂。她的观点对与不对，这是另一回事，可现在应该这样说，二姐是使我走向文学道路的导师。如果没有二姐对我的指点，我可能不会跟朋友打赌写小说。

好多年后我才知道，原来二姐也在写小说，她是要写一个《简·爱》式的长篇，已经写了好多好多的稿纸本子。可惜的是，她在一次犯病（精神分裂症）时全都给烧了。

这个后记我最该说的是，而且一直在提醒自己，一定在后记里提提这本书的最后一题——《伺母日记（下）摘抄》。

这一题里写到了我母亲的离世。这么重要的文章，我却是把简单的日记的样式就那么原文搬抄上去。按原来的计划，我是要把日记里发生的事整理出来重写，可每当要动手的时候，我就今天推明天，明天推后天，一推再推，动了几次笔，可都伤心地写不下去。最后，只好还是按《日记》原文选抄了。

我在《伺母日记（下）摘抄》里写到，我的母亲在她的神志仍然清楚时，躺在床上跟我说："招人，给妈拉一段。"我妈从来没有跟我说过这样的话，我赶快取出二胡，流着眼泪给我妈拉了一首她知道的曲子，"北风那个吹，雪花那个飘"，我妈闭着眼，笑笑地听，听着听着睡着了。从此，她再没有醒来。她那时候，一定是知道自己就要离去，于是她让儿子的二胡音乐，伴着自己步入到了另一个世界。

为了让老母听我的音乐，我在下马峪我的同胞大哥家里放了一把二胡。一回村，我就拉奏起来。"北风那个吹，雪花那个飘"，我的老母虽然是入土为安了，可我相信，我只要是一拉起二胡，我母亲就知道是她的招人回来了。我每次回村都还带着箫，到村外吹，就是为叫母亲听。后来我买了内蒙古民乐马头琴、新疆乐器热瓦普，我都是要专门带回到村里，

彤彤在外地读书，要跟我学乐器。我说那你学埙吧，好携带，可她最后选择了箫。女孩吹箫，首先给人的感觉是高雅

坐到村口拉，拿到村外弹，为的是叫我老妈听。老妈，我又买了新的乐器，您认不得，这叫马头琴，这叫热瓦普。老妈，您听。

她老人家虽然是已经仙逝而离我远去，可在我写《清风三叹》时，我经常是一天接着一天，连续地在梦中与我的老母亲相会。更准确地说，是生活在一起。给她劈柴，给她担水，给她做饭。有时候去看她，她却是锁了家门出去了。我等呀等，等着她回来。有时候等不住，有时候就等住了。我看见她很健康的身影后，真高兴。这一切的一切，就像她还在活着一样。

我不知道，是不是在那个时候，老母的灵魂可是真的回来了？

我相信是真的回来了。于是，每当我早晨醒来，不再悲伤，我相信在下一个夜里，还能与老母相会。

我在最后一题《伺母日记（下）摘抄》里，只写到了老母去世，以后的事，没再往下写。

就是在安葬老母亲的那天，我才知道，我除了有一个姐姐、两个哥哥，我还有个妹妹。我是共和国的同龄人，而她是1950年出生的。

曼琳（中）是我教的第一个葫芦丝学生，学了一个假期，就把三级曲子《月光下的凤尾竹》吹得有声有色有味道了

天上掉下个好妹妹，这太让我惊喜了。

在我同胞大哥他们的全力帮助下，我把老母安葬好之后，我便与大哥、二哥、姐姐、妹妹他们相认了。我妈活着的时候，我是不敢公开与他们相认的。而现在，我把大哥家当成了我的家，一回了下马峪，就自然而然地住到了大哥家。一年好几次，时长了就想回下马峪。回的时候我还到城里把二哥也约上一起回，弟兄们说呀，笑呀，其乐融融。

我是乐在其中的当事人，而我的妻子想到了一个问题，她说："你的老妈真伟大。"我说："你才知道我妈妈伟大吗？"她说："你知道我指的什么吗？"我问说："是什么？"

她说："你想到了没有，小时候你妈把你从人家家给弄走了。可现在，你妈在去世后，这是把你又还回了人家家。"

哇！我可真的是没有这么想。但想想，也真的是这样。

我想起了我妈那次跟我大哥说的那段话。那是在《编辑部九题·钗锂村》写到的：

说的是回钗锂村，十五这天，我妈在出了应县城后，却让四蛋把车开到下马峪。

原计划，我自己给我爹上坟，我妈要来就来吧。上完坟，老母又让我引着她到曹甫谦家。

老母跟甫谦大哥说："五大妈跟你说个事。"大哥说："您有啥事吩咐哇。"老母说："五大妈要是死了，你得帮着招人打发五大妈。他啥也不懂的。"大哥说："看您说的。精精神神的说这话。"老母说："五大妈跟你说正事呢。"大哥说："这还用说。有那一日的话，我会尽全力的。"老母说："有你这句话，那五大妈就放心了。"

想想当时我妈的安排，分明是已经想到：我死后，就把你兄弟招人还给你曹甫谦。而实际上也是这么回事。

而她更想到的是："有你这句话，那五大妈就放心了。"把招人还回你家，那我的招人就不会孤单。

实际上更也是这么回事：母亲虽然是离我远去，而我一点儿也不感到孤单。

太伟大了！妈妈！

2017年清明节于槐花书屋

# 我所认识的曹乃谦（代跋）

吴 丽

2012年10月22日，湖南文艺出版社在上海书城，为著名作家曹乃谦举行"曹乃谦文集"新书发布会。来自全国各地的新闻媒体有三十多家。备受记者关注的是：瑞典皇家学院院士、诺贝尔文学奖终身评委、著名汉学家马悦然偕同夫人陈文芬，也受邀来到了发布会现场，参加此次活动。

身为诺贝尔文学奖的终身评委，马悦然这是首次出席一位中国作家的作品发布会。在会上，他还把自己因翻译曹乃谦的长篇小说而于2008年所获得的瑞典皇家科学院"雷特斯泰年度翻译奖"证书原件，在众记者的掌声之下，亲手赠送与曹乃谦。随后，马悦然夫妇与曹乃谦一道，共同接受了记者们的采访。

曹乃谦的这套文集包括，一部长篇小说，两部中篇小说，一部短篇小说集和两部散文集共六种。而使媒体记者备感兴趣的是，马悦然撰写的《一个真正的乡巴佬》，是曹乃谦文集六本书的总序言，而他的夫人陈文芬又为其中的三本书，分别做了书跋。诺贝尔文学奖评委作序，夫人作跋，曹乃谦这套文集的分量之高，可想而知了。

从第二日开始，各家媒体就对此新闻争相报道。记者屠晨昕报道说："昨天下午，在上海书城举行的曹乃谦作品新书发布会上，马悦然坐在曹乃谦身边。另一边，则是马悦然的妻子、台湾女作家陈文芬。在莫言捧得诺贝尔文学奖的热潮持续发酵的当下，'中国还有谁能捧诺奖'成为热门

我和吴丽在她的办公室

话题。而作为热门人选的曹乃谦，这次恰到好处的露面，吸引了全国数十家媒体的追访。"

这位备受诺贝尔文学奖评委关注、吸引了全国数十家媒体追访的著名作家曹乃谦，正是我们警界的一员。

20世纪90年代初，笔者从部队复员后，被安排到大同市公安局城区分局北街派出所。当时我就经常听人说起，市局有位很了不起的作家，叫曹乃谦，他的很多小说作品被翻译介绍到国外。由于自幼热爱文学，我一直都想拜访拜访这位前辈。

真正接触曹乃谦老师，是在2005年年初。我写了一篇纪念父亲去世一周年的散文《爸爸，我想您》，让市局工作的同学拿给曹老师看看。曹老师看后说，文章写得很感人。

一个雪花漫舞的晚上，我们几位在公安系统工作的同学，邀约曹老师坐在农家饭店的大火炕上，吃着地道的大同土饭，喝着云冈啤酒。我们争相倾诉着对曹老师地道的"莜麦味儿"小说佩服之情，同时也好奇地打探着曹老师的写作历程。酒到三巡话正浓，这时有人提议曹老师唱首"要饭调"，曹老师没拿捏，就那么地站在了大火炕上，动情地唱起来：

"对坝坝那个圪梁梁上那是一个谁？那就是你那要命的二妹妹。你在圪梁上我在沟，亲不上嘴嘴招招手……"

荡气回肠余音绕梁，原生原态，泥土芳香。

那晚，曹老师鼓励我为他主编的市局内部综合期刊《云剑》投稿。我担心自己的写作能力不济，有些犹豫。曹老师说："小朋友，你咋想的就咋写。但，语言切忌花哨，文章贵在真诚。"

从那以后，曹老师见了我总是"小朋友，小朋友"地称呼我，而我在他面前也不再拘谨了。慢慢地，我对曹老师逐步地熟悉了起来。逐步地知道了他的从前，也逐步地知道了他的现在。

1949年的农历正月十五，曹老师出生在山西应县的一户农民家里。他上面有两个哥哥一个姐姐，他们个个儿都聪明伶俐、天资过人。七个月大的他更是人见人爱，谁见了都想抱抱。三十一岁的邻居换梅格外地看好他，经常把他抱到家里玩儿，有时还搂着他过夜。有一天的凌晨，她就抱着他急匆匆地向北走去，一直走了两个白天一个黑夜，把他带到了远离家乡一百八十里的大同市安家落了户。

1968年，曹老师从大同一中高中毕业，别的学生都让撵到了农村插队去了，他是独子，而被照顾到了大同矿务局红九矿当了井下装煤工。因为有文艺特长，下了半年井后他被抽到矿"毛泽东思想宣传队"弹三弦，后来又被调到矿务局文工团，打扬琴、拉小提琴。因为他不认为《苏武牧羊》是投敌叛国的曲子，而跟领导争辩，领导把他开除出文工团，打发到一家工厂当铁匠，让去"接受工人阶级的再教育"。三天下来，十二磅重的大铁锤，使得他满手都是血泡。

春节，他为他们的铁匠房编写了一副对联：锤声震撼旧世界，炉膛炼出新宇宙。横联是毛主席诗词的一句：黑手高悬。就是这一副对联，改变了他的命运。1972年10月，在贵人陈师傅的帮助下，曹老师成了大同市公安局矿区分局的民警。最初是在分局办公室写文字材料，后来到了忻州窑派出所当户籍内勤。1978年，他调回了市公安局二处，搞刑事案件的侦破工作。由于成绩突出，1981年被评为出席省公安厅的先进工作者。

因为好看书，曹老师常买书。天长日久，家里到处都是书。有个小时候一起长大的朋友指着他的书橱说："你的书是不少，但有一本你却没有。"他问："没有哪一本？"朋友说："书名不知道，但作者知道。"他问："作者是谁。"朋友说："曹乃谦。"

曹老师当时就和朋友打赌，说："写一个给你看。"朋友说："写出来不算，发表了才算。"

曹老师谎说给单位写结案报告，在家里偷偷地写起了小说。他也瞒着单位的人，白天还在继续工作。他每天在孩子和妻子睡着后动手写，写到伤心处，鼻子发酸，热泪盈眶，有个半夜，实在是难以控制，便禁不住趴在写字台上放声痛哭起来。惊醒了另一个屋睡觉的妻子，过来问他："写个结案报告，你哭什么？"

这篇小说就是曹老师的处女作《佛的孤独》，当时他不懂得中篇是多少字，短篇又是多少字，他信马由缰地写了两万多字。编辑部嫌长，让他删节成了八千字，发表在大同的《云冈》上。

那是1986年。当时曹老师已经三十七岁了。

那个朋友不服输，跟他继续打赌。他又写了一个短篇，又发表了。朋友还不服气，说："你两篇都是发在大同的杂志上，你一定是跑了关系。你有本事在北京发一篇才算。"曹老师一生以来最痛恨的是"跑"那种行为。为了证明自己不是靠"跑"才发表小说的，曹老师又动手写了第三篇，写好后，给了北京文学杂志社编辑部。让谁也没想到的是，他的这篇小说一下子给打响了。文学大家汪曾祺老先生为这篇小说写了专评，与这篇小说同期发表在《北京文学》1988年的6月刊上。

这第三篇小说就是曹老师长篇小说《到黑夜想你没办法》的前五题。原名是《温家窑风景》，经过汪老的点石成金，题名改成了《到黑夜想你没办法》。

和朋友打赌打出这么个结果，实在是出乎意料。《到黑夜想你没办法》引起了海内外文学界的关注，也引起了他本人的关注。从那以后，曹老师就用不着再和别人打赌，而是主动地写起了小说。

1989年，大同市公安局调整基层班子，曹老师被调到了政治处宣教科任科长职务，但级别明确说，是科员。他不在乎什么级别，他在乎的是有了写作的时间。

1991年曹老师接到了一封外国来信，打开看，是马悦然翻译了他的小说，给他寄来的样刊。从此，中国的这位警察，进入了诺贝尔文学奖的评委的视线。

马悦然是诺贝尔文学奖十八个评委中唯一熟悉中文的人。2005年9月17日他在北京大学外国语学院答记者问时说："曹乃谦是山西一名普通警察，但在我看来他也是中国最一流的作家之一。"还说："他与莫言、李锐都有机会获得诺贝尔文学奖。"就在那年的10月22日，在李锐、蒋韵夫妇的陪同下，他专程来到山西大同会见了曹老师，并在曹老师的家里与台湾作家陈文芬举行了订婚仪式。

同年，由陈文芬任主编的曹老师的长篇小说《到黑夜想你没办法》在台湾出版了。2006年，由马悦然翻译的瑞典文的《到黑夜想你没办法》也出版了。2007年，大陆版的《到黑夜想你没办法》也与读者见面。

2007年，曹老师的短篇小说选《最后的村庄》被《深圳商报》评选为"年度十大好书"；中篇小说选《佛的孤独》被广州的《南方都市报》评选为"年度十大好书"；长篇小说《到黑夜想你没办法》被《人民日报》等三十多家全国新闻媒体评选为"全国十大好书"。曹老师的三本著作在同一年先后被评为"年度十大好书"。这一年的11月28日，瑞典国家电视台一行三人，专程到大同采访了曹老师。

2008年，马悦然翻译的《到黑夜想你没办法》一书的瑞典译文，获得了瑞典皇家科学院"雷特斯泰奖年度翻译奖"。

2009年，曹老师的《到黑夜想你没办法》英文版被美国哥伦比亚大学出版社出版，同年入围美国最佳英译小说奖，并与两位诺贝尔文学奖得主帕慕克的《纯真博物馆》、勒克莱齐奥的《沙漠》一起进入最后的复评。

2010年，法文版的《到黑夜想你没办法》和瑞典文版的《最后的村庄》也相继出版了。

曹老师给中国的警察在世界的文坛上争得了荣誉，也争了光。

中国的文学评论界把曹老师与已故的文学大师沈从文相提并论，称作"沈从文的湘西，曹乃谦的雁北"。曹老师台湾版的四种书和这次湖南文艺出版社出的六种书，都把"沈从文的湘西，曹乃谦的雁北"这段话，赫然醒目地印在了书的封面上。

曹老师被文学界认为是乡土作家，他的公安题材的作品也因带有着明显的乡土味道，而被警界所看好。《人民公安报》记者唐桂荣先后两次采访并报道了他的事迹。他的公安文学作品先后三次获得了公安部的奖励。1990年，小说《老汉》获得"当代人民警察"文艺作品二等奖（一等奖空缺）；1994年小说《斋斋苗》获得"全国公安报刊优秀作品"二等奖；1999年，小说《根根》获得"金盾文学"三等奖。他的公安题材小说《亲圪蛋》《斋斋苗》被同时收编进"当代中国公安文学大系"短篇小说集里。《斋斋苗》另被收编进全国公安院校教科书《中国公安文学作品选讲》里。

曹老师是个全才，他上小学前就会弹大正琴，会吹口琴，后来又学会了吹箫、吹埙，二胡、小提琴、巴乌、葫芦丝也样样都能。他自己作词作曲创作的《公安战士进行曲》获得1998年大同市歌咏比赛一等奖。

从小学二年级开始，曹老师就迷上了围棋。现在是大同市围棋协会唯一的一名总顾问。他的书法笔走龙蛇，独树一帜，行草有启功之秀气，范曾之灵动，深受藏家喜爱。2012年6月份云南曲靖举办的"清风化雨，检心为民"书画拍卖慈善活动中，他的两幅四尺对开书法作品以九万元的价格被一名喜爱者收藏，所得善款全部交由曲靖慈善总会，用于当地的救灾工作。我也有幸获得过他的一幅墨宝，"碰碰衣袖，他年之约"八个字，细腻、委婉、生动、隽永，谁见了都夸。

1998年，大同市公安局创办了一份名叫《云剑》的内部资料性的刊物。三个月出版一期，曹老师既当执行主编，又当责编和美编。采访、约稿、画版、编排都是他，他还得骑着自行车一趟又一趟地跑印刷厂校对。为了使刊物少出错误，曹老师每期至少校对五遍，而其中总有一遍是拿回家里，让妻子帮着他校对。

他差不多年年都被单位评为先进工作者，包括"廉政干部""优秀党员"等称号，还曾被公安部授予个人"三等功"一次。可到2009年，曹老师就要退休了，可一直都还是个科员。有的同事劝他说："老曹，你也到领导那里跑一跑，好歹弄个一官半职啊！"而曹老师却笑笑地说："这不是我'跑'的事，我的任务是把工作干好，别些事让领导去考虑吧。"

2009年2月28日，曹老师退休了。这个工龄四十年，警龄三十七年的老公安，却以科员的身份、拿着科员的薪水退休了。而他却是不埋不怨，无牢无骚。有些同事跟他说去找找领导。他去是去找领导了，可他没说自己的事，而是跟领导商量说："我退休了。你们看看《云剑》让谁接办呀。"领导想想说："别人也弄不来这个。我看你还给咱们弄吧。"

曹老师听了领导的，继续快快乐乐、尽职尽责地工作着，把《云剑》一期期有质有量地办了下去。

他在《云剑》编辑部工作十多年来，包括增刊在内，总共创办了五十五期，加起来有三百多万字。退休后的第二年，曹老师从这三百多万字里，编辑整理出了一本《云剑优秀作品选》，二十多万字，他本想出一本书，在回家前给他心爱的公安局留作纪念。曹老师还跟我说："封面也选好了，就是胡锦涛总书记接见你的那个照片。"但最终因经费不足，这件事只好搁下。

这两年中，常有同志们问他："你退休了还工作，单位没说给你多少钱？"曹老师摇摇头。同志们都知道，曹老师是不好意思问领导这样的事。这事他老伴儿也一次次地问过他，他没好气地说："老问这干啥！给呀，给呀，领导说了，等什么时候回家，一并儿结算。"他就这样一分钱不多挣，又在单位无偿地做了两年多时间的工作。

2011年的年底，快过大年的时候，曹老师脑血栓病突然发作，半身麻木，行走不便，舌头僵硬说不出话，他住进了医院。而这个住院的消息，他严密地封锁着。

直到两个月后，我才在《云剑》编辑部再次看见他。他正和他的老伴儿在办公室灰头土脸地收拾东西，地上有几个蛇皮编织袋，书呀、本儿呀的，杂杂乱乱，到处都是。

他的脸色苍白，说话没了以前唱"对坝坝圪梁上那是个谁？"时的底气。通过他老伴儿，我这才知道他这是怎么了，也才知道他这是真的要回家呀。他说:"我怕瘫痪了。我不怕死,可我怕瘫痪了。"

我关心地问他:"曹老师,这么大的病,你这是工作劳累了才发作的。可你住院为什么不跟单位说说,也不跟同志们和朋友们说说。"曹老师低声地回答:"大过年的,我怕给领导和同志们,添麻烦。"

听了曹老师的这个话,我的眼睛,不由得湿润了。

(此文原载《现代世界警察》2013年第1期,作者系大同市公安局恒安分局政委)